博雅文叢

魯迅作品細讀

錢理群 著

出版説明

「博雅教育」，英文稱為 General Education，又譯作「通識教育」。

甚麼是「通識教育」呢？依「維基百科」的「通識教育」條目所説：「其一是通才教育；其二是指全人格教育。通識教育作為近代開始普及的一門學科，其概念可上溯至先秦時代的六藝教育思想，在西方則可追溯到古希臘時期的博雅教育意念。」歐美國家的大學早就開設此門學科。

在兩岸三地，「通識教育」則是一門較新的學科，涉及的又是跨學科的知識。概而言之，乃是有關人文、社科，甚至理工科、新媒體、人工智能等未來科學的多方面的古今中外的舊常識、新知識的普及化介紹，等等。因而，學界歷來對其「定義」抱有各種歧見。依台灣學者江宜樺教授在「通識教育系列座談（一）會議記錄」（二零零三年二月）所指陳，暫時可歸納為以下幾種：

一、通識就是如（美國）哥倫比亞大學、哈佛大學所認定的 Liberal Arts。

二、如芝加哥大學認為：通識應該全部讀經典。

三、要求學生不只接觸 Liberal Arts，也要人文社會科學學生接觸一些理工、自然科學學科；理工、自然科學學生接觸一些人文社會學，這是目前最普遍的作法。

四、認為通識教育是全人教育、終身學習。

五、傾向生活性、實用性、娛樂性課程。好比寶石鑑定、插花、茶道。

六、以講座方式進行通識課程。（從略）

近十年來，香港的大專院校開設「通識教育」學科，列為大學教育體系中必要的一環，因應於此，香港的高中教育課程已納入「通識教育」。自二零一二年開始的第一屆香港中學文憑考試，通識教育科被列入四大必修科目之一，考生入讀大學必須至少考取最低門檻的「第二級」的成績。在可預見的將來，在高中教育課程中，通識教育的份量將會越來越重。

在互聯網技術蓬勃發展的大數據時代，搜索功能的巨大擴展使得手機、網絡閱讀、搜索成為最常使用的獲取知識的手段，但網上資訊氾濫，良莠不分，所提供的內容知識未經嚴格編審，有許多望文生義、張冠李戴及不嚴謹的錯誤資料，謬種流傳，誤人子弟，造成一種偽知識的「快餐式」文化。這種情況令人擔心。面對着人工智能技術的迅猛發展所導致的對傳統優秀文化內容傳教之退化，如何能繼續將中國文化的人文精神薪火傳承？培育讀書習慣不啻是最好的一種文化訓練。

有感於此，我們認為應該及時為香港教育的這一未來發展趨勢做一套有益於中、大學生的「通識教育」叢書，針對學生或自學者知識過於狹窄、為應試而學習的不良傾向去編選一套「博雅文叢」。錢穆先生曾主張：要讀經典。他在一次演講中還指出：「此時的讀書，是各人自願的，不必硬求記得，也不為應考試，亦不是為着做學問專家或是寫博士論文，這是極輕鬆自由的，正如孔子所言：『默而識之』便得。」我們希望這套叢書能藉此向香港的莘莘學子們提倡深度閱讀，擴大文史知識，博學強聞，以春風化雨、潤物無聲的形式為求學青年培育人文知識的養份。

本編委會從上述六個有關通識教育的範疇中，以第一條作為選擇的方向，以第二條的芝加哥大學認定的「通識應該全部讀經典」作為本文叢的推廣形式，換言之，就是為初中、高中及大專院校的學生而選取的，讀者層面也兼顧自學青年及想繼續進修的社會人士，向他們推薦人文學科的經典之作，以便高中生未雨綢繆，入讀大學後可順利與通識教育科目接軌。

這套文叢將邀請在香港教學第一線的老師、相關專家及學者，組成編輯委員會，分類包括中外古今的文學、藝術等人文學科，而且邀請了一批受過學術訓練的中、大學老師為每本書撰寫「導讀」及做一些補註。雖作為學生的課餘閱讀之作，但期冀能以此薰陶、培育、提高學生的人文素養，全面發展，同時，也可作為成年人終身學習、補充新舊知識的有益讀物。

本叢書多是一代大家的經典著作，在還屬於手抄的著述年代裏，每個字都是經過作者精琢細磨之後所揀選的。為尊重作者寫作習慣和遣詞風格、尊重語言文字自身發展流變的規律，給讀者們提供一種可靠的版本，本叢書對於已經經典化的作品不進行現代漢語的規範化處理，提請讀者特別注意。

「博雅文叢」編輯委員會

二零一九年四月修訂

目錄

輯二　散文六篇

輯三　散文詩六篇

輯四　雜文十六篇

導讀

讀錢理群讀魯迅

一、相遇

本書作者錢理群教授是魯迅研究學者，任教於北京大學中文系，長期講授魯迅研究課程。本書是作者多種魯迅研究專著之一，起始寫作於一九九三年，至二零一三年止，歷時二十年，其中細讀了魯迅小説、散文、散文詩、雜文三十三篇，並旁及若干篇章，此外亦援引、述及眾多魯迅作品。

錢理群教授著有《心靈的探尋》[1]一書，是其魯迅研究另一專著，從中不但可見作者的「魯迅觀」，書名亦恰可反映其進入魯迅複雜矛盾內心世界的研究取徑。錢教授二零零二年從北大退休，退休前一年開設的魯迅研究課程，講稿曾編集成書，題名《與魯迅相遇》[2]。該書雖僅為半年授課內容的結集，但書題適足以概括作者大半生魯迅研究的方向。他在書中提到魯迅散文詩集《野草》中的〈臘葉〉一文，此文是魯迅一九二五年末病重期間所作，作者在小學四年級時首次讀到，留下了一種既難受又恐怖的莫名印象。這篇文章此後一直被作者擱在記憶裏，不隨便翻動，直至花甲之齡，為了備課的原故，才拿出來重讀了一遍，而此時作者也恰值在一場大病之中，不期然與〈臘葉〉有了第二次相遇。作者說：

我和魯迅相遇有兩次，第一次它完全是一種直觀的感覺，是對語言和生命意識的一種朦朧的感悟。第二次相遇是理性的分析，是對意識的追問。這兩種方式哪一個更有意義？哪一個更好？……這說明與魯迅的生命相遇可以用不同的方式，可以是一種直感，也可以是理性分析。[3]

然後，他又指出：

我們現在搞文學研究的人喜歡理性分析，這是肯定需要的，但那種感悟，那種朦朧的把握可能是更重要的。[4]

而這一點，對於魯迅作品則尤其重要，因為魯迅作品是一個向讀者敞開的文本，並非旨在啟蒙指導，單向說教，卻是邀請讀者同感共應。用魯迅自己的話說，是「和讀者一同殺出一條生存的血路」[5]，不是在前面領導讀者往哪一個方向走去；而「地上本沒有路」，所以成了路，是因為「走的人多了」。[6]

錢理群教授的閱讀魯迅，不是藉由二三手材料了解魯迅，而是直接進入作品，與魯迅互相照面，咀嚼玩味，而魯迅的作品，也經得起字斟句酌的細讀，乃至一讀再讀。他在本書的〈前言〉中強調，閱讀是心靈的對話交流，彼此的精神昇華：

> 魯迅因為你的創造性解讀而獲得新的意義，你也因此得到了另一種眼光，重新打量、發現周圍的世界和自己，在形成僅屬於你的魯迅觀的同時，又更堅定地把握個體生命的獨立性，走自己的路。

讀者展卷一看，大概馬上便會發現，本書重點細讀的三十多篇文章中，魯迅作品中的經典竟爾缺席。現代小說的開山之作〈狂人日記〉、被譽為魯迅代表作的〈阿Q正傳〉，《彷徨》裏的〈祝福〉、〈傷逝〉等名篇，都付闕如；《朝花夕拾》裏的回憶散文，點讀了〈無常〉，並緊隨之以〈女吊〉，固然是卓識，但又遺落了廣為人知的〈藤野先生〉。《野草》散文詩，作者選其七篇，其中一些著名篇章如〈秋夜〉、〈復仇〉、〈過客〉，均未入選。至於十多篇細讀的雜文，當中有魯迅雜文的重鎮，然而放諸芸芸十多冊雜文集中，卻不免只能是掛一而漏萬了。只是，本書的細讀雖或未至於篇篇獨闢蹊徑，但往往有推陳出新的視角。讀〈孔乙己〉，已非沿襲階級沒落、人情冷漠、旁知敍事等舊套，而是提挈魯迅對這篇小說所作的「從容不迫」的自我評價，注視魯迅的審美維度。讀〈風箏〉，不談兒童成長，撻伐家長作風，卻以魯迅處理同一題材的另一篇文章〈我的兄弟〉與之對讀，以見出魯迅創作改寫之所用心。讀〈五猖會〉和〈父親的病〉，則更引用卡夫卡的〈致父親〉來作比較，看兩個專制文化傳統之中父與子的關係。

然而，只要不忘作者的本旨，也就大可毋須以學究的態度審度作者，要求他指引我們整全閱讀以至研究魯迅，反而可以隨同作者一起，與魯迅相遇。而繼後是否還要來幾篇甚麼〈狂人日記〉、〈阿Q正傳〉之類，則悉隨尊便，也正如作者所說：「你們應該找到自己的渠道去和魯迅相遇。」[7]

二、詞彙

作家余華在一篇題為〈魯迅〉的文章中[8]，憶述與魯迅的因緣。余華的中小學階段正值文化大革命時期，讀的書只有《毛澤東選集》和魯迅，他「有口無心地」讀語文課裏的魯迅作品，然而不知道魯迅寫下了甚麼，只覺得作品「沉悶、灰暗、無聊透頂」。到出來社會工作，並且自己也成為了作家，魯迅對於他來説，則是一個死了也要阻礙着地球前進的老頭兒，不過是一個「詞彙」。直至他受託要給人家把魯迅的作品改編為電影劇本，他才又拿起了魯迅，而這一讀，就把魯迅的書一本接一本的讀完，終於看到魯迅是個偉大的作家。其實，這種情況何獨發生在余華身上，從文革走過來的文學家、讀書人，大抵也有相類似的體驗，錢理群教授自然也是其中之一。魯迅作品在台灣長期被禁，至上世紀八十年代中後期，才解禁出版。作家陳映真從幼年時對阿Q的懵懂認識，到成年後因閱讀禁書而獲罪入獄，以至其小説作品的表現，魯迅的影響是「命運性」[9]的。

在香港，我們在初中階段已在課本中讀魯迅，魯迅作品也列入公開考試的範圍，課外讀物之中，《吶喊》、《彷徨》長期入榜，然而，文學家、思想家、革命家的魯迅之於我們，又何嘗不過是一個「詞彙」。我們與魯迅的相遇，或許也是可「遇」

而不可求？

其實，我們與魯迅相遇之前，魯迅早已與我們相遇過了。一九二七年，魯迅來到殖民地香港，在中上環必列者士街中華基督教青年會，先後以「無聲的中國」[10]和「老調子已經唱完」[11]為題作了兩次講演。前一講說的是，中國的文字和古文讓人們難以作文章來表達自己的思想感情，於是人們彼此之間不能互相了解，成了一盤散沙，中國由是變得無聲。他主張「要說現代的，自己的話；用活着的白話，將自己的思想，感情直白地說出來」，因為此後「只有兩條路：一是抱着古文而死掉，一是捨掉古文而生存。」後一講說的是，中國舊文化的老調子已經唱完，倘若還要唱下去，妄想能夠把別的文化同化掉，終於只會把自己唱完。「中國的文化，都是侍奉主子的文化，是用很多的人的痛苦換來的。……保存舊文化，是要中國人永遠做侍奉主子的材料，苦下去，苦下去。」

這些話貌似泛泛而談，然而魯迅以新文學主將的身份來到香港，他的發言置諸其時香港保守的文化氛圍，卻是別具意義，而實際上也引起了港英當局的注意，甚至出現了一些麻煩。其後，魯迅在〈略談香港〉[12]一文中，抄錄了香港總督金文泰的一篇演說，其中對於舊文化士紳階級於香港大學倡辦中文學系，發揚國粹，大表支持。因此，魯迅的講演，鋒芒所向，既直指封建士紳，也及於帝國主義，復亦警示文化話語的權力底蘊，多方照應。魯迅視香港為「畏途」，該年九月他又寫了〈再談香港〉[13]一文，抒發乘船途經香港時行李遭海關人員翻箱倒篋查驗，索賄放行的一肚子氣，結末說：

> 香港雖只一島，卻活畫着中國許多地方現在和將來的小照：中央幾位洋主子，手下是若干頌德的「高等華人」和一夥作倀的奴氣同胞。此外即全是默默吃着苦的「土人」，能耐的死在洋場上，耐不住的逃入深山中，苗瑤是我們的前輩。

九十多年過去，如果我們還將與魯迅相遇，不知道我們是「洋主子」、「高等華人」、「奴氣同胞」，還是「土人」？

三、國魂

魯迅一九三六年死於上海，治喪委員會之中有日本商人內山完造。內山在上海經營書店，魯迅常往光顧，並借書店活動，內山成為魯迅晚年的知交。內山在《我的朋友魯迅》一書中，記述魯迅的所說一段話：「長此以往，中國將來必成一片荒漠。那時，四億人民將處於飢餓之中。那是中國的不幸，也是世界的不幸。因此我要鬥爭。」翌年，抗日戰爭爆發，「中華民族到了最危險的時候」[14]。

魯迅生當中國「三千年未有之變局」，中國人處於生死存亡之秋，倘仍不思掙扎求存，便只有坐待亡國滅種，「中國人要從『世界人』中擠出」[15]。然而，內則政治腐敗，社會昏暗，民智未開，外則列強虎視，優勝劣敗，喪權辱國。內憂外患交困。在外國人眼中，中國人是仍然拖着辮子的「清國奴」，在受着外族的統治，「中國是弱國，所以中國人當然是低能兒」[16]。而在中國人自己的眼中，也不見得就較有尊嚴，即使寬厚如胡適之先生，也不禁要說「中國不亡，是無天理」。可見，中國人沒有資格生存在這地球之上。

炎天凜夜，風雨如磐。魯迅生活在這樣的時代，他和其他許多不甘於就此滅亡的中國人一樣，尋求中國變革圖強的道路。於是，他離開故鄉，「走異路，逃異地，去尋求別樣的人們」[17]；到南京，學當水兵，學開煤礦；出國門，到東京，往仙台，入醫專。然而不久，便發生了眾所周知的「幻燈事件」，後來的都是歷史了。

魯迅棄醫從文後，又從仙台回到東京，開始他的文藝運動，但他這時不是搞創作，也不是作白話文，而是一面仍紹介自然科學，一面翻譯外國小說，提倡文藝，而用的是古文。一九零七年所作的〈摩羅詩力說〉[18]，「別求新聲於異邦」，引介拜倫、雪萊、普希金等「摩羅」詩人，意指「凡立意在反抗，指歸在動作，而為世所不甚愉悅者」。這些詩人，「無不剛健不撓，抱誠守真；不取媚於群，以隨順舊俗；發為雄聲，以起其國人之新生，而大其國於天下」。魯迅呼喚這些「精神界之戰士」起於中國，以「至誠之聲」破中國之蕭條，救治麻木的國魂。

同年所作的〈文化偏至論〉[19]，倡言「掊物質而張靈明，任個人而排眾數。人既發揚踔厲，則邦國亦以興起。」蓋文明發展之軌迹脈絡，往往在於力矯前時之弊，故不能沒有「偏至」。而西方文明的「物質」（經濟工商）與「眾數」（立憲國會）亦無不然，皆為遷流偏至的陳舊之物，把西方的物質文明與政治制度嫁接到中國，無異於拾人餘唾。中國所由之道，必為「非物質」、「重個人」，個體之價值既彰顯，「則國人之自覺至，個性張，沙聚之邦，由是轉為人國。人國既建，乃始雄厲無前，屹然獨見於天下」。二十年後，在香港青年會的講演中，一盤散沙的中國依然迴盪着。

一九零九年，魯迅離開日本，返回中國，此後經歷了辛亥革命，但旋即失望，遂歸於沉寂，「沉入於國民中」，「回到古代去」[20]。直至一九一八年，發表〈狂人日記〉，魯迅以新文學作家的姿態登上文壇，自此寫作不輟，開拓出中國現代文學多方疆域。本書中錢理群教授細讀的作品俱屬魯迅新文學之作，而之所以要在此不憚其絮絮叨叨，踰越藩籬，略覽魯迅留日時期的論文，乃是出於雅不願讀者遺落了一些來龍去脈的意思，因為「倘有取捨，既非全人；再加抑揚，更離真實」[21]，怕難免要為魯迅先生所譏刺了。

曾憲冠

二零二零年十一、十二月

註釋：

[1] 上海文藝，一九九八年。

[2] 北京：三聯，二零零三年。

[3]《與魯迅相遇》，頁十一。
[4] 同上。
[5]〈小品文的危機〉。
[6]〈吶喊．故鄉〉。
[7]《與魯迅相遇》，同上。
[8] 收入《十個詞彙裏的中國》一書。
[9] 陳映真語。
[10] 收入《而已集》。
[11] 收入《集外集拾遺》。
[12] 收入《而已集》。
[13] 同上。
[14]《義勇軍進行曲》。
[15]〈熱風．隨感錄三十六〉。
[16]〈朝花夕拾．藤野先生〉。
[17]〈吶喊．自序〉。
[18] 收入《墳》。
[19] 同上。

[20]〈吶喊・自序〉。

[21]〈且介亭雜文二集・「題未定」草（六至九）〉。

曾憲冠，文字工作者，從事編輯、翻譯、撰述工作多年，現職文書。著作：《歡迎翻印 以廣流傳》、《吟到梅花句亦香》；翻譯：《香港優勢》、《明清社會和禮儀》。

前言

收入本書的文章，最早寫於一九九三年，那時我在上海《語文教育》開設「文本細讀」專欄，並匯成《名作重讀》一書；最後一篇寫於二零一三年，是專為《中學語文教材中的魯迅作品解讀》一書而寫。這樣，我的「魯迅作品細讀」前後寫了二十年。

我為甚麼如此癡迷，樂此不疲？這是出於兩個信念：堅信魯迅是中華民族具有原創性、源泉性的思想家、文學家，閱讀魯迅是民族精神基本建設和教育工程，而且魯迅作品是要讀一輩子，常讀而常新的；堅信閱讀魯迅原著是走進魯迅的唯一途徑，而且要靜下心來，一個字一個字地細細品味，來不得半點浮躁與虛假。

問題是如何閱讀？根據我的經驗，一、要通過對魯迅獨特的思維、語言和情感的領悟，體察其罕見的想像力與創造力，進而走入魯迅的文學世界，思想天地；二、閱讀就是對話，每一次閱讀都是一次心靈的交流，思想的撞擊，一次彼此精神的昇華：魯迅因為你的創造性的解讀而獲得新的意義，你也因此得到了另一種眼光，重新打量、發現周圍的世界和自己，在形成僅屬於你的魯迅觀的同時，又更堅定地把握個體生命的獨立性，走自己的路。三、要進行比較：和魯迅自己同一素材的作品比，和同代作家、外國作家同一題材的作品比，這就將魯迅的創作放在更大的視野下，展現、體味其特殊的風貌。

這也是我對有興趣閱讀本書的讀者的期待。

二零一七年二月二十一日

輯一　小說五篇

一、讀《孔乙己》

據説當有人問魯迅在所做的短篇小説裏，他最喜歡哪一篇時，魯迅答覆説是《孔乙己》。有外國譯者請魯迅推薦自己的作品，他也是首選《孔乙己》。[1]這關乎魯迅對自己作品的評價。在一九一九年寫給《新潮》雜誌的一封信裏，魯迅這樣説：「《狂人日記》很幼稚，而且太逼促，照藝術上説，是不應該的。」[2]他的學生孫伏園也回憶説，魯迅在私下談到《藥》這一類小説時，曾經用了一句紹興話，叫「氣急虺隤」，就是不夠從容，這和「太逼促」是一個意思。魯迅喜歡《孔乙己》，原因就在它寫得「從容不迫」。[3]

魯迅的這一自我評價，大概出乎許多人意料之外：大家都認為，魯迅的代表作是《狂人日記》《藥》這樣的思想性、戰鬥性比較強的作品。這幾乎也是學術界的「公論」，以至直到今日，還很少有人提及我們這裏所引述的魯迅對《狂人日記》《藥》這類作品的批評反省，有意無意忽略、淡化魯迅對《孔乙己》的格外看重。

其實，魯迅做出這些一般人難以理解的評價，是自有標準的，即不同於政治、思想標準的審美標準；而他對作品的審美評價，就是看是否「從容不迫」。這既是魯迅的人生觀：他一再強調人的生活要有「餘裕」，不能「不留餘地」，給人以「壓迫和窘促之感」；[4]更是魯迅的文學觀、美學觀，他認為「生活有餘裕」才會「產生文學」，[5]「感情正烈的時候，不宜做詩，否則鋒芒太露，能將『詩美』殺掉」。[6]以這樣的「從容美學」觀來看，《狂人日記》《藥》可能都有些「鋒芒畢露」「不留餘地」，給人以「壓迫和窘促之感」；而《孔乙己》則寫得有節制，含蓄，從容不迫。

關於魯迅的「從容美學」，以及對《狂人日記》《藥》《孔乙己》的具體美學分析，是一篇大文章，我曾經多次推薦給中文系的研究生：這是很好的博士生論文題目。這裏不可能進一步展開，只想從一個具體角度做一點討論。

《孔乙己》其實只是在從從容容地「講故事」，講一個魯迅家鄉的小酒店的故事，一個酒店裏的既普通又特別的酒客的故事：他叫「孔乙己」，「原來也讀過書」，沒有考上秀才，「又不會營生」，最後潦倒一生。這是一個看來可笑，細加品味又相當可悲的讀書人的故事。

我們要討論的是，魯迅怎樣講這個故事？特別是他選擇誰來講故事？也就是選擇誰做「敍述者」？這是每一個作者在寫作時都要認真考慮的。我們不妨設想一下：孔乙己的故事，可以由哪些人來講？最容易想到的，自然是孔乙己自己講，作者直接出面講，或者由咸亨酒店的掌櫃、酒客來講；但出乎意料，作者卻選了一個酒店的「小夥計」（「我」）來講故事。這是為甚麼？

這顯然與他的追求，他所要表達的意思有關係。

那麼，我們就先來看小說中的一段敍述：孔乙己被丁舉人吊起來拷打，以致被打斷了腿，這自然是一個關鍵性的情節，它血淋淋地揭示了爬上高位的丁舉人的殘酷與仍處於社會底層的孔乙己的不幸，一般作者都會借此大做文章，從正面進行渲染；但魯迅是怎麼寫的呢？

> 有一天，大約是中秋前的兩三天，掌櫃正在慢慢的結賬，取下粉板，忽然說：「孔乙己長久沒有來了。還欠九個錢呢。」我才也覺得他長久沒有來了。一個喝酒的人說道：「他怎麼會來？……他打折了腿了。」掌櫃說，「哦！」「他總仍舊是偷。這一回，是自己發昏，竟偷到丁舉人家裏

去了。他家的東西，偷得的麼？」「後來怎麼樣？」「怎麼樣，先寫服辯，後來是打，打了大半夜，再打折了腿。」「後來呢？」「後來打折了腿了。」「打折了怎樣呢？」「怎樣？……誰曉得？許是死了。」掌櫃也不再問，仍然慢慢的算他的賬。

魯迅着意通過酒客與掌櫃的議論來敍述這個故事，這是為甚麼呢？這顯然不是一個單純的所謂「側面描寫」的寫作技巧，而是表明，魯迅所關注的不僅是孔乙己橫遭迫害的不幸，他更為重視的是人們對孔乙己的不幸的態度和反應。掌櫃就像聽一個有趣的故事，一再追問：「後來怎麼樣？」「後來呢？」「打折了怎樣呢？」沒有半點同情，只是一味追求刺激。酒客呢，輕描淡寫地講着一個與己無關的新聞，還不忘譴責被害者「發昏」，以顯示自己的高明；「誰曉得？許是死了」，沒有人關心孔乙己的生與死。在這裏，掌櫃與酒客所扮演的正是「看客」的角色：他們是把「孔乙己被吊起來打折了腿」當作一齣「戲」來「看」的。孔乙己的不幸中的血腥味就在這些看客的冷漠的談論中消解了：這正是魯迅最感痛心的。

這背後仍是一個「看／被看」的模式。魯迅把他的描寫的重心放在掌櫃與酒客如何「看」孔乙己。於是，我們注意到小說始終貫穿一個「笑」字——

只有孔乙己到店，才可以笑幾聲，所以至今還記得。

孔乙己一到店，所有的喝酒的人便都看着他笑……

……眾人也都哄笑起來，店內外充滿了快活的空氣。

孔乙己是這樣的使人快活，可是沒有他，別人也便這麼過。

孔乙己已經失去了一個「人」的獨立價值，在人們心目中他是可有可無的，他的生命的唯一價值，就是成為人們無聊生活中的笑料，甚至他的不幸也只是成為人們的談資。——這正是魯迅對孔乙己的悲劇的獨特認識與把握。

因此，在小說的結尾，當我們看到孔乙己「在旁人的說笑聲中，坐着用這手慢慢走去了」時，是不能不感到心靈的震撼的。小說最後一句是「大約孔乙己的確死了」，魯迅特意選擇了「大約」與「的確」這兩個相互矛盾的詞語來講述孔乙己的人生結局：他的死，或者不確定（「大約」），或者確定（「的確」），誰也不關心，誰也不在意。留下的問題是：這樣的結局是誰造成的？

但魯迅還要進一步追問：孔乙己是怎樣「看」自己的呢？於是，我們又注意到這一句介紹：「孔乙己是站着喝酒而穿長衣衫的唯一的人。」孔乙己不肯脱下「長衣衫」是因為那是一種「身份」的象徵，因此，面對酒客的紛紛嘲笑，他卻爭辯說：「讀書人的事，能算偷麼？」並大談「君子固窮」，也就是説，他要強調自己是「讀書人」，是有身份的人，是國家、社會不可缺少的「君子」。魯迅於是發現了：孔乙己的自我評價與前述社會大多數人對他的評價，也即孔乙己的實際地位之間，形成了強烈的反差。——在魯迅看來，這也是孔乙己的悲劇所在。而我們卻要問：這樣的悲劇難道僅僅屬於孔乙己一個人嗎？

現在，我們終於明白：魯迅為甚麼要選擇「小夥計」作為敍述者。小夥計的特殊性在於，他既是酒店的一個在場者，又是一個旁觀者；他可以同時把「被看者」（孔乙己）與「看客」（掌櫃與酒客）作為觀察與描寫的對象，可以同時敍述孔乙己的可悲與可笑，掌櫃與酒客的殘酷與麻木。於是就形成了這樣的關係：孔乙己被掌櫃、酒客與小夥計（敍述者）看，掌櫃、酒客又被小夥計看。

但進一步細讀小説，我們又發現了小夥計在敍述故事的過程中，他與孔乙己、掌櫃、酒客關係的微妙變化，以及他的角色的相應變化。開始，他確實是一個不相干的旁觀者，但隨着不斷「附和着笑」（這是掌櫃允許，甚至鼓勵的），他的內心自我感覺與對孔乙己的態度，就逐漸發生了變化，終於出現了小夥計與孔乙己的這場對話：孔乙己既想在孩子面前炫耀一番，以獲得些許慰藉，又不無好意地要教小夥計識字；而小夥計呢，開始心裏想「討飯一樣的人，也配考我麼？便回過臉去，不再理會」，繼而「懶懶的答他」，最後「愈不耐煩了，努着嘴走遠」。這位天真的小夥計就這樣被酒客和掌櫃同化，最終成為「看客」中的一個成員。——這也是小夥計自身的悲劇。

於是，我們發現：在小夥計的背後，還有一個「隱含作者」在「看」，不僅冷眼「看」看客怎樣看孔乙己，而且冷眼「看」小夥計怎樣看孔乙己和看客，構成了對小夥計與掌櫃、酒客的雙重否定與嘲諷。

同時發現的是，我們讀者自己，在閱讀小説過程中，自身立場、態度、情感的變化：開始，我們認同於敍述者，對孔乙己的命運採取有距離的旁觀的態度；隨着敍述的展開，隱含作者，他的眼光、情感逐漸顯現、滲透，我們讀者就逐漸與敍述者拉開距離，而靠攏、認同隱含作者，從孔乙己的可笑中發現了內在的悲劇，不但對掌櫃、酒客，而且對小夥計的敍述也持批判、懷疑的態度，引起更深遠的思考，甚至自我反省：我怎樣看待生活中他人的不幸？我是不是也像小夥計這樣逐漸被「看客」同化？——這也正是魯迅的目的。

這樣，在《孔乙己》裏，就形成了一個複雜結構：先是孔乙己和掌櫃、酒客之間，也即「小說人物」之間的「看／被看」；再是「敍述者」（小夥計）與小說人物（孔乙己、掌櫃、酒客）之間的「看／被看」；最後是「隱含作者」與敍述者、小說人物之間的「看／被看」。實際上，「讀者」在欣賞作品過程中，又形成與隱含作者、敍述者、小說人物之間的「看／被看」。在這樣的多層結構中，同時展現着孔乙己、酒客與掌櫃、小夥計三種不同形態的人生悲喜劇，互相糾結，滲透，影響，撞擊。作者，敍述者，人物與讀者處於如此複雜的關係中，就產生了繁複而豐富的情感與美感。但我們感到驚異的是，全篇的文字卻極其簡潔，敍述十分舒展，毫無逼促之感。而這樣「從容不迫」並不意味着簡陋，而是寓「繁複」於「簡潔」之中，寓「緊張」於「從容」之中，確實是一個很高的藝術境界。

註釋

1 孫伏園：《孔乙己》，《魯迅先生二三事》，收《魯迅回憶錄》（專著，上冊），八三頁，北京出版社一九九九年版。

2 魯迅：《對於〈新潮〉一部份意見》，《魯迅全集》七卷，二三六頁，人民文學出版社二零零五年版。

3 孫伏園：《孔乙己》，《魯迅先生二三事》，收《魯迅回憶錄》（專著，上冊），八五頁。

4 魯迅：《忽然想到（三）》，《魯迅全集》三卷，一五頁。

5 魯迅：《革命時代的文學》，《魯迅全集》三卷，四三九頁。

6 魯迅：《兩地書·三二》，《魯迅全集》十一卷，九九頁。

二、讀《示眾》

一九三八年西南聯大中文系開設「大一國文」課，並着手編輯《大一國文讀本》，經過三番修訂，於一九四二年定稿。這本篇幅不大的《讀本》在中國現代教育史與文學史上卻有着不一般的意義：《讀本》選了十五篇文言文，十一篇語體文（即今天所說的白話文），這是新文學作品第一次進入大學課堂，成為與古代經典平起平坐的現代經典，這是一個重要的標誌：在「五四」新文化運動中誕生的現代文學經過二十年的努力，終於在中國扎下了根，成為中國文化傳統的有機組成部份。我們感興趣的是，在這批最初確定的現代文學經典中，有兩篇魯迅的作品，一篇是《狂人日記》，另一篇就是《示眾》。[1]

選《狂人日記》大概不會有甚麼爭議，今天的中學語文課本也選了這篇中國現代文學的開山之作；選《示眾》卻顯示了編選者的眼光，因為它很容易被忽視，也很少進入各種魯迅小說的選本，更不用說教材，以至今天的讀者對它已經陌生了。

忽視的原因大概是它太不像一篇小說了：竟然沒有一般小說都會有的故事情節、人物刻劃、景物描寫、心理描寫，也沒有主觀抒情與議論。小說中所有的人都沒有名字，只有外形特徵簡潔的勾勒，如「貓臉的人」「赤膊的紅鼻子胖大漢」之類。這樣，老師們或者批評家們要講「小說是甚麼」，遇到《示眾》就相當麻煩了：它完全不符合文學教科書上關於「小說」的定義。

但這「不符合」恰恰是魯迅的自覺追求。魯迅在文學創作上，是最強調自由無羈的創造的；他一再聲明，他的寫作是為了寫出自己想要表達的意思，至於採用甚麼寫作方法，只要「對於我的目的，這方法是適宜的」就行了，[2]而從不考慮它是否符合某種既定的規範。比如，魯迅最喜歡寫雜文，有的批評家就出來大加砍削，「說這是作者墮落的表現，因為既非詩歌小說，又非戲劇，所以不入文藝之林」。魯迅回答說：他和雜文作者的作文，「沒有一個想到『文學概論』的規定，或者希望文學史的位置的，他以為非這樣寫不可，他就這樣寫，因為他只知道這樣的寫起來，於大家有益」。魯迅同時斷言：「雜文這東西，我卻恐怕要侵入高尚的文學樓台去的。」[3]沒有的東西，我們可以自己創造出來，而只要是真正有價值的創造，終是會得到歷史的承認的。魯迅後來寫《故事新編》，也自稱他所寫的「不足稱為

『文學概論』之所謂小說」。[4]那麼，我們也可以說，《示眾》正是一篇「不足稱為『文學概論』之所謂小說」的小說吧。

但這樣說，又是有一定的限度的。因為隨着小說寫作實踐的發展，小說理論也在不斷發展。像《示眾》這樣的小說，在打破既定的小說規範的同時，也在創造新的小說範式。其實《示眾》對故事情節的忽略，對人物個性化性格刻劃的放棄，甚至取消姓名而將小說中的人物「符號化」，這都是有意為之的。引起魯迅創作衝動的，是人的日常生活中的某些場景與細節，以及他對於這些具體的場景、細節背後所隱藏着的人的存在、人性的存在、人與人的關係的深度追問與抽象思考。這就是說，魯迅是有自己的把握世界的方式和思維（包括藝術思維）方式的：他對人的生存的現象形態（特別是生活細節）有極強的興趣和高度敏感——這是一個文學家的素質；但同時，他又具有極強的思考興趣與思想穿透力，他總能達到從現實向思想，從現象到精神，從具象向抽象的提升與飛躍——這正是一個思想家的素質；而他又始終保持着極強的形象記憶的能力，因而總能把具象與抽象有機地結合起來，在他的創作中，每一個具象的形象（人物，場景，細節等等）都隱含着他對人的生命存在，特別是現代中國人的生存困境的獨特發現與理性認識。這樣，魯迅的小說就具有了某種隱喻性，塗上了鮮明的象徵色彩。而《示眾》正是以強烈的象徵性而成為魯迅小說的代表作之一；二十世紀八十年代和九十年代出現的中國象徵化的先鋒小說，如果要追根溯源，是不能忘記《示眾》的：它可以說是二十年代的中國實驗小說，先鋒小說。——至於《示眾》的象徵意義，我們將在讀完全篇以後再作詳細討論。

而且《示眾》的小說實驗是多方面的。四十年代汪曾祺在談到短篇小說的寫作時，曾這樣寫道：「希望短篇小說能夠吸收詩、戲劇、散文一切長處，而仍舊是一個它應當是的東西，一個短篇小說。」[5] 實際上吸收其他文體的長處，而仍然是短篇小說的實驗，在魯迅這裏早就開始了。《示眾》即是吸納繪畫、攝影，以至電影的手法的一次自覺的嘗試——魯迅曾說他的《故事新編》多是「速寫」，[6]《示眾》也是可以稱為「速寫」的，它給人印象最深的就是強烈的畫面感，整篇小說都是可以轉化為一幅幅街頭小景圖，或一個個電影鏡頭的組合的。我們也就試着用這樣的方法來解讀這篇小說。

（街景一）作為首善之區的北京，西城，一條馬路。

火焰焰的太陽。

許多的狗，都拖出舌頭。
樹上的烏老鴉張着嘴喘氣。
遠處隱隱有兩個銅盞相擊的聲音，懶懶的，單調的。
腳步聲。車夫默默地前奔。
「熱的包子咧！剛出屜的……。」
十一二歲的胖孩子，細着眼睛，歪了嘴叫，聲音嘶啞，還帶着些睡意。
破舊桌子上，二三十個饅頭包子，毫無熱氣，冷冷地坐着。

【點評】幾個細節，幾個特寫鏡頭，寫盡了京城酷夏的悶熱，更隱喻着人的生活的沉悶，懶散，百無聊賴，構成一種生存環境的背景，籠罩全篇，也為下文做鋪墊。

注意「遠處隱隱有兩個銅盞相擊的聲音」。——因此而「憶起酸梅湯，依稀感到涼意」，卻使那熱氣更難以忍受；默默無聲中突然出現「懶懶的單調的金屬音」，卻「使那寂靜更其深遠」。

饅頭包子「毫無熱氣，冷冷地坐着」，這是神來之筆：「熱」中之「冷」，意味深長。

有了以上這兩筆，作者所要渲染的「悶熱」及其背後的意蘊，就顯得更加豐厚。

胖孩子像反彈的皮球突然飛跑過去——

（街景二）馬路那一邊。

電杆旁，一根繩子，巡警（淡黃制服，掛着刀）牽着繩頭，繩的那頭拴在一個男人（藍布大衫，白背心，新草帽）背膊上。

胖孩子仰起臉看男人。

男人看他的腦殼。

圍滿了大半圈的看客。

禿頭的老頭子。

赤膊的紅鼻子胖大漢。

第二層裏從兩個脖子間伸出一個腦袋。

禿頭彎了腰研究那男人白背心上的文字：「嗡，都，哼，八，而，……」

白背心研究這發亮的禿頭。

胖孩子看見了，也跟着去研究。

光油油的頭，耳朵邊一片灰白的頭髮。

【點評】這根繩子非同小可：當年（一九二五年）小說一發表，就有人指出：《示眾》的作者用一條繩，將似乎毫無關係的巡警和白背心聯繫在一起；實際上「這條繩是全篇主題的象徵」：「一個人存在着，就是偶然與毫不相干的人相遇，也要發生許多關係，而且常反撥過來影響於自己」。[7] 這篇小說正是要討論中國人的存在方式及其相互關係。

注意：第一次出現「看客」的概念；第一次出現「看」的動作，而且是一面「看別人」，一面「被別人看」。——這都將貫穿全篇。

又擲來一個「皮球」——

（街景三）一個小學生向人叢中直鑽進去。

雪白的小布帽。一層又一層。

一件不可動搖的東西擋在前面。

抬頭看。

藍布腰上一座赤條條的很闊的背脊，背脊上汗正在流下來。

順着褲腰運行，盡頭的空處透着一線光明。

一聲「甚麼」，褲腰以下的屁股向右一歪。

空處立刻閉塞，光明不見了。

巡警的刀旁邊鑽出小學生的頭，詫異地四顧。

外面圍着一圈人。上首是穿白背心的，對面是一個赤膊的胖小孩，胖小孩背後是一個赤膊的紅鼻子的胖大漢。

小學生驚奇而且佩服似的只望着紅鼻子。

胖小孩順着小學生的眼光回頭望去。

一個很胖的奶子，奶頭四近有幾根很長的毫毛。

【點評】「看」之外又有了「鑽」「擋」「塞」，這都能聯想起人與人的關係。二十世紀三十年代魯迅連續寫過《推》《踢》《爬和撞》（均收《准風月談》），可參看。

「很胖的奶子，……很長的毫毛」，可謂醜陋不堪，可見厭惡之至。——似乎旁邊還有一個作者在「看」。

「他，犯了甚麼事啦？……」

大家愕然回看——

（街景四）一個工人似的粗人低聲下氣請教禿頭。

禿頭不作聲，單是睜起了眼睛看定他。

他被看得順下眼光去，過一會再看。

禿頭還是睜起了眼睛看定他。

別的人也似乎都睜了眼睛看定他。

他犯了罪似的溜出去了。

一個挾洋傘的長子補了缺。

禿頭旋轉臉繼續看白背心。

背後的人竭力伸長脖子。一個瘦子張大嘴，像一條死鱸魚。

【點評】連續三個「睜了眼睛看定」，寫出了這類群體的「看」的威力：所形成的無形的精神壓力會使人自己也產生犯罪感，儘管原本是無辜的。「一條死鱸魚」的比喻顯然有感情色彩——又是作者在「看」。

巡警，突然間，將腳一提——

（街景五）大家愕然，趕緊看他的腳。

然而他又放穩了。

大家又看白背心。

長子擎起一隻手拚命搔頭皮。

禿頭覺得背後不太平，雙目一鎖，回頭看。

一隻黑手拿着半個大饅頭正在塞進一個貓臉的人的嘴裏，發出唧咕唧咕的聲響。

忽然，暴雷似的一擊，橫闊的胖大漢向前一蹌踉。

同時，從他肩膊上伸出一隻胖得不相上下的臂膊，展開五指，打在胖孩子臉頰上。

「好快活！你媽的……」胖大漢背後一個彌勒佛似的更圓的胖臉這麼說。

胖孩子轉身想從胖大漢腿旁鑽出。

「甚麼？」胖大漢又將屁股一歪。

胖小孩像小老鼠落在捕機裏似的，倉皇了一會，突然向小學生奔去，推開他，衝出去了。

小學生返身跟去。

抱小孩的老媽子忙於四顧，頭上梳着的喜鵲尾巴似的「蘇州俏」碰了車夫的鼻子。

車夫一推，推在孩子身上。

孩子轉身嚷着要回去。

老媽子旋轉孩子使他正對白背心，指點着說：「阿，阿，看呀！多麼好看哪！……」

挾洋傘的長子皺眉疾視肩後的死鱸魚。

禿頭仰視電杆上釘着的紅牌上四個白字，彷彿很有趣。

胖大漢和巡警一起斜着眼研究。

老媽子的鈎刀般的鞋尖。

【點評】看客群開始騷動，「形勢似乎總不甚太平了」，彼此關係也緊張起來：又出現了「擊」「打」「蹌踉」「推」「衝」「碰」「嚷」等等，還有「小老鼠落在捕機裏似的」「倉皇」感。

然而，老媽子還在指點孩子：「阿，阿，看呀！多麼好看哪！……」注意關於「看」的詞語：「四顧」「疾視」「仰視」「斜着眼研究」。「斜着眼研究」（不說「看」，說「研究」，很有意思）甚麼？「老媽子的鈎刀般的鞋尖」——客觀的呈現中，可以感到譏諷的笑：作者始終在冷眼旁觀。

「好！」甚麼地方忽有幾個人同聲喝彩，一切頭全都回轉去——

（街景六）馬路對面。

「剛出屜的包子咧！荷阿，熱的……。」胖孩子歪着頭，瞌睡似的長呼。

車夫默默地前奔，似乎想逃出頭上的烈日。

相距十多家的路上，一輛洋車停放着，車夫正在爬起來。

圓陣散開，大家錯錯落落走過去看。

車夫拉了車就走。

大家惘惘然目送他。

起先還知道那一輛是曾經跌倒的車，後來被別的車一混，知不清了。

【點評】看客們總是不斷尋找新的刺激。但這回車夫摔倒爬起來就走，沒有給他們「看」（賞鑒）的機會，終於「惘惘然」了。

（街景七）幾隻狗伸出了舌頭喘氣。

胖大漢在槐陰下看那很快地一起一落的狗肚皮。

老媽子抱了孩子從屋檐陰下蹩過去。

胖孩子歪着頭，擠細了眼睛，拖長聲音，瞌睡似的叫喊——

「熱的包子咧！荷阿！……剛出屜的……。」

【點評】沒有可看的，就看「一起一落的狗肚皮」——人的無聊竟至於此。以胖小孩「帶着睡意」的叫賣開始，又以胖小孩「瞌睡地叫喊」結束，剛才發生的一切不過是一個小插曲，生活又恢復常態：永是那樣沉悶，懶散與百無聊賴。

現在我們可以做一點小結：小說中所有的人只有一個動作：「看」；他們之間只有一個關係：一面「看別人」，一面「被別人看」，由此而形成一個「看／被看」的模式。魯迅在《娜拉走後怎樣》的演講裏，曾有過一個重要的概括：「群眾——尤其是中國的，——永遠的戲劇的看客。」[8]中國人在生活中不但自己作戲，演給別人看，而且把別人的所作所為都當作戲來看。看戲（看別人）和演戲（被別人看）就成了中國人的基本生存方式，也構成了人與人之間的基本關係。——所謂「示眾」所隱喻的正是這樣一種生存狀態：每天每刻，都處在被「眾目睽睽」地「看」的境遇中；而自己也在時時「窺視」他人。

《示眾》還揭示了人與人關係中的另一方面：總是在互相「堵」「擋」「塞」着，擠壓着他人的生存空間；於是就引起無休止的爭鬥：「打」着，「衝」着，「撞」着，等等。

這樣，沒有情節，也沒有人物姓名的《示眾》，卻蘊含着如此深廣的寓意，就具有了多方面的生長點，甚至可以把魯迅《吶喊》《彷徨》《故事新編》裏的許多小說都看作是《示眾》的生發和展開，從而構成一個系列，如《吶喊》裏的《狂人日記》《孔乙己》《藥》《明天》《頭髮的故事》《阿Q正傳》，《彷徨》裏的《祝福》《長明燈》，《故事新編》裏的《理水》《鑄劍》《採薇》等等。在這個意義上，我們可以把《示眾》看作是魯迅小說的一個「綱」來讀。

在細讀的過程中，我們除了感到整篇小說豐厚的「象徵性」，同時也會感到其細節的生動與豐富，有極強的「具象性」與「可感性」。前引那篇最早的評論文章即舉「許多狗都拖出舌頭來，連樹上的烏老鴉也張着嘴喘氣」為例，極力讚揚魯迅的描寫的藝術力量：「如鐵筆畫在岩壁上」。[9]魯迅曾經盛讚俄國作家安特來夫的小說「使象徵印象主義與寫實主義相調和」。[10]其實他的《示眾》也是這樣的作品。我覺得他的這一實驗特別是為短篇小說的創作提供了很好的經驗。我們知道，短篇小說寫作最大的困難之處（也是最有魅力之處）就在於如何在「有限」中表現「無限」。記得當代短篇小說家汪曾祺、林斤瀾都説過，要用「減法」去寫短篇小說。《示眾》連情節、人物性格、景物描寫與心理描寫都「減」去了，只剩下寥寥幾筆，但卻騰出空間，關節點做幾處細描，讓讀者銘記不忘，更留下空白，借象徵暗示，引起讀者聯想，用自己的生活經驗，生命體驗與想像去補充，發揮，再創造，取得「以一當十」的效果。

我曾經說過，魯迅有兩篇小說是代表二十世紀中國短篇小說藝術最高水平的，《孔乙己》之外就是《示眾》。

註釋

1 參看姚丹：《西南聯大歷史情境中的文學活動》，一三五—一四零頁，廣西師範大學出版社二零零零年版。

2 魯迅：《我怎麼做起小說來》，《魯迅全集》四卷，五一二頁。

3 魯迅：《徐懋庸作〈打雜集〉序》，《魯迅全集》六卷，二九零—二九一頁。

4 魯迅：《〈故事新編〉序言》，《魯迅全集》二卷，三四二頁。

5 汪曾祺：《短篇小說的本質》，《汪曾祺全集》三卷，二九頁。

6 魯迅：《〈故事新編〉序言》，《魯迅全集》二卷。

7 孫福熙：《我所見於〈示眾〉者》，原載一九二五年五月十一日《京報副刊》。收《魯迅研究學術論著資料滙編》第一集，九三頁，中國文聯出版公司一九八五年版。

8 魯迅：《娜拉走後怎樣》，《魯迅全集》一卷，一六三頁。

9 孫福熙：《我所見於〈示眾〉者》，載一九二五年五月十一日《京報副刊》，收《魯迅研究學術論著資料滙編》第一卷，九四頁，中國文聯出版公司一九八五年版。

10 魯迅：《〈黯淡的煙靄裏〉譯後》，收《魯迅全集》十卷。

三、讀《在酒樓上》

在魯迅的小說中，按「從容」的審美標準，哪些小說是符合的呢？當然首先是《孔乙己》。這是魯迅自己點到的。學術界很多朋友，包括我自己在內，覺得還有一篇小說也能夠體現一種從容的美，這就是《彷徨》裏的《在酒樓上》。

魯迅氣氛

《在酒樓上》除了讓人感覺到從容的美之外，周作人對它做了一個很有意思的評價。一九五六年，香港報人曹聚仁到北京訪問周作人。他們在交談時彼此問最喜歡的魯迅小說是哪一篇，曹聚仁說他最喜歡《在酒樓上》。周作人欣然同意。他說他也認為魯迅小說寫得最好的是《在酒樓上》。然後曹聚仁問周作人為甚麼認為《在酒樓上》寫得最好，周作人說：「《在酒樓上》是一篇最富魯迅氣氛的小說。」[1]

這裏實際上提供了一個很重要的概念，就是「小說的氣氛」。周作人對「氣氛」還有一種類似的說法，叫「氣味」，就是「味道」。周作人說，寫文章要追求「物外之言，言中之物」。「物」指思想，「言」指文詞。評價一個作品，要看思想，要看文詞。但周作人認為除了思想、文詞之外，還有「氣味」，[2]小說的氣味，文章的氣味。「氣味」說起來好像很神秘，其實很簡單。比如說，一個人身上，有大蒜氣，有羊羶氣，還有人有油滑氣，是有味道的，文章也同樣有味道，有「氣」，或者叫「氣氛」。我覺得非常有意思的是，「氣味」在周作人這裏也是一個審美標準。我理解「氣味」，就是我們通常講的「調子」。我覺得「氣氛」啊，「調子」啊，「氣味」啊，「味道」啊，都差不多一個意思，就是指作者的敘述語調、小說營造的整體氣氛，這都是作家內在氣質的體現。是作者的內在氣質外化為小說的一種調子或一種氛圍。

魏晉情結

周作人說《在酒樓上》是最富魯迅氣氛的小說，那麼「魯迅氣氛」是甚麼呢？我們要理解《在酒樓上》怎樣體現魯迅的氣氛或魯迅的味道、魯迅的調子的話，需要把這個問題再往前推，推到魯迅在寫《吶喊》《彷徨》這些小說之前的精神狀態，他的一種準備。我們知道魯迅是一九一八年寫《狂人日記》的；在此之前，他一九零八年在日本寫了半篇文章——《破惡聲論》，這之後到一九一八年寫《狂人日記》，有十年的沉默。這十年沉默孕育了他後來的小說和一系列雜文。我們如果要把「五四」時期魯迅的《吶喊》《彷徨》弄清楚，必須追溯到沉默的十年他在幹甚麼，那十年裏他的心境、他的情緒、他的情感，等等。所以接下來需要討論一個沉默十年的魯迅。怎樣去接近沉默的十年他的內心世界？

魯迅在《〈吶喊〉自序》裏，有一段話講到他在十年的情況。他先說當年在日本開始準備從事文學運動時，登高一呼，卻沒有人響應，覺得非常寂寞，他說：「這寂寞又一天一天的長大起來，如大毒蛇，纏住了我的靈魂了。」這十年的魯迅，他的內心首先是被寂寞的大毒蛇所纏繞。然後他說：「只是我自己的寂寞是不可不驅除的，因為這於我太痛苦。我於是用了種種法，來麻醉自己的靈魂，使我沉入於國民中，使我回到古代去。……我的麻醉法卻也似乎已經奏了功，再沒有青年時候的慷慨激昂的意思了。」我注意到這裏有兩個中心詞，最能體現魯迅這時候的心境：一個是前面說到的「寂寞」，另一個是「麻醉」。

「麻醉」是甚麼意思？他為甚麼要麻醉？還有，他說「我沉入於國民中」，「回到古代去」，又是甚麼意思？他這十年主要工作是抄古書，在紹興會館的大槐樹底下，整天抄古書。為甚麼抄古書呢？他說：「此非求學，以代醇酒婦人者也。」[3]以抄書來代替喝酒和婦人。這是甚麼意思呢？中國古代文人在感到非常痛苦的時候，常常飲酒，或者到妓院尋求解脱。魯迅以抄書來代替「醇酒婦人」，這是為甚麼？甚麼樣的背景使魯迅這麼做呢？周作人在《魯迅的故家》裏回憶說，那正是魯迅在北京教育部工作的時候，也正是袁世凱要稱帝的時候。袁世凱為了稱帝，他派的特務密佈北京城，監視官員，就像當年的東廠特務一樣。當時在北京做官的人都非常緊張。他們以各種方法來韜晦，以求得安全。魯迅沒錢，他既不能喝酒，又不能去玩女人，那麼，他只能抄書。抄書是避文禍。這很自然地使我們聯想起中國歷史上的魏晉時代。魯迅當時的心理、情感、處境非常接近魏晉文人。

我們再進一步追問：魯迅抄甚麼古書呢？據研究發現，這段時間他抄的古書主要有兩個特點：一、書的作者是魏晉時代的人物；二、他們都是紹興人，都是魯迅故鄉的浙東人。當時的外在環境類似於魏晉時代，他要避文禍，就借抄書和魏晉時代的浙東人接觸，有一種心靈的溝通。由此我們知道魯迅所說「回到古代」是甚麼意思，回到哪裏去？回到魏晉時代去。「沉入於國民中」，沉入到哪裏去？沉入到浙東地區——他的家鄉的老百姓當中去。在這十年裏，為避文禍，魯迅和古代的魏晉人，以及他家鄉浙東的老百姓有一種心靈的交流。學術界因此有人認為魯迅有一種魏晉情結和浙東情結。也就是說，魯迅是帶着魏晉情結和浙東情結開始他的創作的。或者說，他是帶着魏晉情結和浙東情結加入到「五四」新文化運動中去。

因此，我們可以說，《吶喊》《彷徨》的寫作是魯迅這十年鬱結於心的民間記憶和魏晉情結的一次噴發。當「五四」時期他終於拿起筆來寫作的時候，首先奔湧於筆端的人物，是《狂人日記》裏「狼子村的佃戶」、《藥》裏的「華大媽」、《故鄉》裏的「閏土」、《阿Q正傳》裏的「阿Q」，都是浙東的老百姓。故鄉的民間記憶和內心的魏晉情結在他的筆端流淌。我們今天要着重討論的《在酒樓上》和《孤獨者》這兩篇小說，最集中地體現了魯迅在沉默十年裏的魏晉情結。下面，我們就這兩篇小說來做比較具體的文本分析。

《在酒樓上》：漂泊或堅守

現在我們一起來讀《在酒樓上》這篇小說。小說開頭是這樣寫的：「我從北地向東南旅行，繞道訪了我的家鄉，就到S城。……深冬雪後，風景淒清，懶散和懷舊的心緒聯結起來，我竟暫寓在S城的洛思旅館裏了。」當他向旅館的窗外看去，「上面是鉛色的天，白皚皚的絕無精彩，而且微雪又飛舞起來了……我於是立即鎖了房門，出街向那酒樓去」。「我」走到酒樓，樓上「空空如也」，一個熟人也沒有。只好在靠窗的桌子旁坐下來，「眺望樓下的廢園」。「『客人，酒。……』堂倌懶懶地說着，放下杯、筷、酒壺和碗碟，酒到了。」然後「我」一個人孤獨地斟酒，孤獨地喝酒。「我」「覺得北方固不是我的舊鄉，但南來又只能算一個客子，無論那邊的乾雪怎樣紛飛，這裏的柔雪又怎樣的依戀，於我都沒有甚麼關係了。」

在《在酒樓上》開頭這一段，我們看到了甚麼？我們看到了微雪，看到廢園、酒和文人。這微雪、廢園、酒和文人，使我們回到魏晉時代。這是典型的魏晉時代的風景，你還感受到一種懶散、淒清的氣氛，以及隨之蔓延而來的驅之不去的漂泊感，這恐怕正是魏晉時代的氣氛，卻也是現實魯迅所感到的。這是一種刻骨銘心的漂泊感：「北方不是我的舊鄉，南來也只能算是客人」，找不到自己的歸宿。

在這樣一個背景下，在微雪、廢園和酒中，小說的主人公出現了。開始我們只聽見聲音：「那腳步聲比堂倌的要緩得多」，緩緩地、沉沉地走過來。「我」抬頭一看，覺得非常吃驚，原來是一個當年的老同學，但「很不像當年那樣敏捷精悍的呂緯甫」。小說主人公呂緯甫出現了。「但當他緩緩的四顧的時候，卻對廢園忽地閃出我在學校時代常常看見的射人的光來。」呂緯甫給我們的第一印象，是很沉靜、很頹唐的，但突然又顯示出一種閃亮的、射人的眼光，這種風采使我們想起魏晉風度。魏晉文人就是這樣：既是頹唐、懶散的，同時又突然散發出一種射人的光彩。看見呂緯甫，我們很自然地會想起魏晉時代的嵇康和阮籍。首先注意到的，他的頹唐，很像魏晉時代的劉伶；但這樣在頹唐中的突然閃光，更像嵇康和阮籍。

呂緯甫給「我」講了兩個故事。我們來看第一個故事。「我」問呂緯甫到這裏來做甚麼，呂緯甫說：「為了無聊的事。」甚麼事呢？他說：「我曾經有一個小兄弟，是三歲上死掉的，就葬在這鄉下。我連他的模樣都記不清楚了。……今年春天，一個堂兄來了一封信，說他的墳邊已經漸漸地浸了水，不久墳怕要陷入河裏去了，須得趕緊去設法。母親一知道就很着急，幾乎幾夜睡不着。」所以奉母親之命來這裏遷葬。接下來我們看看呂緯甫怎樣敍述遷葬的故事：「我當時忽而很高興，願意掘一回墳，願意一見我那曾經和我很親睦的小兄弟的骨殖：這些事我生平都沒有經歷過。到得墳地，果然，河水只是咬進來，離墳已不到二尺遠。可憐的墳，兩年沒有培土了，也平下去了。我站在雪中，決然地指着它對土工說，『掘開來！』我實在是個庸人，我這時覺得我的聲音有點稀奇，這命令也是一個在我一生中最為偉大的命令。但土工們毫不駭怪，就動手掘下去了。待到掘着壙穴，我便過去看，果然，棺木已經快要爛盡了，只剩下一堆木絲和小木片。我的心顫動着，自去撥開這些，很小心地，要看一看我的小兄弟。然而出乎意外！被褥，衣服，骨骼，甚麼也沒有。我想，這些都消盡了，向來聽說最難爛的頭髮，也許還有罷。我便伏下去，在該是枕頭所在的泥土裏仔仔細細地看，也沒有。蹤影全無！」「其實，這本已可以不必再遷，只要平了土，賣掉棺材，就此完事了的。……但我不這樣，我仍然鋪好被褥，用棉花裹了些他先前身體所在的地方的泥土，包起來，裝在新棺材裏，運到我父親埋着的墳地上，在他墳旁埋掉了。……這樣總算完結了一件事，足夠去騙騙我的母親，使她安心些。」

我們仔細地來分析這一段呂緯甫的敍述。不知道讀者朋友有甚麼感覺，我說說我的直觀感覺：這樣的敍述還是很感人的。呂緯甫對他小兄弟的感情是很深的：墓裏甚麼都沒有了，還想仔細找頭髮。由此可以看到他對小兄弟和他的母親，有一種濃濃的親情。這濃濃的親情讓人感動。但另一方面，這樣的敍述又讓人覺得很驚詫，比如，為甚麼他說「『掘開來』這句話是他一生中最偉大的命令」呢？還有，一再強調墳掘開以後甚麼也沒有：「消盡」，「蹤影全無」，這又為甚麼呢？這就使人感覺到，在這樣一個充滿人情味的故事背後，好像又隱藏着甚麼。也就是說，這小兄弟的「墳」是一種隱喻。隱喻甚麼呢？隱喻着一種已經逝去的生命。對於呂緯甫來說，他這次不僅僅給小兄弟掘墳，而且是對已經消失的生命的一種追蹤。所以在他感覺中，這是他一生中最偉大的命令。而追蹤的結果是「無」。這個「無」就是典型的魯迅的命題。但是，儘管明知「蹤影全無」，還是要開掘；明知是「騙」，「我」還是要去遷葬。

其實這裏讓我感動的不僅僅是一種人情味，對親兄弟、對母親的親情，更重要的是對已經逝去的生命的追蹤和眷戀。魯迅在《寫在〈墳〉後面》說了類似的話：「這不過是我的生活中的一點陳跡」，「我的生命的一部份，就這樣地用去了。……總之：逝去，逝去，一切一切，和光陰一同早逝去，在逝去，要逝去了。」這一段話和上述描寫是互相聯繫的，都是表現了對正在消失的、將要消失的、已經消失的生命的一種眷戀。魯迅在《寫在〈墳〉後面》最後引用了晉代大詩人陸機悼念曹操的詩句：「嗟大戀之所存，故雖哲而不忘。」這裏正表現了和魏晉文人的精神相通。魏晉那些人表面的放達，掩蓋不住他們對生命的深情的眷戀。

因此，呂緯甫實際上是魯迅生命的一個部份。過去我們分析《在酒樓上》，呂緯甫是被當作一個被批判、被否定的對象。實際上這是不對的，他其實是魯迅生命的一個部份。在呂緯甫身上，集中了魯迅對生命的眷戀之情。而這種濃濃的人情味，對生命的眷戀之情，在魯迅的著作中一般不大看得到，魯迅不大輕易表露他複雜的情感。但正因為這樣，呂緯甫的形象就具有非常特殊的重要的意義。

同時我們要注意到，「我」也是魯迅的一個部份。小說中的敍述者「我」和主人公呂緯甫，是魯迅生命的兩個側面，都是魯迅生命的外化。所以，「我」和呂緯甫的對話實際上是魯迅生命的自我對話。這兩個聲音都是魯迅自己的。

值得注意的是，呂緯甫是在「我」的注視之下敍述故事的。這就使我們想到魯迅在談到陀斯妥耶夫斯基的小說時說過：作家既是偉大的犯人，同時也是偉大的審問者。[4]小說裏這兩個人物是魯迅兩個自我的外化，也正好扮演了「偉大的審問者」

和「偉大的犯人」兩個角色。呂緯甫一方面作為「偉大的犯人」，他在「我」的審視之下；但同時他有意無意地也揭開了他內心的美好的東西。而作為「審問者」的「我」，一方面在逼審「犯人」，另一方面，在「犯人」的陳述面前他也感到自身的一些問題，從而引起自身的反省和自我審問。兩種聲音在互相撞擊。每個人都是審問者，每個人都是犯人。這個撞擊過程，其實是魯迅和與他類似的知識分子的靈魂的拷問。

我們進一步追問：這種自我審問和自我陳述，表明魯迅這樣的知識分子存在着哪些矛盾？這就需要對呂緯甫和「我」做進一步的分析。「我」在小説裏是體現了魯迅哪方面的特點。

「我」是一個漂泊者，他為甚麼從北方跑到南方？他還在追尋，還懷着年輕時候的夢想在追尋，四處奔波。所以「我」是一個漂泊者的形象。一方面，漂泊者的執着追尋表現出一種價值，但同時他有一種困惑：永遠找不到自己的歸宿。而呂緯甫呢？在現實的逼迫下他已經不再做夢了，已經回到現實的日常生活中，他成了大地的堅守者。他所關注的不再是理想的夢，他所能做的是一些有關家族倫理的瑣碎的小事，如為小兄弟遷墳，是日常生活中必須做、非常瑣碎，也沒有多大意義的事情。還有像鄰居死了，他去送禮。在現實生活中，必須有些妥協。所以，當年反抗孔孟之道的呂緯甫仍舊在教「子曰詩云」，教《女兒經》。他有他內心的苦悶。他回到那樣的生活中，他獲得了濃濃的人情味，但是他不能擺脫當年的夢想的蠱惑。他感到一種深深的內疚：當年的夢破滅了，「飛了一個小圈子，便又回來停在原地點」。呂緯甫和「我」互相審視的時候，都有一種非常複雜的情感。從「我」的角度來看呂緯甫，「我」作為一個漂泊者，「我」感覺到生活沒有歸依，沒有落腳點，因此「我」對呂緯甫敘述中表達出的普通老百姓的人情味感到很羨慕，但同時「我」也看到了他生活的平庸，因此引起「我」的警覺。而呂緯甫面對着「我」，他雖然看到了漂泊者存在的問題，但是「我」還在追尋，還在追逐當年的夢想，所以呂緯甫在「我」面前感到慚愧，感到一種壓力。

這就是漂泊者和堅守者的兩種生命存在的形態。兩種形態各有自己的價值，同時也有自己的困惑。魯迅在這兩種選擇中猶豫。這兩個人物都有魯迅的影子。說得更準確點，這兩個人物既有魯迅，魯迅同時又跳出來了，魯迅既在其中，又在其外。魯迅對兩者都有所依戀，有所肯定，但同時都有所質疑。

這樣的複雜敘事的小說並沒有一個明確的價值判斷。過去對這篇小說解釋得過於簡單：「我」是代表正確的「五四」精神的，呂緯甫是背叛「五四」精神的。魯迅的態度是很複雜的。他到底是肯定「我」呢，還是肯定呂緯甫？他沒有明確表態。這裏表現出人類心理的根本性矛盾：漂泊還是堅守？

因此，面對這樣沒有明確價值判斷的非常複雜的文本，我們讀者就會做出不同的反應。這就決定於你自己是怎麼樣的一種狀況。假如你是一個漂泊者，你就可能對呂緯甫更同情。坦白地說，我自己就屬於漂泊者，還在做夢，還在追尋，我就非常羨慕呂緯甫那種普通老百姓日常生活中所表現出的人情味，這是我的生活中所缺少的。但是如果你是一個堅守者，呂緯甫對你是一個記憶，當你感到生活的無聊和乏味的時候，你就會對呂緯甫引起一種警覺，對「我」反而有一種羨慕之情。讀魯迅這樣的小說，每個讀者都可以把自己的生命體驗加入其中，從而使得小說文本更加豐富。每個讀者都不是被動的，而是以自己的生命體驗加入到對小說的再創造中去。所以，我們體會到魯迅的小說作為「開放的文本」的特點：他自己的價值判斷是非常複雜的，充滿矛盾的，但提出的問題是帶有根本性的。在我看來，漂泊和堅守，恐怕是所有人都會面臨的一個很艱難的選擇。魯迅這種複雜的表達，使讀者有創造的可能性。我想，這就是魯迅小說的魅力之所在。

註釋

1 曹聚仁：《與周啟明先生》。

2 周作人：《〈雜拌兒之二〉序》，《周作人自編文集・苦雨齋序跋文》，一二零頁，河北教育出版社二零零五年版。

3 魯迅：《致許壽裳》，《魯迅全集》十一卷，三三五頁，人民文學出版社二零零五年版。

4 魯迅：《〈窮人〉小引》，《魯迅全集》七卷，一零六頁，人民文學出版社二零零五年版。

四、讀《孤獨者》

據胡風的回憶，魯迅曾經直言不諱地對他說：《孤獨者》「那是寫我自己的」。[1]小說的敘述者「我」，名字叫申飛，正是魯迅曾經用過的筆名。魯迅很少公開說哪部小說是寫他自己。但對於《孤獨者》，他說這小說是寫他自己。魯迅給小說主人公魏連殳畫了一幅像：「他是一個短小瘦削的人，長方臉，蓬鬆的頭髮和濃黑的鬚眉佔了一臉的小半，只見兩眼在黑氣裏發光。」這個形象非常像魯迅的自我畫像。這使我想起許廣平對魯迅的一個回憶，當時許廣平是魯迅在北師大的學生，而魯迅是名作家，學生們對他有很高的期待，想看看這名作家究竟是甚麼樣子。「突然，一個黑影子投到教室裏來了」，「大約兩寸長的頭髮，粗而且硬，筆挺地豎立着，真像怒髮衝冠的樣子。」[2]一身全黑的魯迅和魏連殳非常相像，可以說魏連殳是魯迅的自畫像。那麼，我們就來看看「孤獨者」魏連殳到底揭示了魯迅的哪一個側面。

小說開頭非常特別，是一段很有意味的話：「我和魏連殳相識一場，回想起來倒也別致，竟是以送殮始，以送殮終。」一這是一個暗示：死亡的輪回的陰影將籠罩着整篇小說。

小說開始就寫魏連殳跟祖母一起生活。這祖母不是親生的，而是他父親的繼母。魏連殳的奔喪引起當地老百姓、他的同族很大的驚駭，因為他是著名的洋學堂裏出來的異端人物。大家很緊張，這樣的人回來，能不能按傳統的規矩來辦事呢？在魏連殳回來之前，他們就商量好，要提三大條件：第一，必須穿孝服；第二，必須跪拜；第三，必須請和尚道士。沒想到魏連殳毫不猶豫，全部答應了：可以完全按舊規矩辦事。而且他在裝殮祖母的時候非常耐心。大家知道，按中國農村的習俗，裝殮的時候別人是會挑剔的，看子孫孝不孝。魏連殳顯得非常耐心，出人意料，大家很滿意。但有一點不大對勁：大家在哭的時候，他卻不哭，弄得大家都不舒服。但是，等大家都不哭的時候，魏連殳「還坐在草薦上沉思。忽然他流下淚來了，接着就失聲，立刻又變成長嚎，像一匹受傷的狼，當深夜在曠野中嗥叫，慘傷裏夾雜着憤怒和悲哀」。

這樣一個魏連殳，很自然地又使我們想起魏晉時代的一個人——阮籍。《晉書》上記載，阮籍母親死的時候，他在跟別人下棋。有人來叫他，說你母親死了，趕緊走吧。他說不，就開始飲酒，飲完酒之後，「舉聲一號，吐血數升」。他說那些都是假俗之人。這個細節和魏連殳哭祖母的細節非常接近。這使我想起魯迅對阮籍的評價。魯迅說，阮籍這個人表面是反禮教的，其實他是最守禮的。[3]魏連殳就是這樣的人。為甚麼魏連殳那麼爽快地答應要穿孝服，要磕頭，要請和尚道士？為甚麼他那麼耐心地裝殮？原來他是最孝順的。他是真孝，真守禮，而不是假禮，不是表演。倒是那些拚命哭的人可能是一種表演。正如魯迅所說，口頭上大講甚麼禮教的人，實際是違背禮教的；表面反對禮教的人，往往是最守禮的。阮籍和魏連殳就屬於後者。而這恰好也是魯迅的自我寫照。你別看魯迅反禮，魯迅是真正守禮的，你看他對母親的孝順，就可以知道。在魏連殳的身上，有歷史上的阮籍和現實中的魯迅，他們三者合而為一。

於是我們又注意到，魯迅在整部小說都突出兩種感受：一是極端的異類感，一是極端的絕望感。而這種異類和絕望，既是魏晉時代的，也是魯迅自己的。也就是說，魯迅把魏晉時代和自身的絕望感、異類感在魏連殳這一人物身上淋漓盡致地表達出來。

在小說裏，魏連殳正是一個異類。這個人非常奇怪，「對人總是愛理不理的，卻喜歡管別人的閒事」，所以大家都把他當作外國人。他非常喜歡發議論，而且發的議論都很「奇警」。而愛發奇論，愛管別人閒事，是典型的魏晉風度，典型的魯迅風度。這樣一個異類，和社會是絕對不相容的。所以，到處流傳着關於他的流言蜚語，後來校長把他解聘了，他沒飯吃了。有一天，「我」在書攤上發現有魏連殳的書在出賣，「我」感到很吃驚，因為魏連殳是愛書如命的人，他把書拿出去賣，說明他的生活到了絕境。終於有一天，魏連殳來到「我」家裏，想說甚麼又不說，臨走時，說能不能幫他找一份工作，因為「我還得活幾天」。魏連殳是一個何等驕傲的人啊，但最後居然上門請別人為他找工作。這說明他已被逼到走投無路的地步。小說情節的發展有很大的殘酷性：整個社會是怎樣對待異端，怎樣一步一步地剝奪他的一切，最後，他連生存的可能性都失去了。這是社會、多數人對一個異端者的驅逐。

大家要注意，小說中「我」在敍述魏連殳的故事時，內心是同情魏連殳的，但敍述語調是盡可能客觀的，他在控制自己的情感，或者收斂自己的情感。他把對魏連殳的同情隱藏在自己情感的最深處，偶爾露一點點。他是以一種自嘲的方式來控制自己的情感，掩飾自己的寫作，掩飾自己的話語。這正是魯迅的另一面。一方面，魯迅想要很直白地傾訴自己的一切，要說真話；但同時他是有控制的，他要隱蔽自己，有意識地遮蔽自己。這裏也體現出魯迅言說方式的兩個不同的側面。

這樣，小說就展開了魏連殳和「我」之間的對話。但不是一般的對話，而是辯論。從某種程度上說，「我」和魏連殳的辯論就是兩個自我的辯論。小說整個故事進程中插入了「我」跟魏連殳三次辯論。這種辯論的方式也有點像魏晉時代的清談。「我」和魏連殳兩個自我在房間裏三次清談。而三次清談所討論的問題，不是一般的發牢騷，而是把他們感受到的問題、痛苦都提高到形而上的層面。某種程度上說，這三次論辯，是三次玄學的討論。這又和魏晉的清談和玄學有內在的聯繫。問題都是從具體的事情說起的，但討論到後來就成為大問題，形而上的問題。

先從對孩子的看法談起。魏連殳雖然脾氣怪，但有一個特點，他對別人都很凶，都愛理不理的，唯獨一見到小孩就兩眼發光，興奮得不得了。小說中出現了兩個人物，叫大良、小良。客觀上看，大良、小良這兩個小孩又髒又討厭，他們的祖母也是典型的庸俗小市民。但是，魏連殳非常喜歡這兩個孩子。「我」旁邊看不慣，「我」和魏連殳之間就有一場爭論。爭論甚麼呢？當看到我對他過於喜歡孩子流露不耐煩時，魏連殳說：「孩子總是好的。他們全是天真……。」「我」說：「那也不盡然。」

「不。大人的壞脾氣，在孩子是沒有的。後來的壞，如你平日所攻擊的壞，那是環境教壞的。原來並不壞，天真……。我以為中國的可以有希望，就在這一點。」這是魏連殳的觀點。「我」接着說：「不。如果孩子中沒有壞根苗，大起來怎麼會有壞花果？譬如一粒種子，正因為內中本含有枝葉花果的胚，長大時才能夠發出這些東西來。何嘗是無端……」

這裏表面上看是爭論對孩子的看法問題：一個認為孩子本性是好的，是環境把他變壞的；一個認為孩子本性就是不好的。看起來是孩子問題的爭論，其實是討論人的生存希望是甚麼。魏連殳認為有希望，希望在孩子，因為人的本性是好的，只是後天的環境造成人的壞。既然是環境造成的，就有改造的可能性。而「我」認為不是環境造成的，人的本性，人的根苗就是壞的，因此就沒辦法改造，也就沒有希望。這實際上從人性的根本問題上，來討論人的生存是有希望還是沒希望。

認為人本性就是惡的就沒有希望，人本性善就有希望。這看來是對孩子的看法問題，實際上是討論人的希望究竟在哪裏，是從人的本性上來討論這個問題的。但大家要注意，這兩個觀點互相質疑，互相顛覆，這樣的討論是沒有結論的。因為這就是魯迅內心的矛盾，魯迅自己就沒有解決這個矛盾。它同樣沒有明確的價值判斷。

它揭示出這樣一個根本性的矛盾，討論人的本性如何，人的希望在哪裏。

第二個問題是圍繞着「孤獨」展開的。魏連殳不是很孤獨嗎？有一天，「我」勸魏連殳，說孤獨是他自己造成的：「你實在親手造了獨頭繭，將自己裹在裏面了。你應該將世間看得光明些。」在「我」看來，境由心造，魏連殳的孤獨是他自己造的，是一種自我孤獨，因此可以用調整的方法來改變。魏連殳沒有正面回答這個問題。但他講了一個故事，他說雖然他跟祖母沒有血緣關係，但祖母埋葬那天他為甚麼失聲痛哭呢？因為想到祖母和我的命運。祖母當年是孤獨的，「我雖然沒有分得她的血液，卻也許會繼承她的運命」，繼承她的孤獨感。在小說結尾，「我」來看魏連殳的時候，「我」也有這種感覺。魏連殳死了，「我」跟魏連殳是朋友，沒有甚麼血緣關係，但「我」也感到繼承了他的甚麼。從祖母到魏連殳，再到「我」，這三種人之間沒有血緣關係，卻構成一個孤獨者的譜系。孤獨並不是由人自己造成的，而是命運造成的，是注定如此的，會代代相傳的。

孤獨者這樣的宿命實際上是對人的生存狀態的追問。孤獨的生存狀態到底是可以改變的，還是無可改變的宿命？這是魯迅的又一個矛盾。「我」認為孤獨的生存狀態是可以改變的，但魏連殳認為孤獨的生存狀態是無可改變的，是一種宿命。這同樣反映了魯迅對人的生存狀態的一種困惑。

第三個問題就更加深刻了：是為甚麼活的問題。魏連殳那天到「我」家來，讓「我」替他找工作，說：「我還得活幾天！」提了「活」這個字。魏連殳說完就走了，「我」來不及回應他。所以這場辯論沒有正面展開。但是，「我」念念不忘這句話。我那天「下了一天的雪，到夜還沒有止，屋外一切靜極，靜得要聽出靜的聲音來。我在小小的燈光中，閉目枯坐」，就想起魏連殳，一雙黑閃閃的眼睛在「我」面前閃動着，還聽見他的聲音：「我還得活幾天！」於是「我」從內心發出疑問：「為甚麼呢？」正在想這個問題時，有人敲門，郵差送來一封信，是魏連殳的信。這是一種心靈的感應：「我」在想他，他的信來了。這有點神秘。信裏一開始就回答「我為甚麼活着」這個問題：「從前，還有人願意我活幾天，我自己也想活幾天的時候，活不下去；現在，大可以無須了然而要活下去……」這裏討論的是「人為甚麼活下去」的問題。人活着的價值和意義到底在哪裏？這恐怕是一個更帶根本性的問題。

魏連殳的信裏講了三個層面的意思。或者說，魏連殳活着的目的有三次變化：第一個層面是「為自己活」，為自己的某種追求、理想或信仰而活着。魏連殳最初就是這樣活着的。為甚麼大家都覺得他是異端呢？就是因為他是一個有信仰、有追求的人。但是，這樣有理想有追求的人，在現實生活中很難活下去。魏連殳有一天發現：我不能為自己活着，因為無法實現自己的理想和追求。這時候怎麼辦？再活下去的動力是甚麼呢？魏連殳回答說：「有人願意我活幾天」，母親、朋友、兒子要他活着。這時他是為他人而活着。這是第二個層面的「活着」。可悲的是，等到連「愛我者」也不希望他活着的時候，活着不僅對自己沒意義，對他人也沒有意義了。這時候人還要不要活着？人的生存價值已經到了零度。魏連殳仍覺得還要活下去，為誰活着呢？「為不願意我活下去的人們而活下去。」你們不是不願意我活嗎？那我就偏要活着，活給你看，就是要讓你們覺得不舒服。這也是魯迅的選擇。他有些話說得很沉重，他說，我活着，我注意身體健康，我不是為了我的老婆，我的孩子，而是「為了我的敵人。我要讓他們不那麼滿意，我要像『黑的惡鬼似的』站在他們面前」。[4]魯迅最重要的價值就在這裏。當然這也是非常殘酷的選擇，它一步一步地演變：為自己活着，為他人活着，為敵人活着。

所以，魏連殳最後做了一個出乎所有人意料之外的選擇：特地投奔了一個軍閥——杜師長，做了軍閥的幕僚，成了有權有勢的人了。他就用以毒攻毒的方式來報仇：利用自己掌握的權力，給壓迫者以壓迫，給侮辱者以侮辱。當年那些反對他的人都來巴結他，面對「新的賓客，新的饋贈，新的頌揚」，他感到復仇的快意，但同時感到最大的悲哀，因為「我已經躬行我先前所憎惡，所反對的一切，拒斥我先前所崇仰，所主張的一切了。我已經真的失敗」。以背叛自己和「愛我的人」為代價，取得對敵人的勝利。他的復仇不能不以自我精神的扭曲和毀滅作為代價，最後導致生命的死亡。最後「我」趕去看魏連殳，只能面對他的屍體，魏連殳「很不妥帖地躺着，腳邊放一雙黃皮鞋，腰邊放一柄紙糊的指揮刀，骨瘦如柴的灰黑的臉旁，是一頂金邊的軍帽」。接着寫到魏連殳給「我」最後的印象：「他在不妥帖的衣冠中，安靜地躺着，合了眼，閉着嘴，口角間彷彿含着冰冷的微笑，冷笑着這可笑的死屍。」

這是死者的自我嘲笑，又何嘗不是魯迅的自我警誡。這裏實際上也投入了魯迅自我生命的體驗。我認為，這恐怕是魯迅曾經考慮過的選擇。他說過這樣的話：「為了生存和報復起見，我便甚麼事都敢做。」[5]而且魯迅真有一個杜師長那樣的朋友，那就是他在留學日本時結識的，後來成為孫傳芳的師長兼浙江省省長，最後被蔣介石殺掉的陳儀。魯迅在失意時，曾經對許廣平說：「要實在不行，我投奔陳儀去。」所以，小說的這個情節是有根據的，是魯迅曾經考慮過的一種選擇，悲劇性的選擇。

在小說裏，「我」和魏連殳的三次對話，三次辯論，其實是展開內心深處的矛盾。這裏討論了三個問題：一個是討論人的存在本身的問題；另一個是討論人的存在希望何在；最後一個是討論人的生存的價值和意義到底在哪裏。我覺得，最讓我們感到驚心動魄的，是最後一個問題。從為自己活着，為他人活着，到為敵人活着，即使到了底線，還要去追尋生命存在的意義。這使我想起了哈姆雷特的命題：「活還是不活？」其實，這個問題是人類共同的精神命題。魯迅在這裏是以中國的方式來思考與回答的。而這樣的精神命題今天仍然在追問着我們每一個人。魯迅看到很深的根源，他從歷史看到現實，從魏連殳時代的文人看到自己的同輩人。這種魯迅式的對人的存在本身的追問，充滿着魯迅式的緊張，也灌注着魯迅式的冷氣。

小說寫到這裏，讀者的神經快要崩潰，受不了了。於是就有一個爆發：「我快步走着，彷彿要從一種沉重的東西中衝出，但是不能夠。耳朵中有甚麼掙扎着，久之，久之，終於掙扎出來了，隱約像是長嗥，像一匹受傷的狼，當深夜在曠野中嗥叫，慘傷裏夾雜着憤怒和悲哀。」這「受傷的狼」的形象，在小說中第二次出現。它把一開始就籠罩全篇的死亡的輪回和絕望掙扎的生命感受螺旋式地往上推進。這深夜的曠野裏發出的長嗥，夾雜着憤怒和悲哀的長嗥，無疑是魏連殳的心聲，是

「我」的心聲，也是魯迅自己的心聲，也可以說是千古文人共同命運的象徵。

小說發展到這裏就到極點了，任何人都寫不下去了。但是魯迅還想從中掙扎出來。這就是魯迅之為魯迅：當絕望和痛苦達到極端的時候，他對絕望和痛苦又進行質疑。所以小說還有一個非常重要的轉折。一般人以為小說到這裏就結束了，已經很精彩了，但魯迅為從絕望中、從質疑中擺脫出來做最後的努力：「我的心地就輕鬆起來，坦然地在潮濕的石路上走，月光底下。」你看，小說的結尾恢復了平靜。更準確地說，它把這種痛苦真正內化了，隱藏到生命的、心靈的深處。也就是說，作者把所有驚心動魄的追問變成了長久的回味和更深遠的思索。這樣才完成了魯迅的小說，這樣的小說結尾才真正是魯迅式的。最後他把所有掙扎內斂到生命的深處，達到一種平靜。讀完這篇小說，我們對所謂「魯迅氣氛」就會有一種更深的體會。

對魯迅精神氣質、小說藝術的幾點新認識

最後我們總結一下：通過分析魯迅的氣氛、魯迅的氣質、魯迅的精神、魯迅的小說，可以達到一種甚麼樣的認識？

我們首先注意到，魯迅小說的自我辯駁的性質。魯迅最具代表性的小說都具有一種自我辯駁的性質。這種自我辯駁最能顯示魯迅多疑的思維的特點。我們都說魯迅是多疑的，其實他的多疑主要是指向自己的。日本學者木山英雄先生說，魯迅有一種內攻性衝動。魯迅對自己全部的情感、觀念、選擇都有多疑的審問。我們一般認為魯迅是漂泊者，但《在酒樓上》裏他對漂泊者是質疑的：我們一般認為魯迅是主張復仇的，但在《孤獨者》裏對復仇也進行質疑。他總是提出兩個命題，又在兩個命題之間來回質疑。譬如《在酒樓上》，他同時提出漂泊和堅守這兩個對立的命題；在《孤獨者》裏，他又提出兩個對立的命題：希望和絕望。他來回質疑，在來回的旋進中，他的思維更加深入，更加複雜化。這顯示魯迅作為永遠的探索者的精神氣質。魯迅永遠在探索，探索中也會有些結論，但他從不把這些結論凝固化、絕對化，同時加入質疑。

其次，我們發現魯迅的情感和精神氣質是非常複雜的，是多層次的。比如跟魏晉的關係，他既有劉伶式的頹唐、放達的一面，同時有阮籍、嵇康的憤激、冷峻的一面。我們一般認為魯迅是異端者，但同時也看到他是最守禮的。他既是漂泊者，但同時他又堅守。

這種多疑的思維所形成的複雜性、辯駁性，以及他的精神氣質的多層次性，就形成了我們學術界經常提到的魯迅小說的複調性。他的作品總有多種聲音在那裏互相爭吵着，消解着，顛覆着，補充着；有多種感情在那裏互相糾纏着，激蕩着，扭結着。我稱之為一種「撕裂的文本」，在那裏找不到和諧。撕裂的文本具有一種內在的緊張。這樣內在緊張的作品，藝術表現上很容易陷入急促。但魯迅又追求從容。這也是一個矛盾：他整個的情緒、思想、情感、心理是緊張的，但表達上又追求一種從容。應該說，不是魯迅所有的作品在處理這個矛盾時都處理得很好。有些作品可能過於急促，過於緊張，不夠從容。但是我們討論的《在酒樓上》《孔乙己》，能把緊張的內容包容在一種舒緩的節奏中。即使是像《孤獨者》這樣具有極大的情感衝擊力的作品，最後還是把它內斂成一種具有深刻內涵的平靜。這就是魯迅小說的魅力：很好地處理了內在的緊張和表達的舒緩、從容之間的關係。即使是衝突，最後也轉化成一種平靜，是心靈的平靜，也是敍事的平靜。

我們發現，魯迅的小說具有多重蘊涵。他不僅僅關注人的歷史的、現實的命運，更進行人存在本身的追問。讀《孤獨者》，讀《在酒樓上》，你可以感受到魯迅強烈的現實關懷，但沒有停留在現實層面上，而是提高到形而上的層面。他把現實的關懷和形而上的關懷有機地統一起來。在我看來，大作家和一般作家的區別，就在這裏。真正的偉大作家一定有現實關懷的，我不相信不食人間煙火的作品是偉大的。但是，如果僅僅停留在現實關懷上，缺乏形而上的關懷，缺乏一種對人性，對生命存在的追問的作品，價值同樣是有限的。在我的理解中，大作家就能把現實的關懷和形而上的關懷統一起來。應該說，魯迅自己也沒有在所有作品中達到這個水平，但至少在我們所討論的作品中做到了這點。

註釋

1 胡風：《魯迅先生》，《胡風全集》七卷，六五頁，湖北人民出版社一九九九年版。
2 許廣平：《魯迅和青年們》，《魯迅回憶錄》（上冊），三四四頁，北京出版社一九九九年版。
3 魯迅：《魏晉風度及文章與藥及酒之關係》，《魯迅全集》三卷，五三五頁。
4 參看魯迅：《〈墳〉題記》，《魯迅全集》一卷，四頁；《兩地書·九三》，《魯迅全集》十一卷，二四五頁。
5 魯迅：《兩地書·七三》，《魯迅全集》十一卷，二零四頁。

五、讀《鑄劍》

先釋題：所謂《故事新編》，首先是「故事」，魯迅說得很清楚，「故事」是中國古代的一些神話、傳說以及古代典籍裏的部份記載，這實際上表現了古代人對外部世界和自身的一種理解，一種想像。所謂「新編」，就是魯迅在二十世紀二三十年代裏重新編寫、改寫，某種程度上這是魯迅和古人的一次對話，一次相遇。既然是重寫，是重新相遇，魯迅在寫《故事新編》時就要在古代神話、傳說、典籍裏注入自己所處時代的精神，注入個人生命體驗。——我們讀《故事新編》，就是要了解他在裏面注入了甚麼東西。

我們就以這篇《鑄劍》為例。——在我看來，它是《故事新編》裏寫得最好、表現最完美的一篇，因此我們要做一個文本細讀。

魯迅曾說自己寫《故事新編》是「只取一點因由，隨意點染，鋪成一篇」[1]；只有《鑄劍》自由出典，「我是只給鋪排，沒有改動的」。[2]據查，在《吳越春秋·

闔閭內傳》與《越絕書．越絕外傳寶劍》裏均有《鑄劍》故事的記載。在魯迅輯《古小說鈎沉》所收集的相傳為魏晉曹丕所著《列異傳》也有記載——

干將莫邪為楚王作劍，三年而成。劍有雄雌，天下名器也。乃以雌劍獻君，藏其雄者。謂其妻曰：「吾劍藏在南山之陰，北山之陽；松生石上，劍在其中矣。君若覺，殺我，爾生男，以告之。」及至君覺，殺干將。妻後生男，名赤鼻，告之。赤鼻斫南山之松，不得劍；忽於屋柱中得之。楚王夢一人眉廣三尺，辭欲報仇。購求甚急，乃逃朱興山中。遇客，欲為之報；乃刎首，將以奉楚王。客令鑊煮之，頭三日三夜跳不爛。王往視之，客以雄劍倚似王，王頭墮鑊中；客又自刎。三頭悉爛，不可分別，分葬之，名曰三王冢。

對照魯迅的重寫，故事情節與原本沒有多大出入；但魯迅也自有其理解與創造。或許我們可以從一個細節說起。小說最初於一九二七年四月五日發表於《莽原》二卷八、九期時，題為《眉間尺》；一九三二年編入《自選集》時，又改題為《鑄劍》。這一改動，正是要突出「劍」的形象，以及「鑄劍」的意義。

於是，我們就注意到小說關於「鑄劍」的場面描寫——那也是一段魯迅式的文字：

當最末次開爐的那一日，是怎樣地駭人的景象呵！嘩拉拉地騰上一道白氣的時候，地面也覺得動搖。那白氣到天半便變成白雲，罩住了這處所，漸漸現出緋紅顏色，映得一切都如桃花。我家的漆黑的爐子裏，是躺着通紅的兩把劍。你父親用井華水慢慢地滴下去，那劍嘶嘶地吼着，慢慢轉成青色了。這樣地七日七夜，就看不見了劍，仔細看時，卻還在爐底裏，純青的，透明的，正像兩條冰。

……待到指尖一冷，有如觸着冰雪的時候，那純青透明的劍也出現了。……

窗外的星月和屋裏的松明似乎都驟然失了光輝，惟有青光充塞宇內。那劍便溶在這青光中，看去好像一無所有。

我們觸摸着魯迅的創造物：這把劍——「鐵」化後的透明的「冰」。我們看見了魯迅式的顏色：白，紅，黑，還有青，而且是「通紅」以後的「純青」。

我們又感受到了魯迅式的情感：「極熱」後的「極冷」。我們更領悟着魯迅的哲學：「無」中的「有」。

這是一種性格，一種精神。小說裏，真正代表了這性格、這精神的，是「黑色人」。

這黑色人是如何出現的呢？

這天晚上楚王做了一個夢，夢見有人拿劍刺殺他，便下令全城搜捕眉間尺。正在最危急的時候出現了「黑色人」。

前面的人圈子動搖了，擠進一個黑色的人來，黑鬚黑眼睛，瘦得如鐵。他並不言語，只向眉間尺冷冷地一笑……

眉間尺渾身一顫，中了魔似的，立即跟着他走；後來是飛奔。……前面卻僅有兩點燐火一般的那黑色人的眼光。

這「冷冷的一笑」，這令人毛骨悚然的鴟鴞般的聲音，這燐火也似的眼睛，都給人以冷的感覺。

黑色人對他說，「我為你報仇」，「只要你給我兩件東西：一是你的劍，二是你的頭！」眉間尺毫不猶豫地割下頭，「『呵呵！』他一手接劍，一手捏着頭髮，提起眉間尺的頭來，對着那熱的死掉的嘴唇，接吻兩次，並且冷冷地尖利地笑。」這更使人感到他的心也冰凍了。

「我只不過要給你復仇」，「你還不知道麼，我怎麼地善於報仇」。——這正是一把冰也似的無情的復仇之劍。

但你聽見了他心靈的呻吟了麼？

……我的魂靈上是有這麼多的，人我所加的傷，我已經憎惡了我自己！

原來這也是一個受傷的靈魂。他何嘗沒有過火熱的生命，熱烈的愛，只是在一次又一次的，而且彷彿永遠沒有止境的打擊、迫害、淩辱、損傷之下，感情結冰了，心變硬了，一切糾纏卻不免軟弱的柔情善意都被自覺排除，於是只剩下一個感情——憎恨，一個慾望——復仇。他把自己變成一個復仇之神。

我們不能不想到魯迅，並且終於懂得魯迅用自己的筆名「宴之敖者」來給這位「黑色人」命名。而「宴之敖者」又包含着「被家裏的日本女人逐出」的隱痛[3]這層深意。「魯迅——黑的人——劍」，三者是融為一體的。

於是我們又注意到魯迅作品裏實際存在一個黑色家族。這位宴之敖者與《孤獨者》裏的魏連殳，以及同屬《故事新編》的《理水》裏的夏禹，《非攻》裏的墨子，《奔月》裏的后羿，都是其中的成員。在中國的傳統裏，墨家自稱是直接師承大禹的，而「墨子之徒為俠」，[4]而宴之敖者正是古之俠者。我們正可以從這一側面看到魯迅與古代「禹——墨——俠」傳統的精神聯繫。而且這一精神聯繫是貫穿了整本《故事新編》的，很有意思。

我們再回到《鑄劍》上來。小說還有一個不可忽視的人物：莫邪的兒子眉間尺，這位眼大眉寬的美少年。在小說裏，作為「莫邪劍——黑色人」的形象的補充，他的性格有一個發展過程。小說一開始就通過一個精心設計的細節——眉間尺與老鼠的搏鬥（這是原傳說故事裏沒有的），竭力渲染少年眉間尺「不冷不熱」的優柔性情，以致引起母親「看來，你的父親的仇是沒有人報的了」的憂慮和嘆息。但是，當母親向他轉述了「鑄劍」的故事，傳達了父親的遺旨之後——

眉間尺突然全身都如燒着猛火，自己覺得每一根毛髮上都彷彿閃出火星來。他的雙拳，在暗中，捏得格格地作響。

顯然是神聖的仇恨滲入了他的每一根毛髮以至靈魂，父輩的復仇精神將他重新塑造，他坦然宣佈——

我已經改變了我的優柔的性情，要用這劍報仇去！

於是，我們看見了另一個眉間尺：他「沉靜而從容地」去「尋他不共戴天的仇讎」；當黑色人向他索取劍和頭，他竟是毫不猶豫地獻出了自己的生命。小說《鑄劍》的題旨正實現在這眉間尺的成長之中。

於是，就有了驚心動魄的復仇。黑色人把自己打扮成一個玩雜技的人，宣稱有絕妙的雜技表演。而楚王此時正覺得無聊，想找刺激，就把他召上殿來。黑色人要求將一個煮牛的大金鼎擺在殿外，注滿水，下面堆了獸炭，點起火來。

「那黑色人站在旁邊，見炭火一紅，便解下包袱，打開，兩手捧出孩子的頭來，高高舉起。那頭是秀眉長眼，皓齒紅唇；臉帶笑容；頭髮蓬鬆，正如青煙一陣。黑色人捧着向四面轉了一圈，便伸手擎到鼎上，動着嘴唇說了幾句不知甚麼話，隨即將手一鬆，只聽得撲通一聲，墜入水中去了。水花同時濺起，足有五尺多高，此後是一切平靜。」「……炭火也正旺，映着那黑色人變成紅黑，如鐵的燒到微紅……他已經伸起兩手向天，眼光向着無物，舞蹈着，忽地發出尖利的聲音唱起歌來：

哈哈愛兮愛乎愛乎！
愛兮血兮兮誰乎獨無。
……
血乎嗚呼兮嗚呼阿呼，
阿乎嗚呼兮嗚呼嗚呼！

隨着歌聲，水就從鼎口湧起，上尖下廣，像一座小山，但自水尖至鼎底，不住地迴旋運動。那頭即隨水上上下下，轉着圈子，一面又滴溜溜地自己翻筋斗，人們還可以看見他玩得高興的笑容。過了些時，突然變了逆水的游泳，打旋子夾着穿梭，激得水花向四面飛濺，滿庭灑下一陣熱雨來。

……黑色人的歌聲才停，那頭也就在水中央停住，面向王殿，顏色轉成端莊。這樣的有十餘瞬息之久，才慢慢地上下抖動，從抖動加速而為起伏的游泳，但不很快，態度很雍容。

請注意，這裏對眉間尺形象的描寫：「秀眉長眼，皓齒紅唇」，「顏色端莊」，「態度雍容」，還有那「玩得高興的笑容」，這樣的年輕，如此的秀美，這是一個多麼美好的生命！但不要忘了，這只是一個頭，一個極欲復仇的頭顱，這其間的反差極大，造成一種奇異的感覺。這個頭顱「忽然睜大眼睛，漆黑的眼珠顯得格外精彩」，就這麼「開口唱起歌來」，依然是聽不懂的古怪的歌：

王澤流兮浩洋洋；
克服怨敵，怨敵克服兮，赫兮強！
……
堂哉皇哉兮嗳嗳唷，
嗟來歸來，嗟來陪來兮青其光！

唱着唱着頭不見了，歌聲也沒有了。楚王看得正起勁，忙問這是怎麼一回事，黑色人就叫楚王下來看，楚王也就果真情不自禁地走下寶座，剛走到鼎口，就看見那小孩對他嫣然一笑，這可把楚王嚇了一跳，彷彿似曾相識，因為小孩正像他的父親。「剛在驚疑，黑色人已經掣出了背着的青色的劍，只一揮，閃電般從後項窩直劈下去，撲通一聲，王的頭就落在鼎裏了。」「仇人相見，本來格外眼明，況且是相逢狹路。王頭剛到水面，眉間尺的頭便迎上來，狠命在他耳輪上咬了一口。鼎水即刻沸湧，澎湃有聲；兩頭即在水中死戰。約有二十回合，王頭受了五個傷，眉間尺的頭上卻有七處。王又狡猾，總是設法繞到他的敵人的後面去。眉間尺偶一疏忽，終於被他咬住了後項窩，無法轉身。這一回王的頭可是咬定不放了，他只是連連蠶食進去；連鼎外面也彷彿聽到孩子的失聲叫痛的聲音。」這時，黑色人也有些驚慌，但仍面不改色，從從容容地伸開那捏着看不見的青劍的臂膊，如一段枯枝；臂膊忽然一彎，青劍便驀地從他後面劈下，劍到頭落，墜入鼎中，「他的頭一入水，即刻奔向王頭，一口咬住了王的鼻子，幾乎要咬下來。王忍不住叫一聲『阿唷』，將嘴一張，眉間尺的頭乘機掙脫了，一轉臉倒將王的下巴死勁咬住。他們不但都不放，還用全力上下一撕，撕得王頭再也合不上嘴。於是他們就如餓雞啄米一般，一頓亂咬，咬得王頭眼歪鼻塌，滿臉鱗傷。先前還會在鼎裏面四處亂滾，後來只能躺着呻吟，到底是一聲不響，只有出氣，沒有進氣了。黑色人和眉間尺的頭也慢慢地住了嘴，離開王頭，沿鼎壁遊了一匝，看他可是裝死還是真死。待到知道了王頭確已斷氣，便四目相視，微微一笑，隨即合上眼睛，仰面向天，沉到水底裏去了。」這就結束了復仇的故事。

你看，在這一段文字裏，魯迅充份發揮了他的想像力，把這個復仇的故事寫得如此的驚心動魄，又如此的美，可以說是把復仇充份的詩化了。

小說寫到這裏就好像到了一個高潮，應該結束了，如果是一般作家也就這樣結束了。但是如果真到此結束，我們就可以說這不是魯迅的小說。老實說，這樣的想像力，這樣的描寫，儘管很不凡，但別一個出色的作家還是可以寫得出的。魯迅之為魯迅，就在於他在寫完復仇的故事以後，還有新的開掘。甚至可以說，魯迅的本意，或者說他真正興趣所在，還不是描寫復仇本身，他要追問的是，復仇「以後」會怎麼樣。也就是說，小說寫到復仇事業的完成，還只是一個鋪墊，小說的真正展開與完成，小說最精彩，最觸目驚心之處，是在王頭被啄死了以後的描寫。

當王死後，侍從趕緊把鼎裏的骨頭撈出來，從中挑揀出王的頭，但三個頭已經糾纏在一起，分不清誰是誰的了。於是，就出現了一個「辨頭」的場面——

　　當夜便開了一個王公大臣會議，想決定那一個是王的頭，但結果還同白天一樣。並且連鬍髮也發生了問題。白的自然是王的，然而因為花白，所以黑的也很難處置。討論了小半夜，只將幾根紅色的鬍子選出；接着因為第九個王妃抗議，說她確曾看見王有幾根通黃的鬍子，現在怎麼能知道決沒有一根紅的呢。於是也只好重行歸併，作為疑案了。

　　到後半夜，還是毫無結果。大家卻居然一面打呵欠，一面繼續討論，直到第二次雞鳴，這才決定了一個最慎重妥善的辦法，是：只能將三個頭骨都和王的身體放在金棺裏落葬。

我們很容易就注意到，魯迅的敍事語調發生了變化，三頭相搏的場面充滿悲壯感，三頭相辨就變成了魯迅式的嘲諷。也就是說，由「復仇」的悲壯劇變成了「辨頭」的鬧劇，而且出現了「三頭並葬」的復仇結局。

這又意味着甚麼呢？從國王的角度來說，國王是至尊者，黑色人和眉間尺卻是大逆不道的叛賊，尊貴的王頭怎麼可以和逆賊頭放在一起葬呢？對國王而言，這是荒誕不經的。從黑色人、眉間尺的角度說，他們是正義的復仇者，國王是罪惡的元兇，現在復仇者的頭和被復仇者的頭葬在一起，這本身也是滑稽可笑的。這雙重的荒謬，使復仇者和被復仇者同時陷入了尷尬，也使復仇本身的價值變得可疑。先前的崇高感、悲壯感到這裏都化成了一笑，卻不知道到底該笑誰：國王？眉間尺？還是黑色人？就連我們讀者也陷入了困境。

而且這樣的尷尬、困境還要繼續下去：小說的最後出現了一個全民「大出喪」的場面。老百姓從全國各地、四面八方跑來，天一亮，道路上就擠滿了男男女女、老老少少，名義上是來「瞻仰」王頭，其實是來看三頭並葬，看熱鬧。大出喪變成了全民狂歡節。當三頭並裝在靈車裏，在萬頭攢動中招搖過市時，復仇的悲劇就達到了頂點。眉間尺、黑色人不僅身首異處，而且僅餘的頭顱還和敵人的頭顱並置公開展覽，成為眾人談笑的資料，這是極端的殘酷，也是極端的荒謬。在小說的結尾，魯迅不動聲色地寫了這樣一段文字——

此後是王后和許多王妃的車。百姓看她們，她們也看百姓，但哭着。此後是大臣，太監，侏儒等輩，都裝着哀戚的顏色。只是百姓已經不看他們，連行列也擠得亂七八糟，不成樣子了。

這段話寫得很冷靜，但我們仔細地體味，就不難發現看與被看的關係。百姓看她們，是把她們當成王后和王妃嗎？不是，百姓是把她們當成女人，是在看女人，是男人看女人；她們看百姓，是女人看男人。就這樣，男人看女人，女人看男人，全民族從上到下，都演起戲來了。這個時候，復仇者和被復仇者，連同復仇本身也就同時被遺忘和遺棄。這樣，小說就到了頭了，前面所寫的所有的復仇的神聖、崇高和詩意，都被消解為無，真正是「連血痕也被舔淨」。只有「看客」仍然佔據着畫面：在中國，他們是唯一的、永遠的勝利者。

不知大家感覺怎麼樣，我每次讀到這裏，都覺得心裏堵得慌。我想魯迅自己寫到這裏，他的內心也是不平靜的。因為這個問題涉及魯迅的信念，魯迅是相信復仇、主張復仇的。他曾經說過：「當人受到壓迫，為甚麼不反抗？」魯迅的可貴，就在於他對自己的「復仇」主張也產生了懷疑。雖然他主張復仇，但同時又很清楚在中國這樣的一個國家，復仇是無效的、無用的，甚至是可悲的。魯迅從來不自欺欺人，他在情感上傾心於復仇，但同時他又很清醒地看到在中國這樣的復仇是必然失敗的。——這就表現了魯迅的一種懷疑精神。而且這種懷疑精神是徹底的，因為它不僅懷疑外部世界，更懷疑自己，懷疑自己的一些信念，這樣他就把懷疑精神貫徹到底了。

於是，我們也就明白，在《故事新編》裏，魯迅所要注入的是一種徹底的懷疑主義的現代精神，把他自己非常豐富的痛苦而悲涼的生命體驗融化其中。這樣一種懷疑精神表現在他的藝術上又是如此的複雜：悲壯的、崇高的和嘲諷的、荒誕的悲涼的兩種調子交織在一起，互相質疑、互相補充，又互相撕裂。而且這兩種調子是貫穿全篇的：在前半部就出現了「乾癟臉的少年」這樣的「看客」，到後半部就走到前台，佔據一切了。可以說，看客也是《鑄劍》這篇小說的主角，構成了對復仇者的嘲諷與解構。很多作家的寫作是追求和諧的，而魯迅的作品裏找不到和諧，那是撕裂的文本，有一種內在的緊張。就寫作結構而言，小說各部份之間，尤其是結尾與前面的描寫，形成一個顛覆，一個整體的消解。這些都可以看出魯迅思想的深刻，藝術的豐富性和創造性。這樣的小說是我們過去沒有看到過的，是全新的創造。

註釋

1 魯迅：《〈故事新編〉序言》，《魯迅全集》二卷，三五四頁。
2 魯迅：《致徐懋庸》，《魯迅全集》十四卷，三零頁。
3 許廣平：《欣慰的紀念·略談魯迅先生的筆名》，收《魯迅回憶錄》（專著，上冊），三二七頁。
4 魯迅：《流氓的變遷》，《魯迅全集》四卷，一五九頁。

輯二　散文六篇

一、讀《阿長與〈山海經〉》

魯迅的散文，最引人注目的，是他的童年記憶，家鄉記憶。《阿長與〈山海經〉》即是其中代表作之一。

但讀《阿長與〈山海經〉》，有三個難點，也是其語言表達上的特點所在。幾乎所有的賞析文章都談到，這篇回憶散文主要描述了「我」和「阿長」的關係，「我」對「她」的情感的變化：從厭她、煩她、恨她，到最後敬她的全過程。而轉折的關鍵，又在阿長給「我」買了《山海經》：文章的題目就特意點明這一點。因此，全文自然就分為兩大塊，加上最後一個自然段和那句「神來之筆」，全文可分三個部份。而每個部份都有一個難點。

語感：體味貶義詞背後的愛意

先說第一部份的難點。文章一開始就說：「我」「憎惡她的時候……就叫她阿長」，這似乎定了一個基調：這一大段就是寫「我」對「阿長」的惡感。具體描述中的用詞，似乎也證實了這一點，「憎惡」之外，還有「不大佩服」，「討厭」，「疑心」，「無法可想」，「不耐煩」，「詫異」，「大吃一驚」，「磨難」，「煩瑣之至」，「非常麻煩」，「嚴重地詰問」，等等。

但是，問題就在這裏：難道阿長真的就那麼「討厭」嗎？難道「我」對於「阿長」就真的只有「憎惡」嗎？

提出這樣的問題，是因為不說別的，單是我們這些讀者，讀了這些文字，就不會對阿長產生反感。就拿文章對阿長兩個動作的經典描寫來說吧——

> 最討厭的是常喜歡切切察察，向人們低聲絮說些甚麼事，還豎起第二個手指，在空中上下搖動，或者點着對手或自己的鼻尖。

一到夏天，睡覺時，她又伸開兩腳兩手，在床中間擺成一個「大」字，擠得我沒有餘地翻身，久睡在一角的席子上，又已經烤得那麼熱。推她呢，不動；叫她呢，也不聞。

這首先是兩幅絕妙的人物速寫畫，也是典型的小說家筆法：寥寥幾筆，一個雖「切切察察」，卻也沒有多少心思，心眼，即所謂「心寬體胖」的鄉下女人的形象，就躍然紙上了。說這是「經典描寫」，是因為此後只要一說起「阿長」和生活中類似「阿長」的人，我們都會想起這「上下搖動」的「手指」，這床上的「大」字，而且忍俊不禁，發出會心的微笑。也就是說，讀者的情感反應，不是「討厭」，而是覺得「可笑」，而且……還有點「可愛」，是不是？

這樣的文章字面意義、意向和讀者閱讀的情感反應之間的差距，是很有意思，頗耐琢磨的。

這裏，有一個「童年感受」和「成年回述」之間的差異問題。應該說，所有這些「憎惡」「討厭」「不耐煩」……都是小魯迅的真實感受，儘管也有點誇張放大，以便和後文形成強烈反差。但成年魯迅在回顧這段童年生活時，感情卻要複雜得多：他從長媽媽所有這些顢頇的舉動，所謂「迷信」的背後，看到、感受到了一種真摯的，濃濃的愛意：她那麼「極其鄭重地」期待說吉祥話，送「福橘」，祈望「一年到頭，順順溜溜」，不僅是為自己的「一年的運氣」，更是為了「我」的幸福。他更從中看到了長媽媽這位普通的鄉村保姆性格中真率、可愛的一面。這都是成年魯迅所格外珍惜的。他把文字裏的這些「言外之意」巧妙地傳達給了我們，於是，就有了前面所說的和文字表面指向不同的理解和感情反應。——順便說一點，魯迅和許多「迷信」的批評者不同，他是一直在為農民的「迷信」辯護的：早年在《破惡聲論》裏就指出，所謂「迷信」，其實是「向上之民，欲離是有限相對之現世，以趣（趨）無限絕對之至上者也。」並且說：「農人耕稼，歲幾無休時，遞得餘閒，則有報賽，舉酒自勞，潔牲酬神，兩愉悅也。」一些自稱「志士」的知識分子卻要大加干預，「則志士之禍，烈於暴主遠矣」。[1]直到晚年，談到廣東人敬財神時還說：「迷信是不足法的，但那認真，是可以取法，值得佩服的。」[2]那麼，魯迅寫到阿長「極其鄭重地」要求「我」說吉祥話時，大概也是懷有一種理解的同情，以至讚賞之意吧。

因此，我們讀和教文章的第一部份，其難點和重點，都在這裏：如何從一系列的含有貶義的詞語背後，品味出、感受到其間的善意和愛意，也就是我們通常所說的「語感」的培育。朗讀是一個重要環節。比如「元旦祝福」這一段，如果通過語氣的輕重、緩急的處理，將阿長的「鄭重」——「惶急」——「十分歡喜」的情感發展，以及相應的「我」的不解——「驚異」——「大吃一驚」——如釋重負，惟妙惟肖地表達出來，從中感悟到阿長的「可笑」與「可愛」，也就無須多說甚麼了。

辨析：為甚麼「大詞小用」？

阿長為「我」買《山海經》這一部份，無疑是全文的核心：這也是文題所暗示的。於是，就有了文章的高潮，這是我們閱讀時首先要抓住的。魯迅的文章總是有一個蓄勢的過程，然後達到爆發點，形成一個高潮。——本文的高潮有二。

第一個高潮，就是這一部份裏，長媽媽那一聲高叫——

「哥兒，有畫兒的『三哼經』，我給你買來了！」

聲音是高亢的，感情是濃烈的，真個是快人快語！「哥兒」的稱呼裏有說不出的愛憐，親熱，而把《山海經》誤聽、誤記、誤說為「三哼經」，更讓讀者會心一笑之後，又有說不出的感動。——這些，也同樣要通過朗讀來體會和感悟。這一句話，就把「長媽媽」的形象，光彩奪目地立起來了，形成全文的一大亮點。

更值得注意和琢磨的，是文章對「我」的反應的描寫：「我似乎遇着了一個霹靂，全體都震悚起來」，「這又使我發生新的敬意了」，「她確有偉大的神力」。這裏連續用了「霹靂」「震悚」「敬意」「偉大」「神力」這樣的詞語，這些詞份量都很重，是所謂「大詞」，是專用在某些莊重的場合，用在某些大人物或特異人物的身上；現在，卻用在這樣一件小事（無非是買了一本書），這樣一個小人物（鄉村農婦，保姆）這裏，這是不是「大詞小用」？這確實是一個理解和講解中的難點：魯迅為甚麼要「大詞小用」？

我們首先注意到的是這樣的詞語，在前面的文字中已經出現過：在敍述阿長講「長毛的故事」時，就有「空前的敬意」，「特別的敬意」，「偉大的神力」的說法。但在那段敍述中，是語含調侃的，因為阿長所說的「脱下褲子」的戰法和功效，是童年的「我」所不能理解的，這是因「深不可測」而感到「神力」而生「敬意」，就同時不免有滑稽之感。而這一段裏，「神力」「敬意」的再度出現，就不再有任何調侃的意思，而是一種純粹的敬詞，是一種抒情。這就是同樣的詞語，在不同的語境下喚醒讀者不同的情感體驗。

問題是這樣的「敬意」是怎樣產生的？其實在前面的敍述裏，已經有了鋪墊，這就是「我」「渴慕着繪圖的《山海經》」的故事。請注意：「渴慕」也是一個份量很重的詞：不是一般的「慕」（羡慕，愛慕，思慕），而是「渴（望）」到了極點，一種迫不及待的愛慕，思慕，欲求。這又是為甚麼？文章告訴我們，這樣的「渴慕」是由一位老人「惹起來」的；而這位老人有兩大特點：一、「愛種一點花木」，二、「和藹」而「稱我們為『小友』」。這樣的和大自然與孩子的親近，説明他是魯迅最為鍾愛的「百草園」的自由空間裏的人物。因此，他的書齋裏的藏書也就「特別」，應試書之外，還有講「草木花鳥獸蟲魚」的雜書，《山海經》也是其中之一：這都是在「三味書屋」這樣的正規學堂裏讀不到的。因此，小魯迅在那裏看到的「世界」是三味書屋強迫閱讀的經書之類應試書裏所沒有的；於是，他第一次看到了、發現了「人面的獸，九頭的蛇，三腳的鳥，生着翅膀的人，沒有頭而以兩乳當作眼睛的怪物」，喚起了他無窮的好奇心，無羈的想像力，而這些都是在正式的教育裏受到嚴重壓抑，以致被扼殺的。

因此，對「我」來説，《山海經》就不只是一本書，而是另外一個世界，另外一種生活，是他的自我生命渴望突破「三味書屋」的教育的束縛，尋求一個新的天地的希望所在。難怪「一坐下，我就記得繪畫的《山海經》」，「一……就」，他真的為這樣的「渴慕」而坐立不安了。

問題是，有誰會關心「我」的內心的渴求，有誰能滿足「我」生命成長的需要與慾望？

——「誰也不肯真實地回答我」。家長不會、不能，老師不會、不能，學者不會、不能，年長者都不會、不能，「我」早就有這樣的遭遇、經驗：在《從百草園到三味書屋》裏，就已經說到了「淵博」的老師「不願意」回答「我」的問題，「年紀比我大的人，往往如此，我遇見過好幾回了」。

就在這時候，在這樣的絕望中，阿長挺身而出了，她給「我」帶來了朝思暮想的《山海經》！

我原本就不曾期待過她，「她並非學者」，字都不識，「說了也無益」，不過是「既然問了，也就都對她說了」，不抱任何希望的。

這是一個完全意外的驚喜！

「我」怎能不「發生新的敬意」？！——「別人不肯做，或不能做的事，她卻能夠做成功」，「她確有偉大的神力」：這是關鍵所在，應該細加琢磨。

「別人」，如前所分析，是指家長，老師，學者等等，他們掌握了教育權力，並且負有教育責任，但卻從來沒有想過，兒童應該有一個屬於他自己的想像的世界，那裏有「人面的獸，九頭的鳥……」；他們根本不懂得，教育的目的就是滿足和培育孩子的好奇心。魯迅在《從百草園到三味書屋》裏早已一語道破：他們的所謂「教育」，就是四個字：「只要讀書」，也就是「讀死書，讀書死」，自然對小魯迅要讀《山海經》的要求，充耳不聞，「不肯做，不能做了」。倒反是阿長，一個普通的無權無勢，也無文化的農婦，她當然不懂教育的理論，包括我們所說的「想像力」「好奇心」，但她有一條，就是從心底裏愛她的「哥兒」，「我」那副坐立不安、喪魂失魄的樣子，她看了心疼，就要想方設法滿足孩子的願望、欲求，而且她想到做到：「我給你買來了！」她就是這樣簡簡單單、痛痛快快、自自然然地為「哥兒」做了這麼一件事，然而，卻猶如一聲「霹靂」，「我」的「全體都震悚起來」，而且，我們，讀者，以及一切有良知的中國的教育者，關心孩子的人們，都會為之震動，並且悚然而思！是的，面對這位有着愛心，因而直抵教育本質的「我」的，我們大家的「偉大」的「保姆」，是不能不引發出許多的反省和反思的。

感悟：最後的「神來之筆」

魯迅的文章自有一股「氣勢」。而且我們說過，他是最善於「蓄勢」的，就是說，前面所有的描寫，都是一個鋪墊，也是情感的醞釀的過程，情勢鬱結到了那個點上，就順勢而發，沛然而不可禦了。於是，就有了那最後的高潮，文章的頂點，那一聲仰天長嘯——

「仁厚黑暗的地母呵，願在你的懷裏永安她的魂靈！」

說這是「神來之筆」，是因為這樣的多少帶有宗教色彩的祈願文字，即使在魯迅的文章裏，也幾乎是絕無僅有的。

它因此成為讀者理解的難點。

為此，需要從兩個方面，為讀者的理解、感悟，做一些準備。

首先要指出，作者在本文中，其實也為這樣的一聲高喊做了充份的鋪墊。在文章的第一段一開始，就點明：「長媽媽……就是我的保姆。」而且我們還注意到，魯迅一生從未寫過自己的母親，在離開這個世界前，他曾對馮雪峰談到要想寫一篇

「關於母愛」的文章，並且說：「母愛是偉大的」，但他畢竟沒有寫出；他留給我們的，就是這篇寫同樣給予他童年生活以真正的愛的「保姆」的懷念文字，而且在《從百草園到三味書屋》《貓．狗．鼠》等文中多次提及阿長，都足見長媽媽在他童年記憶中的地位與份量，可以說，他對這位保姆的感情中，是包含了一種對母愛的依戀的。

而在文章的結尾部份，魯迅又滿懷深情地寫道：「我終於不知道她的姓名，她的經歷；僅知道有一個過繼的兒子，她大約是青年守寡的孤孀。」那麼，在魯迅的眼裏，長媽媽又是一位社會底層的被抹殺、被損害的不幸的婦女。魯迅早就說過，他的寫作所關注的，就是「病態社會的不幸的人們」[3]，也就是說，長媽媽是和閏土的父親，祥林嫂們一起活在魯迅心中的。

這樣，我們終於懂得，魯迅要為長媽媽祈禱，是深含着他的愛——對母親或母親般的保姆，生命的養育者的愛，對社會底層不幸者的愛的。

其次，需要理解的是「仁厚黑暗的地母」的形象。西方神話裏，有巨人安泰以大地母親為力量源泉的傳說。而在中國民間，也有以「黑暗」為宇宙生命起源的傳說，如流傳於湖北神農架的《黑暗傳》就這樣唱道：「先天只有氣一團，黑裏咕咚漫無邊。有位老祖名黑暗，無影無形無臉面。……那時沒有天和地，那時不分高和低，那時沒有日月星，人和萬物不見形。汪洋大海水一片，到處都是黑沉沉……」這裏，有一種「黑暗」體驗，其實，對我們每個人都並不陌生：深夜睡覺時，常常會有自己被黑暗包裹的感覺，如魯迅在《夜記》裏所描述：「赤條條地裹在這無邊無際的黑絮似的大塊裏」，有時會突然產生回到童年躺在母親寬厚的懷裏的幻覺，感受着母體帶來的無邊無盡的溫暖。

這樣，本來是一個普通的祝禱，如人們通常所說的那樣「願死者在地下安息」；現在，魯迅卻創造了一個「人間保姆」回到「仁厚黑暗的地母」的「懷裏」這樣的意象，既具有濃郁的詩意，又賦予生命哲學的意味：生命的死亡就是回歸到生命的起源——「大地母親」那裏去。

或許我們的讀者還難以理解這樣的生命哲學，但那樣的生命的「黑暗」體驗，他們卻是可以感悟的。因此，不妨引導讀者一起高聲朗讀——

「仁厚黑暗的地母呵，願在你的懷裏永安她的魂靈！」

只要讀者感到了心靈的震動，也就夠了。——即使他們暫時還不甚懂得其意義。

註釋

1 魯迅：《破惡聲論》，《魯迅全集》八卷，二九頁，三一—三二頁。

2 魯迅：《〈如此廣州〉讀後感》，《魯迅全集》五卷，四六一頁。

3 魯迅：《我怎麼做起小說來》，《魯迅全集》四卷，五二六頁。

二、讀《風箏》

魯迅是一位文章大家，因此經常有年輕人向他請教：文章應該怎麼寫。於是，魯迅寫了一篇文章來做回答，題目卻是《不應該那麼寫》，介紹了一位蘇聯文學評論家的主張：「應該這麼寫，必須從大作家的完成了的作品去領會，那麼，不應該那麼寫這一面，恐怕最好是從那同一作家的未定稿本去學習了。在這裏，簡直好像藝術家在對我們用實物教授。恰如他指着每一行，直接對我們這樣說──『你看──哪。這是應該刪去的。這要縮短，這要改作，因為不自然了。在這裏，還得加些渲染，使形象更加顯豁些。』」魯迅說：「這確是極有益處的學習法」，那麼，他是充份肯定了這樣的學習寫作的方法了。[1]著名的魯迅研究專家朱正先生在魯迅的啟發下，寫了一本《跟魯迅學改文章》（岳麓書社二零零五年版），將魯迅的原稿與改定稿一一對照，就可以看出魯迅如何修改自己的文章。其中有《從百草園到三味書屋》和《藤野先生》，都是語文課本裏的教材。大家在學習這兩篇課文時，不妨看看朱正先生這本書，琢磨琢磨魯迅何以如此這般修改，這對我們加深對魯迅寫作用心的理解和學習寫作，都是大有益處的。

魯迅引文中提到的「作家的未定稿」，其實，還有一種情況：有時作家對同一個寫作素材，同一個題材，會在不同的情境下，兩度，甚至幾度重寫，形成多個文本。魯迅就有過這樣的兩次寫作。一九一九年魯迅在《國民公報》「新文藝欄」連續發表了七篇《自言自語》，其中有三篇在他一九二五年、一九二六年間寫《野草》和《朝花夕拾》時，又重寫了一遍。這就有了三篇可對讀的文本：《自言自語》裏的《火的冰》與《野草》裏的《死火》，《自言自語》裏的《我的父親》與《朝花夕拾》裏的《父親的病》，以及《自言自語》裏的《我的兄弟》與《野草》裏的《風箏》。

這樣，我們就可以用對讀的方法來學習《風箏》這篇課文。《我的兄弟》一文不長，就照錄如下——

> 我是不喜歡放風箏的，我的一個小兄弟是喜歡放風箏的。
>
> 我的父親死去之後，家裏沒有錢了。我的兄弟無論怎麼熱心，也得不

到一個風箏了。

一天午後，我走到一間從來不用的屋子裏，看見我的兄弟，正躲在裏面糊風箏，有幾支竹絲，是自己剝的，幾張皮紙，是自己買的，有四個風輪，已經糊好了。

我是不喜歡放風箏的，也最討厭他放風箏，我便生氣，踏碎了風輪，折了竹絲，將紙也撕了。

我的兄弟哭着出去了，悄然的在廊下坐着，以後怎樣，我那時沒有理會，都不知道了。

我後來悟到我的錯處。我的兄弟卻將我這錯處全忘了，他總是很要好的叫我「哥哥」。

我很抱歉，將這事説給他聽，他卻連影子都記不起了。他仍是很好好的叫我「哥哥」。

阿！我的兄弟。你沒有記得我的錯處，我能請你原諒麼？

然而還是請你原諒罷！

（文收《魯迅全集》第八卷《集外集拾遺補編》）

我們現在就來做對照閱讀。

首先注意到的是寫作的時間和文章的題目：作者在一九一九年寫了《我的兄弟》，為甚麼時隔六年之後，到一九二五年又寫《風箏》？不過是童年的一段生活，這樣一直念念不忘，一寫再寫，這究竟意味着甚麼？而重寫同一件事，為甚麼要把題目由《我的兄弟》改為《風箏》？——這大概是我們的閱讀一開始就要提出的問題。但我們不要急於求答案，還是先細讀文本，最後再來討論這些問題。

《我的兄弟》（以下簡稱《兄弟》）共分九段，《風箏》則有十二段。我們就分段來進行對比閱讀。

（一）「回憶的套子」的設置

《兄弟》第一段第一句就直接進入回憶：「我是不喜歡放風箏的。」而在《風箏》裏，卻是在第三段才有類似的敍述：「但我是向來不愛放風箏的。」也就是說，《風箏》在進入故事的敍述之前，還有兩段描寫，而且我們注意到，寫的是作者（「我」）寫文章時的外在景物和內在的「驚異而悲哀」的心情。《兄弟》在文章結尾寫到要請求兄弟原諒就煞住了，而《風箏》又多出一段：回到開頭所寫的自己的心情上，還是「帶着無可把握的悲哀」。——如果說，《兄弟》是一篇單純的客觀敘述，而《風箏》卻外加了一個「套子」，將全篇的回憶籠罩在「我」回憶時的主觀心境裏，以「悲哀」始，又以「悲哀」終。這樣的「回憶的套子」的精心設置，是《風箏》一文的最大特點，而作者的寫作旨意正是蘊涵於其中。這是我們能否讀懂這篇文章的關鍵，是應該緊緊把握住的。

但我們還是不能立刻進入「套子」的細讀與分析：其含義只有讀完了正文，才能理解。

（二）變「敍述」為「描寫」

正文的「故事」，是可以分為三個層次的。

1、「我」和「兄弟」衝突的由來：《兄弟》的第一、二段，《風箏》的第三段。

《兄弟》第一段只有短短的兩個敍述句：「我是不喜歡放風箏的，我的一個小兄弟是喜歡放風箏的。」儘管直截了當地點明了「我」和「兄弟」的衝突的由來，卻是過於簡單了：

「我」為甚麼「不喜歡」，怎樣「不喜歡」，「兄弟」為甚麼「喜歡」，怎樣「喜歡」，都省略了。這恰恰是《風箏》要大做文章之處。不僅有「我」的心理分析與描寫：「因為我以為這是沒出息的孩子所做的玩藝」，而「嫌惡」放風箏（注意：這是為下文埋伏筆）；不僅有「兄弟」的動作和心理描寫：為風箏的起落，忽而「出神」，忽而「驚呼」，忽而「跳躍」，又和「我」的反應（「笑柄」，「可鄙」）相對照，這都是為下文做鋪墊；還特意強調了「兄弟」的年齡（「大概十多歲內外」），描寫他的外貌：「多病，瘦得不堪」，是為下文做比照的。——

於是，我們又知道了《風箏》與《兄弟》相比，在寫作上的變化：變「敍述」為「描寫」，變「簡陋直書」為「精心經營文字，周密安排文章佈局」。

不過《風箏》也有刪削，比如《兄弟》第二段談到「父親死去之後，家裏沒有錢了」，這一層意思在《風箏》裏卻沒有說及，大概是為了集中筆墨談兄弟之間的衝突，就不提父親了。

2、「我」和「兄弟」的衝突：《兄弟》第三、四、五段，《風箏》第四段。依然是變簡單的敍述為更為具體豐富的描寫。比如《兄弟》裏，只是這麼一句：

「一天午後，我走到一間從來不用的屋子裏」，到《風箏》裏就發展成為一個過程描寫：先是「我」「忽然想起」多日不見小兄弟；然後，記起了「曾看見他在後園裏拾枯竹」；這才「恍然大悟」似的趕到那間「堆積雜物的小屋去」。有了這樣的一番曲折，就為下文「我」的不滿的大爆發，以致粗暴的行為，做了情緒上的鋪墊。

緊接着的衝突，在《兄弟》裏也是三言兩語就交代完了：「我便生氣，踏碎了風輪，拆了竹絲，將紙也撕了」。但在《風箏》裏，卻演化成了充滿戲劇性的緊張的場景描寫：先是小兄弟的「驚惶」，「失了色」，以致「瑟縮」；接着是「我」在心理上「破獲秘密的滿足」和「憤怒」中一系列的動作：「抓斷」「擲」與「踏扁」——注意：這裏的用詞比《兄弟》裏的「踏碎」「拆」「撕」都要重得多狠得多，使人感到被抓「斷」與踏「扁」的，恐怕不只是風箏而已，更是小兄弟的心。

或許更要注意的，是「我」在踏扁了風箏以後的心理描寫，這恰恰是《兄弟》裏所省略不寫的：「論長幼，論力氣，他是都敵不過我的，我當然得到完全的勝利，於是傲然走出。」——這裏的「長幼」與「力氣」，正是和上文的「十多歲內外」與「瘦得不堪」相呼應的。更值得注意的，突然出現了「敵」與「勝利」這樣的戰爭詞語，這就暗點出了這場衝突的「戰爭」實質：這是典型的長者對幼者的壓迫，強者對弱者的欺淩。下文提出的「虐殺」的概念，已經呼之欲出。

還有「兄弟」的反應：《兄弟》是這樣寫的：「我的兄弟哭着出去了，悄然的在廊下坐着」；《風箏》則寫道：「他絕望地站在小屋」裏。由「哭」而「悄然」到「絕望」，份量顯然重了許多，正是說明：兄弟精神上受到的打擊，或許是更為嚴重的。這也是為下文提出的「精神的虐殺」的概念做鋪墊的。

問題更在於「我」的反應：《兄弟》寫得也很簡單：「以後怎樣，我那時沒有理會，就不知道了。」《風箏》在寫了「後來他怎樣，我不知道」以後，又加了一句：「也沒有留心」：因為在「我」的心目中，小兄弟「以後怎樣」，他的感情有沒有受到傷害，是沒有必要「留心」的。

這樣，從《兄弟》到《風箏》，魯迅的描寫不但更加具體，形象，生動，而且還不斷加強了力度，這場兄弟之間的衝突內在的嚴重性質就逐漸凸現出來。這就孕育着下文感情的爆發。我們讀者的閱讀心理也隨之而開始沉重起來。

3、成年後的反思和補救：《兄弟》第六、七、八、九段，《風箏》第五、六、七、八、十、十一段。這一部份的篇幅和份量，在《兄弟》裏和前面兩部份差不多，而《風箏》卻篇幅更大，份量也更重：可以看出，這「成年後的反思和補救」才是

《風箏》描寫的重點。

先是反思，《兄弟》也說得很簡單：「我後來悟到我的錯處」，僅僅是「錯」，「錯」在哪裏，沒有交代。但《風箏》卻說自己輪到了「懲罰」，那就不只是「錯」而可能有「罪」。而且也十分嚴肅地說出了其中的原由：「我」接受了西方新的現代兒童觀，「知道遊戲是兒童最正當的行為，玩具是兒童的天使」，在這樣的新思想新觀念的映照下，原先「我」所堅持的「風箏是沒出息的孩子所做的玩藝」的觀念，就顯得陳舊而荒謬，不攻而自破了。這樣，覺悟的「我」，再反觀「二十年來毫不憶及」的，「幼小時候」的「這一幕」：前文所寫到的對風箏，更是對小兄弟心靈的「抓斷」，扔「擲」，「踏扁」，以及「我」的「憤怒」「傲然」，一下子都露出其猙獰面目，「我」終於猛醒：這是「精神的虐殺」！——這一判斷，是全文最濃重的一筆，在《兄弟》裏，僅是幼時兄弟之間的衝突，但在《風箏》的反省中，就成了一個「精神的虐殺」的事件。這是有點出乎我們讀者的意料的，因此，特別具有震撼力；但由於作者在前文的具體描寫中已經做了足夠的鋪墊，又是我們能夠接受的。這就是作者用筆的力量。由此引發的，是「我」的，其實也是「我們」讀者的沉重之感：「心也彷彿同時變了鉛塊，很重很重地墮下去了」，但又並不「斷絕」，只是「很重很重地墮着，墮着」：一再地重複「很重很重」，這都是對人的心靈「很重很重」的「懲罰」。魯迅對自己的解剖，是很鋒利，也很殘酷的。

於是又有了「補過」的努力。《兄弟》的敍述依然只有一句：「我很抱歉，將這事說給他聽。」到《風箏》就有了更為細緻，也更有層次感的過程性描寫。先是「我和他一起放」：「我們嚷着，跑着，笑着——然而他其時已經和我一樣，早有了鬍子了」——童年遊戲的時代已過，再也追不回，補不過來了，雖然「嚷着，跑着，笑着」，心卻是痛着的，這令人心酸的一筆，是《兄弟》裏所沒有的，卻讓我們讀者感到了沉重。於是，又有了另外的補救，就是《兄弟》裏寫到的：當面表示「抱歉」，但《風箏》裏卻揭示了抱歉背後的心理：希望接受「寬恕」而獲得心的「寬鬆」。但得到的卻是一句「甚麼也記不得了」，這也是《兄弟》寫到了的，但卻沒有寫到「我」的反應，而這正是《風箏》所要着力強調的：「全然忘卻，毫無怨恨，又有甚麼寬恕可言呢？無怨的恕，說謊罷了」。「無寬恕可言」，這就意味着，童年時所犯下的「精神虐殺」的錯誤，以致罪過，不僅無法補救，更是無從寬恕的。——這又是濃重的一筆！魯迅因此把他的反省、反思推到了極點，也把文章的沉重感推到了極點：「我還能希求甚麼呢？我的心只得沉重着。」（注意：文

章特地把這一句單獨列一段，就是要突出它的份量）

現在，我們就可以回答一開頭所提出的問題：童年的這一段生活，魯迅之所以一直念念不忘，六年之間連寫兩遍，就是因為它是一場「精神虐殺」，而魯迅對任何精神的虐殺，都是不能容忍的，在他看來，這是一種不可補救，也不能寬恕的罪過，即使是自己童年時無意犯下的罪過，也是不可原諒的，他要公開「示眾」，既是自我警誡，更是警示世人。——魯迅在給兩位初學寫作者的信中，曾提到寫作的一條重要原則：「開掘要深。」（《二心集．關於小說題材的通信》）從《兄弟》到《風箏》就是一次思想的深處開掘。

那麼，他為甚麼要將文章的題目由《我的兄弟》改為《風箏》呢？這就需要——

（三）回到「回憶的套子」

我們一起來細讀《風箏》的第一、二段和最後第十二段。

這是兩段景物的描寫：一是眼前的，現實的「北京的冬季」，一是過去的，記憶中的「故鄉」的「春天」。看起來這是相同的景物：天空中浮動的風箏，但色彩和感情完全不同：北京是陰暗壓抑寂寞的：「灰黑色的禿樹枝丫杈於晴朗的天空中，而遠處有一二風箏浮動」；而故鄉卻是明亮多彩熱鬧的：有「淡墨色」與「嫩藍色」的風箏，「發芽」的楊柳的黃綠，「多吐蕾」的山桃的妍紅。由此而產生了兩個概念：「嚴冬的肅殺」與「春日的溫和」。——說是「概念」，就是說，這已經不只是自然季節給人的感覺，而是一種生存環境，人生境遇，生命狀態，情感選擇的象徵。

這就有了魯迅的「驚異和悲哀」：「四面還都是嚴冬的肅殺」，但「久經訣別的故鄉的久經逝去的春天，卻就在這天空中蕩漾了」。——注意：所說的「在這天空中蕩漾」的，顯然是第一段所寫的「浮動」的「風箏」。因此，「風箏」在這裏就成了「故鄉」和「春天」的一個象徵。於是，我們就懂得了：魯迅將《兄弟》改題為《風箏》，就是為了突出他對故鄉記憶裏存着的「春日的溫和」的懷念，以及自己曾將這「春日的溫和」（「風箏」），嚮往這春日溫和的孩子（「兄弟」）的心，「抓斷」「踏扁」的自省。

文章的結尾又回到「悲哀」上來。但卻有了一個出乎我們讀者意外的情感的轉折——

我倒不如躲到肅殺的嚴冬中去吧，——但是，四面又明明是嚴冬，正給我非常的寒威和冷氣。

應該說，這是魯迅這篇文章中最難把握、理解的文字。這裏也只能做一點試解。在我看來，這段文字中兩次出現的「嚴冬」是有兩種不同的象徵意義的。後一個「嚴冬」，是一個現實生活處境、生存狀態的象徵，所謂「非常的寒威和冷氣」，突出的是生活的嚴酷，這是我們讀者比較容易理解的。而前一個「躲到肅殺的嚴冬中去」，則是一個情感的選擇，人生態度的選擇問題。所謂「肅殺的嚴冬」是一種敢於正視現實生活的嚴峻，並在痛苦的反抗、掙扎中獲得生命價值的冷峻的情感和人生態度；而「春日的溫和」則是在迴避「嚴冬」，沉湎於「春日」的幻想中求得「溫和」的人生。人是有「避重就輕」的趨向的，因此，大多數人恐怕都是寧願「躲到春日的溫和」而逃避「肅殺的嚴冬」的。但魯迅的選擇，卻恰恰相反：他寧願「躲到肅殺的嚴冬中去」。魯迅在寫《風箏》六天前寫了一篇《雪》，就滿懷深情地寫到了北方肅殺的嚴冬中的雪——

在晴天之下，旋風忽來，便蓬勃地奮飛，在日光中燦燦地生光，如包藏火焰的大霧，旋轉而且升騰，迷漫太空，使太空旋轉而且升騰地閃爍。在無邊的曠野上，在凜冽的天宇下，閃閃地旋轉升騰着的是雨的精魂……

是的，那是孤獨的雪，是死掉的雨，是雨的精魂。

顯然，這在嚴冬的北方晴空中「蓬勃地奮飛」的雪，正是魯迅的精魂的昇華。於是，我們也終於明白：魯迅的《風箏》的「回憶的套子」，在最後一段裏，將他的回憶性描寫，歸結為「躲到肅殺的嚴冬去」的選擇，這是大有深意的：他的這篇直面童年時的「精神的虐殺」的一幕的《風箏》，就是回到「肅殺的嚴冬」的自覺努力；他自己的生命與精神，也因此昇華到一個新的高度與境界。

最後，還要就我們的這一次對比閱讀做一個小結。《兄弟》和《風箏》這兩個文本，在某種意義上，可以把前者看作是一個素材，草稿，後者才是最後的完成稿。從《兄弟》到《風箏》是一篇文章從醞釀、準備、起草到最後形成的一個過程。這對我們的寫作是大有啟示的。許多朋友常常有了寫作的素材，卻不知如何將它發展成為一篇生動活潑，有豐富內涵的文章。魯迅的經驗告訴我們，可以從兩個方面去努力：一是「變敘述為描寫」，通過人物行動、語言、心理、外貌的描寫，景物的描寫，將所敘述的事情具體化，豐富化，形象化，這樣就變得有血有肉，不再簡陋和乾枯了。其二是「思想的開掘」，努力探尋素材背後的深層的意義，又通過文章的精心佈局，結構，把它表現出來。這樣，寫作的過程，就是一個不斷提高我們的思想力和文字表現力的過程，也是我們的生命成長的過程。作文的真正目的，寫作的真正價值也就在這裏。

註釋

1 魯迅：《不應該那樣寫》，收《且介亭雜文二集》，《魯迅全集》六卷，三二一—三二二頁。

三、讀《兔和貓》

《兔和貓》雖然收在魯迅的小說集《吶喊》裏，其實是可以作為「散文」來讀的，也屬於魯迅的童年記憶，記述的是「小魯迅」與「小動物」的關係。

還是從朗讀開始——

> 住在我們後進院子裏的三太太，在夏間買了一對白兔，是給伊的孩子們看的。
>
> 這一對白兔，似乎離娘並不久，雖然是異類，也可以看出他們的天真爛熳來。但也豎直了小小的通紅的長耳朵，動着鼻子，眼睛裏頗現些驚疑的神色，大約究竟覺得人地生疏，沒有在老家的時候的安心了。

注意這裏對小白兔形象的描述：小小的通紅的長耳朵是「豎直」了的，小小的鼻子是「動着」的，多可愛！更重要的是眼睛的神態：「頗現些驚疑的神色」，因為是「離娘不久」，來到一個陌生的世界，自然是又驚奇，又疑懼。也許讀到這裏，你的心也會一動：如果自己離開了老家，比如考上大學，到異地去讀書，大概也會有這樣的短暫的「驚異」吧。原來，這小白兔和我們大家都一樣，有共同的情感。魯迅的動物世界和我們是這樣的近！

我們再來看魯迅對小兔子動作的描寫——

> 這小院子裏有一株野桑樹，桑子落地，他們最愛吃，便連餵他們的菠菜也不吃了。烏鴉喜鵲想要下來時，他們便躬着身子用後腳在地上使勁的一彈，砉的一聲直跳上來，像飛起了一團雪，鴉鵲嚇得趕緊走，這樣的幾回，再也不敢近來了。

你看這段文字：「躬」起身子……使勁的一「彈」……「砉」的一聲……直「跳」上來……「飛」起一團雪……，不僅有極強的動感，而且有聲（「砉」）有色（「雪」），聲情並茂。而且是那樣的單純而乾淨，完全是本色的，沒有任何着意的修飾。——我們又享受了一次魯迅語言的純淨之美。

而且有動物，必然有孩子——

孩子們時時捉他們來玩耍；他們很和氣，豎起耳朵，動着鼻子，（魯迅觀察得非常細緻）馴良地站在小手的圈子裏，（一雙雙胖乎乎的小手中間一個小兔子馴良地站着：這是多麼美妙的一個圖景！）但一有空，卻也溜開去了。

有一天，太陽很溫暖，也沒有風，樹葉都不動，我忽聽得許多人在那裏笑，尋聲看時，卻見許多人都靠着三太太的後窗看：原來有一個小兔，在院子裏跳躍了。這比他的父母買來的時候還小得遠，但也已經能用後腳一彈地迸跳起來了。孩子們爭着告訴我說，還看見一個小兔到洞口來探一探頭，但是即刻縮回去了，那該是他的弟弟罷。

原來小兔子又有了小小兔子了！這樣，就出現了一個多層次的「看兔圖」。畫面的中心是那隻小小兔子，在那裏「跳躍」着；周圍是一群小孩子一邊看，一邊也跳着。而我們還可以想像，在畫面外，小小兔子的父母小兔子也在看。既驕傲：孩子被欣賞，父母是最高興的；又有幾分擔心：這些「人」會不會欺負、傷害自己的孩子呢？我們還可以想像一下：在後面看着這一切的，還有誰？對了，還有魯迅在看！他以欣賞的眼光默默地看小小兔子，看小孩子如何看小小兔子，想像小小兔子的父母如何看他們的孩子！這幾層「看」，看來看去，魯迅的心柔軟了，發熱了。

可以說，一觸及這些小動物，這些幼雛，魯迅的筆端就會流瀉出無盡的柔情和暖意。而我們每一個讀者，也被深深地感動了。

但是，魯迅並不沉浸在柔情和暖意裏，他不迴避這樣的事實：還有「一匹大黑貓，常在矮牆上惡狠狠的看」。這另一種「看」，是不能不正視的。於是，就有了悲劇性的結局：這對小小兔子被黑貓活活的吞吃了！

這是驚心動魄的一筆，這是魯迅式的「美好無辜的生命的毀滅」的主題的突然閃現。

而魯迅還有更深刻的反省。兩隻小兔子消失了，生活照樣在進行，幸存的七隻小兔子在善良的人們的精心照料下，終於長大，「白兔的家族更繁榮；大家也又都高興了」。曾經有過的生命的毀滅，被遺忘了。

本來，這也是人之常情：人不能永遠沉浸在痛苦的記憶中。但魯迅不能，他在這集體遺忘中感到了深深的寂寞。他不但拒絕遺忘，而且要追問：我自己，以及我們大家，為甚麼會遺忘？於是，就有了這篇文章最重要的一段文字——

但自此之後，我總覺得淒涼。夜半在燈下坐着想，那兩條小性命，竟是人不知鬼不覺的早在不知甚麼時候喪失了，生物史上不着一些痕跡，並S（指家裏的一隻狗）也不叫一聲。我於是記起舊事來，先前我住在會館裏，清早起身，只見大槐樹下一片散亂的鴿子毛，這明明是膏於鷹吻的了，上午長班（舊時官員的隨身僕人，一般也叫「聽差」）一打掃，便甚麼都不見，誰知道曾有一個生命斷送在這裏呢？我又曾路過西四牌樓，看見一匹小狗被馬車軋得快死，待回來時，甚麼也不見了，搬掉了罷，過往行人憧憧的走着，誰知道曾有一個生命斷送這裏呢？夏夜，窗外面，常聽到蒼蠅的悠長的吱吱的叫聲，這一定是給蠅虎（就是壁虎）咬住了，然而我向來無所容心於其間，而別人並且不聽到……

假使造物（指萬物的製造者）也可以責備，那麼，我以為他實在將生命造得太濫，毀得太濫了。

這是典型的魯迅式的反思，魯迅式的命題。老實說，前面的對小動物，小小兔子，小兔子和小孩子的描寫，雖然非常精彩，但別的作家也可以寫出來，但是，這一段文字裏的這樣的反省，這樣的追問，卻是一般人寫不出來的，甚至可以說是僅魯迅所有，魯迅所特有的。因此，值得我們認真琢磨。

這裏，可以做幾點討論。首先，我們注意到，魯迅在敍述幾個小動物，小兔子，小鴿子，小狗的「小生命」不知不覺地喪失了的時候，不時插話：「誰知道曾有一個生命斷送在這裏呢？」這句話重複了兩遍。可以說這是魯迅情感的一個自然流露：他為這個問題弄得十分不安，所以要反覆追問。同時，也說明這個問題在他的思想中的重要性。這裏的關鍵詞就是「生命」，這表現了魯迅強烈的生命意識。在魯迅的意識裏，宇宙萬物，包括人，包括動物，植物，都是一種生命，是一個生命共同體，這是一個「大生命」的概念。由此產生的，是「敬畏生命」的觀念。生命是神聖的，是至高無上的，我們對生命要保持最大的敬意，在生命面前，我們要有所畏懼。而且這裏所說的「生命」不是一個抽象的概念，而是具體的，要落實到每一個生命個體，也就是說，每一個人，每一隻兔子，每一條狗，每一朵花，每一株草的生命，都應該得到尊重和愛護。這裏還有一個生命之間的相互關聯，相互依存的問題。任何一個生命的不幸和災難，也就是我的不幸和災難；對任何生命的威脅和摧毀，就是對我的生命的威脅和摧毀。魯迅之所以對小兔子之死，小狗之死，對蒼蠅的呻吟，做出這麼強烈的反應，就是因為他有一種內心之痛，是他自己生命之痛。這是真正的「博愛」之心。

其次，魯迅特別感到痛苦，並且不能容忍的，是被毀滅的都是弱小的生命，年幼的生命。在他看來，越是弱小的生命，年幼的生命，就越應該珍惜和愛護。魯迅在他晚年寫的一篇文章裏，特意談到，在中國農村，母親往往對「不中用的孩子」特別愛護，原因也很簡單：母親不是不愛中用的孩子，只因為既然強壯而有力，她便放了心，「去注意『被侮辱的和被損害』的孩子去了」。[1]這就是魯迅生命意識的另一個重要方面，就是強調「弱者，幼者本位」。這是和主張「弱肉強食」的社會達爾文主義觀念相對立的，後者強調的是「強者本位」。「弱者、幼者本位」還是「強者、長者本位」，這是關係到一個社會發展方向的問題，這個問題在當下中國社會並沒有解決，在現實生活中，對弱小者生命，年幼者的生命的漠視，以致摧殘，還是隨處可見的。

這也涉及一個中國國民性的問題，這就是魯迅對生命的思考的第三個方面。很多人注意到文章裏魯迅的自我反省，他的反省實際上也是指向中國國民性的。他在日本讀書時就和他的好朋友討論這個問題，結論是中國人缺少兩個東西，一個是「愛」，一個是「誠」。所謂「愛的缺失」，最重要的方面，就是對人的生命的不尊重，不重視。魯迅所說的生命「造得太濫」和「毀得太濫」的問題，主要就是指中國的問題：一是人口太多，一個是任意毀滅人的生命。中國人太多，生命也太無價值，以致誰也不把人的生命當作一回事，無辜生命的毀滅，已經成為常態，人們真正是「無所容心於其間」了。這樣的一種全民性的「無愛」狀態，是讓魯迅深感痛心的。

由此形成的，是魯迅作品的基本母題：「愛」——對每一個生命個體的關愛；「死」——生命無辜的毀滅；以及「反抗」——對生命的摧殘、毀滅的抗爭。

你們看，在魯迅對小動物的描寫，在人和幼雛的關係的背後，竟包含了如此豐富的內容，確實耐人尋味。

註釋

1 魯迅：《寫於深夜裏》，《魯迅全集》六卷，五一八頁。

四、讀《五猖會》《父親的病》

魯迅早在《隨感錄．四十九》裏就說過：「從幼到壯，從壯到老，從老到死」，這是人的生命的路。[1] 在這條路上，有兩個關鍵時刻：一是為「人之子」，一是做「人之父」。

如何做「人之子」與「人之父」：這也是人生的兩大命題。魯迅為此而困擾了一生。

讀者朋友或者還處在「人之子」的生命階段，或者已經成為「人之父」，也就是說，我們也面臨和魯迅一樣的人生命題。

我們一起來讀魯迅兩篇回憶父親的文章，看作為「人之子」的魯迅，他怎樣回顧自己的父親，在父與子的關係上，他有着怎樣的生命體驗。

《五猖會》：刻骨銘心的隔膜

第一篇是收入《朝花夕拾》的《五猖會》，講的是再普通不過的兒時的一件往事：過節時，魯迅迫不及待地要去看迎神賽會，父親卻偏偏要他背書。——類似這樣的事，我們每一個人大概都經歷過。但魯迅銘刻在心，並且寫成了文章。

我們就從結尾一句話讀起——

> 我至今一想起，還詫異我的父親何以要在那時候叫我來背書。

請注意「詫異」這兩個字：不是「憤怒」或者「怨恨」，那樣寫，感情就過了：畢竟是自己的父親。是「詫異」，奇怪，不理解，父子之間相互不理解：不僅當年父親不理解我的感情，而且我「至今」也不理解父親為甚麼要在「那時候」叫我背書。

那麼，我們就來看看「那時候」我的心情與要求。注意這句話：到東關看五猖會，「這是我兒時所罕逢的一件盛事」。為甚麼？因為那會是全縣「最盛」的會，離家「很遠」，又有兩座「特別」的廟。這「最」「很」「特別」，都強調五猖會對兒時的我的巨大吸引力。孩子總是渴望到最熱鬧的，很遠的，陌生的，特別的地方去。正是出於好奇的天性，我「笑着跳着」……文章寫到這裏，充滿期待的歡樂的氣氛達到了頂點，我們也彷彿看見小魯迅在那裏笑着，跳着……

「忽然，工人的臉色很謹肅了」——「謹（拘謹）肅（嚴肅）」兩個字，就使氣氛急轉直下。

父親出現了：「就站在我背後」——一個「就」字寫出了父親的威力。

「去拿你的書來。」他慢慢地說。

如此簡單明瞭，又是如此不容商討。一個字一個字地慢慢吐出，越是慢，就越顯威嚴：每一個字都敲打在我的心上。

看我的反應：「我忐忑着，拿了書來了。他使我同坐在堂中央的桌子前，教我一句一句地讀下去。我擔着心，一句一句地讀下去。」——請注意：「他使我……」「（他）教我……」這樣的句式，「讀下去……讀下去」這樣的重複。這都表現着：絕對的命令，絕對的服從。

「給我讀熟。背不出，就不准去看會」。——又是絕對的，不容分說的命令：

把父親的威嚴、威壓，寫到了極致。

「我似乎從頭上澆了一盆冷水。但是，有甚麼法子呢？自然是讀着，讀着，強記着，——而且要背出來。」

不能不服從，心裏不服，卻又不能表示自己的反抗，只能這樣讀下去，讀下去：「『粵自盤古』就是『粵自盤古』，讀下去，記住它，『粵自盤古』呵！『生於太荒』呵！……」

再看周圍人的反應：家中由忙亂轉成「靜肅」，母親、長工、長媽媽默默地「靜候」。

在「百靜」中，空氣也凝定了。——連續三個「靜」字：越是「靜」，壓力越大。

看我的感覺：「在百靜中，我似乎頭裏要伸出許多鐵鉗，將甚麼『生於太荒』之流夾住」——注意這比喻：「鐵鉗……夾住……」，你有沒有聽見鐵鉗發出的「嘎嘎」的聲響？

「聽到自己急急誦讀的聲音發着抖，彷彿深秋的蟋蟀，在夜中鳴叫似的。」——請體味：深秋……夜……鳴叫……，這都給人以淒涼的感覺。就在這一瞬間，「我」變成了「蟲」：「我」真是像「蟋蟀」一樣活着而悲鳴呵！於是，外在氣氛的「淒涼」

就轉化成內心的「悲涼」，生命的悲涼感。

……終於，我「拿書走進父親的書房，一氣背將下去，夢似的就背完了」。

「不錯。去吧。」父親點着頭，說。

通篇描寫中，父親的語言極其簡單，只有二十三個字。而且沒有甚麼多餘的描寫：越是簡單客觀，就越是顯示出一種內在的冷漠。

看眾人的反應：「……露出笑容……把我高高地抱起……祝賀……快步走在最前面……」

卻與我的反應形成巨大的反差：「我卻沒有他們那麼高興……對於我似乎都沒有甚麼大意思……」連續兩個「沒有」，寫盡了我的興趣索然。好奇心已經蕩然無存：兒童的天性被扼殺了。

留下的，竟是這樣一個「強迫背誦」的記憶！

一個人的童年記憶是非常重要的：童年記憶是快樂的，神聖的，還是悲哀的，沉重的，這是會決定人的一生的。

然而，這一切——他給兒子留下甚麼樣的童年記憶，父親是絕對不了解的，他也不想了解。

剩下的依然是魯迅的問題：父親為甚麼要「在那時候叫我來背書？」——因為他覺得孩子第一要緊的就是讀書，而要讀書就得背。這是父親的邏輯。而且應該承認，在主觀上他完全是為了孩子好。但他卻從不考慮兒子在盼望甚麼，更不去想掃了孩子的興，這又意味着甚麼。他對自己對孩子的傷害，竟然毫無感覺。他不想這些，而且根本沒有想到應該想這些。因為在他的思想裏，兒子是沒有自己的邏輯的；即使有，也應該絕對地服從父親的邏輯。

但在兒子這一邊，卻永遠不能理解：父親為甚麼沒有想到這一切，為甚麼不願意想到這一切！

這是兩代人之間的隔膜，父子兩代人之間的隔膜，刻骨銘心的隔膜！

魯迅為此感到極度的痛苦，這痛苦如山般永遠壓在他的心上！

但，魯迅的兩個弟弟，周作人與周建人，對於父親，卻有和大哥不相同的另一種記憶。

周作人在《魯迅的故家》裏回憶說，父親伯宜公「看去似乎很是嚴正，實際卻並不厲害，他沒有打過小孩」。他舉出的例證，也是和魯迅有關的。據說有一次他來到三兄弟住的房間，翻開墊被，發現魯迅畫的一幅畫，畫着一個人倒在地上，胸口刺着一支箭，上有題字曰「射死八斤」。——「八斤」是周家隔壁的小孩，生下來就有八斤，仰賴身高體重，經常欺負周家兄弟，魯迅不服氣，就借着漫畫來報復。奇怪的是，父親看了並不責怪，只是把這頁撕去了。周作人說：「他大概很了解兒童反抗的心理」。因此，在周作人的記憶裏，父親是一個「有時給小孩子們講故事，又把他下酒的水果分給一點吃」的和藹可親的人。周建人也在《魯迅故家的敗落》裏回憶說：父親「並不打罵我們，也不和母親吵架拌嘴，只是獨自生悶氣」。

兄弟三人，對父親的回憶竟是如此的不同：這是很有意思的。看來魯迅和他的兩個弟弟的不同記憶，都是真實的，反映了他們的父親周伯宜的不同側面。而人的記憶其實是有篩選性的，篩甚麼，選甚麼，是由記憶者的性情、性格、氣質……所決定的。我曾經在《魯迅〈野草〉裏的哲學》中說過，一般人的回憶，總是「避重就輕」，「對過去生活中的痛苦與歡樂，錯誤與正確，醜與美，重與輕……總是選擇、突出、強化後者，而迴避、掩蓋、淡化前者」，這也是人之常情。而魯迅卻偏要「避輕就重」，在他的記憶裏，留下的更多的是生命中陰冷而沉重的東西。或者說，他對生活與生命的陰暗有着特殊的敏感，也更不能相容。心靈極容易受到傷害；而一旦受到傷害，就永遠銘刻在心。童年時所受到的父親的傷害，就這樣成為他生命中的永遠之重。

當然，魯迅對父親的記憶，父與子的關係，也是豐富、複雜的。

現在，我們一起來讀魯迅另一篇散文——

《父親的病》：刻骨銘心的恐懼和負疚感

這篇文章很有魯迅隨筆式散文的特點：文中有許多與正文有關，但又隨意牽連、拉扯開去的所謂「閒筆」。前一篇《五猖會》開頭有很大一段關於迎神賽會的描寫，就是如此。而本文幾乎三分之二的篇幅，寫中醫治病，也正是這樣的閒筆。其中內含着魯迅式的幽默，更是處處可以感覺得到的。但是，寫着寫着，讀着讀着，語氣就發生變化了，用筆漸漸沉重起來了。或者說魯迅式的沉重，就慢慢顯露出來。

「父親的喘氣頗長久，連我也聽得很吃力，然而誰也不能幫助他」。——正是突然意識到父親的病重，而且父親將獨自面對死亡的威脅，只有在這時，原來的種種不滿，怨恨，都在這一瞬間消失了，長期被遮蔽、被壓抑，不曾意識到的對父親的愛，突然爆發出來：「我有時竟至於電光一閃似的想道：『還是快一點喘完了罷……。』立刻覺得這思想就不該，就是犯了罪；但是又覺得這思想實在是正當的。」一點不錯，正是這矛盾的心理，才顯示出我對父親的愛有多麼的深！於是就有了這放聲一呼：「我很愛我的父親。」這魯迅著作中唯一的對父親的愛的表白，是十分動人，而具有震撼力的。

因此，不僅是因為鄰居衍太太的提醒，更是出於內心的驅動——

「父親！父親！」我就叫起來。

……

「父親!!!父親!!!」

連續三個驚嘆號：這在魯迅作品中，幾乎是絕無僅有的。這正是要借以表達感情的逐漸趨向強烈：這是真正的生命的呼喚！

但父親的反應卻是——

「他已經平靜下去的臉，忽然緊張了，將眼微微一睜，彷彿有一些苦痛。」——這其實是父親最後一個願望：「平靜」地離開這個世界。

但我卻不理解這一點，依然沉浸在對父親的依戀與愛，以及失去父親的恐懼中，還在高喊——

「父親!!!」

「甚麼呢？……不要嚷。……不……。」他低低地說，又較急地喘着氣……」

這是魯迅事後才意識到的：父親對他最後的囑咐竟是：「不……」但處於極度不安與慌亂中的「我」，依然不能理會——

「父親!!!」我還叫他，一直到他嚥了氣。

幾十年後，才有了最後的覺悟——

我現在還聽到那時的自己的這聲音，每聽到時，就覺得這卻是我對於父親的最大的錯處。

這最後一筆，因為意識到將失去父親而感到的驚恐，因攪亂了父親臨終前的寧靜而感到的終生內疚，是驚心動魄的。

這又是一個魯迅生命中的永恆記憶！

這是兒子對「失父」的恐懼和對父親永遠的內疚。

父與子儘管有隔膜，但二者的生命，因血緣而永遠糾纏為一體，這天性的愛，是隔不斷，理還亂的。

因為有刻骨銘心的愛，才會有相互隔膜的悲哀，也才會有終生的恐懼，內疚和悔恨：這是真正的生命的纏繞。正是這刻骨銘心的隔膜感，刻骨銘心的恐懼感、負疚感，以及背後的刻骨銘心的愛，構成了魯迅創作的一個基本動因。而且這樣的父與子之間的生命纏繞，是人類共有的精神現象。於是，我們注意到，在二十世紀，幾乎和魯迅同時，一位西方的大作家、大思想家也在書寫着他和他的父親之間的恩愛情仇。

這就是德語文學的經典作家卡夫卡。在我看來，他和魯迅都是二十世紀最偉大的小說家，是「最有資格代表二十世紀時代的作家」。魯迅於一八八一年誕生於日趨沒落的大清帝國紹興的破落大家裏，兩年以後，即一八八三年卡夫卡出生在同樣臨近崩潰的奧匈帝國的一個猶太商人的家庭裏。我曾經在《專制文化的寓言——魯迅、卡夫卡解讀》一書的序言裏說過，他們都生活在「社會大轉型」的時代，又同是「被排斥於人類世界之外的『無家可歸的異鄉人』」，他們與時代既「在」又「不在」（不被承認，也不願納入）的關係，反而成就了他們，使他們對二十世紀世界圖景做出了獨特的，超前的，預言式的解讀。因此，魯迅與卡夫卡之間，是存在着文學和精神的相通的。

魯迅和卡夫卡的被排斥、放逐感，無家可歸的漂泊感、恐懼感，以及負疚感的一個重要根源，是童年的痛苦記憶。如前面所分析，魯迅的《五猖會》《父親的病》，就是這樣的童年記憶所留下的痕跡。這兩篇散文寫於一九二六年，而在七年之前，卡夫卡就於一九一九年七月，寫出了他的著名的《致父親》。如葉廷芳先生在《卡夫卡全集》八卷「編者前言」裏所說，「這與其說是一封家書，毋寧說是一篇政論，一篇有關社會學、倫理學、兒童心理學、教育學和文學的論文，一篇向過了時的價值觀念宣戰的檄文。其觀點之鮮明、文筆之犀利，為一般書信所沒有。它反映了時代轉型期兩代人之間精神上思想上的隔閡之深。」

現在，我們就一起來——

讀卡夫卡：《致父親》

這是卡夫卡童年記憶中的父親——

僅僅你的體魄那時就已經壓倒了我。比如我常想起我們常在一個更衣室裏脫衣服的光景。我又瘦、又弱、又細，你又壯、又高、又寬。在更衣室裏我已經自慚形穢，而且不僅是對你，而是對全世界，因為你在我的眼裏是衡量一切的標準。

與這個差別相適應的還有你精神上的統治權威。……坐在靠背椅上統治着世界。你的見解是正確的，其他任何見解都是發病的、偏激的、癲狂的、不正常的。

你在我心中產生了一種神秘的現象，這是所有暴君共有的現象：他們的權力不是建立在思想上，而是建立在他們的人身上。

我的一切思想都處在你的壓力之下，那些與你的思想不一致的思想同樣如此，而且尤其突出。所有這些似乎與你無關的思想，從一開始就帶上了等待你即將説出的判斷的負擔；要想忍受這負擔，直到完整地、持續地形成這種思想，幾乎是不可能的。……出於你那與孩子截然相反的天性，你始終如一地給孩子帶來失望……勇氣、決心、信心和對這對那的愉快，都不能堅持到底，只要你表示反對，或只要估計你可能反對，一切便都告吹；而我做任何事情時幾乎都能夠估計到你可能反對的。

……只須我對一個人有一點興趣（就我的天性而言，這種情況並不多），你就會毫不考慮我的評價地對這個人破口大罵、污蔑、醜化。……我始終覺得不可理解的是，你對你的話和論斷會給我帶來多大的痛苦和恥辱，怎麼會毫無感覺。……你毫無顧忌地把你的話拋出去，你甚麼人都不憐惜，過後也不，人們在你面前可以説是完全失去了防衛能力。

你很早就禁止了我講話，你那「不許頂嘴」的威脅，和為此而抬起的手，從來就一直陪伴着我。……你是個出色的演說家，我得到的是一種斷斷續續、結結巴巴的講話方式。但就是這樣，你還是覺得過份了，最終我沉默不語了。首先是出於抗拒心理，再就是我在你面前，既不能思想也不能講話，由於不可能進行平心靜氣的交往，於是另一個其實很自然的後果產生了：我把講話的本領荒疏了。

世界在我眼中就分成了三個部份，一個部份是我這個奴隸居住的，我必須服從僅僅為我制定的法律，但我又（我不知原因何在）從來不能完全符合這些法律的要求；然後是第二世界……那是你居住的世界，你忙於統治，發佈命令，對不執行命令的情況大發雷霆；最後是第三個世界，其他所有的人全都幸福地、不受命令和服從制約地生活在那裏。

接着，卡夫卡談到了這樣的「父親」如何影響和塑造了「我」——

僅僅由於你我才變成這樣的了，你只是強化已經存在的因素，而抹殺正在成長的因素。

我在你面前失去了自信，換來的是一種無窮無盡的負罪意識，……變成了對其他所有的人的永無止境的害怕。在這方面，我無法把自己從你的影響下解放出來。

我變成了一個奇想迭出，但多半寒氣逼人的孩子，懷着冷冰冰的、幾乎不加掩飾的、不可摧毀的、像孩子般不知所措的、近乎可笑的、像動物般感到滿足的淡泊冷漠心態，我還從來沒有在別的人身上看到過。當然它也是防止我因恐懼和負罪意識而產生神經崩潰的唯一保護工具。

我對任何事情都感到不安。每時每刻都需要證實我的存在，我沒有任何本來就屬於我的、屬性無可置疑的、歸我一個人獨有的、唯我可以調動的所有物，我實際是個被剝奪了繼承權的兒子，負擔太沉重了，背脊因而彎曲；我幾乎動彈不得，……於是我永遠是孱弱的，對我的思想起決定性影響的是……恐懼、懦弱、自卑的無所不在的壓力。

這是一個幾乎被「父親」所壓垮的「兒子」。於是，就產生了「逃離」「突圍出來」的掙扎和努力。卡夫卡就是在這種情況下，談到了他的寫作——

我通過寫作和與此有關的事情做了些小小的獨立嘗試、逃亡嘗試，獲得了微乎其微的成功。但這些將無所進展，許多事情已經向我證明了這一點，儘管如此，守護它，不讓任何我能擋得住的危險，甚至不讓任何產生這種危險的可能性接近它，乃是我的義務，或不如說是我全部生命的寄託。

據說，卡夫卡曾經想給自己的全部著作題名為「逃出父親範圍的願望」。

從《致父親》看《五猖會》

顯然，在卡夫卡這裏，「父親」成了一種隱喻。而從我們前面對魯迅兩篇回憶父親的散文的分析裏，也可以看到，他筆下的父親形象，也許有更多的實寫成份，其實也是暗含着某種隱喻的。因此，卡夫卡和魯迅作品裏的「父親」，和實際的父親都是有距離的，或者說是經過了記憶的篩選和文學的強化、變形的。

卡夫卡把父親視為身體與精神統治權威，他毫不留情地剝奪了「我」的思想和話語權利，成了父親王國的奴隸。卡夫卡從父親那裏看到的是一種「暴君」現象，所以本雅明在他的《弗蘭茨．卡夫卡》裏評價說：「對於卡夫卡來說，官員世界和父親世界是同一的。」他的批判鋒芒是直接指向專制政體的。

讀了卡夫卡的《致父親》，再回過頭來讀魯迅的《五猖會》，我們就有了更深刻的領會：魯迅所強烈感到，並終生不忘的父與子之間的隔膜感，是來自父親對兒子的絕對權力，如他自己後來在《我們現在怎樣做父親》一文裏所說，「父對於子，有絕對的權力和威嚴；若是老子說話，當然無所不可，兒子有話，卻在未說之前早已錯了」。[2]魯迅的父親之所以那樣獨斷地要求背書，而全然不考慮兒子的意願與要求，兒子除了服從絕無其他選擇，都是反映了父親對兒子的絕對支配權的。在這個意義上可以說，魯迅的《五猖會》與卡夫卡的《致父親》都是對父權的批判。

而魯迅則更關注作為專制體制的思想基礎的倫理觀念，把他的批判鋒芒指向中國儒家傳統的「三綱」之說。在魯迅看來，家庭為中國社會之本，「父權」的神聖不可侵犯性之所以必須打破，就是因為它是「三綱」的核心，所謂「父為子綱，夫為妻綱，君為臣綱」，丈夫對妻子的絕對權力，皇帝對臣民的絕對權力，都是父親對兒子的絕對權力的延伸。因此，魯迅的寫作和卡夫卡一樣，本質上是一種走出以父權為基礎的「奴隸時代」的悲壯的「突圍」和「逃亡」。

卡夫卡說，父親的絕對統治，使「我變成了一個奇想迭出，但多半寒氣逼人的孩子」。我們在魯迅身上，也發現了同樣的精神氣質，而正是這樣的精神氣質決定了他們的文學風格。我們可以說，魯迅與卡夫卡的文學，是一種「奇想迭出，寒氣逼人」的文學，從而構成了二十世紀世界文學的奇觀。

從《父親的病》看魯迅小說中「父親的缺席」

但，魯迅與卡夫卡之間，在文學表現上的差異也是明顯的。我們在前面提到了《專制文化的寓言——魯迅、卡夫卡解讀》這本專著[3]。作者有一個重要發現：「卡夫卡的每一篇小說，都晃動着父親的身軀，決定着情節的變化和兒子的命運；魯迅的小說中的父親都被刪除。」他列舉出了如下例證：首先是魯迅小說中作為批判對象的人物，大都是父親的替身，如大哥（《狂人日記》），四叔（《祝福》），族長（《長明燈》）；其次，魯迅小說主人公大都是失去父親的孤兒：《孤獨者》裏的魏連殳「自幼失去了父母」；《長明燈》裏的「他」，父親早就死了，「只有一個伯父」；《鑄劍》裏的眉間尺，是父親死了十六年以後才出場的；《過客》裏的主人公自述，「從我還能記得的時候起，我就只一個人」。

父親死了，父親缺席，這是一個饒有興味的魯迅文學現象。

我們還感興趣的是，父親死了與父親缺席之間，有甚麼關係？

於是，又注意到了《父親的病》這篇散文，尤其是最後魯迅對失去父親的恐懼感。在這背後其實是有魯迅另一個慘傷的童年記憶的。他在《〈吶喊〉自序》裏的這段話是人們所熟知的：「有誰從小康人家而墮入困頓的麼，我以為在這路途中，大概可以看見世人的真面目。」而所謂「墮入困頓」，其中的關鍵，就是父親的早逝。據《魯迅年譜》記載，在父親去世後，十七歲的魯迅作為長子，曾代表家庭出席本房家族會議，受盡了屈辱，構成了魯迅終生難以癒合的心靈創傷。也就是說，魯迅的童年記憶裏，不僅有父親的專制所造成的隔膜之痛，如《五猖會》裏所表現的那樣；更有《父親的病》裏的失父之痛：正是父親的早逝，使他過早地承擔「長子」的責任，在恥辱中看透世態炎涼，形成了他的多疑、敏感的個性。我們在前面談到魯迅與卡夫卡的「奇想迭出，寒氣逼人」的氣質與風格；對卡夫卡，這都是父親的壓抑造成的，而魯迅，卻多了一個父親早逝的因素。

這也正是魯迅與卡夫卡的區別所在：他們雖然同為家庭的長子，但魯迅是一個病弱的父親的長子，而卡夫卡卻是一個強壯的父親的長子。魯迅父親三十五歲時去世，魯迅年僅十六歲；卡夫卡的父親享年七十九歲，病逝時卡夫卡已經去世七年。卡夫卡恨他的父親，是因為他太強大，是自己一生難以企及的目標，他的恨，更像是敬愛。而魯迅對父親，更多的是負疚，是同情，憐憫，這些情感在他的《父親的病》裏得到十分動人的表現；而卡夫卡則不可能寫出《父親的病》這樣的文章。「父親的病」本身就構成了魯迅重要的生命命題，他在《〈吶喊〉自序》裏説得很清楚：他之所以到日本學醫，就是為了「救治像我父親似的被誤的病人的疾苦」，而他後來棄醫從文，也是因為他意識到中國人的主要病症在精神的病，「而善於改變精神的」「當然首推文藝」。[4] 這就是説，「治病」——從治身體的病，到治精神的病，成為魯迅人生選擇的基本動力；而這樣的動力顯然首先來自父親的病的影響。正是這樣的「救治」的慾望，使魯迅儘管在理性上把父親判定為「專制壓迫」的象徵，但在感情上他又無法將父親做專制的具體形象，他只有迴避：讓父親缺席了。[5]

註釋

1 魯迅：《隨感錄·四十九》，《魯迅全集》一卷，三五四頁。

2 魯迅：《我們現在怎樣做父親》，《魯迅全集》一卷，一三四頁。

3 張天佑：《專制文化的寓言——魯迅、卡夫卡解讀》，甘肅人民出版社二零零三年版。

4 魯迅：《〈吶喊〉自序》，《魯迅全集》一卷，四三八頁、四三九頁。

5 本節的分析，部份採用了張天佑專著的觀點，特此説明，並向作者表示感謝。

五、讀《無常》

魯迅的童年記憶裏，除了我們已經閱讀、討論過的關於小動物的記憶，關於父親的記憶外，最刻骨銘心的，還有關於他的家鄉民間節日、民間鬼神的回憶。這就是我們現在要閱讀、討論的《無常》和《女吊》。《女吊》寫在一九三六年魯迅重病之中，離世之前，下文會有詳細討論。又有人注意到，這篇寫於一九二六年六月，收入《朝花夕拾》的《無常》，正是在魯迅一場大病之後——一九二五年九月一日至一九二六年一月魯迅肺病復發（一九二三年魯迅因兄弟失和也發過一次病），長達四月餘；一九三六年魯迅最後病倒時寫信給母親，就提到一九二三年、一九二五年這兩次病，以為病根正是當年種下的。[1]這就是說，魯迅也是因為面對死亡而沉浸於鬼的民間記憶裏寫出《無常》的。更有意思的是，現在許多研究者都認為，正是一九二五—一九二六年間與一九三五—一九三六年間，魯迅的創作出現了兩個高峰：他的《朝花夕拾》《彷徨》（部份），《故事新編》《夜記》（未編成集）都寫於這兩個時期。而《無常》《女吊》正是魯迅散文的兩大極品。這些事實大概很能說明魯迅的「死亡體驗」「民間記憶」和他的「文學創作」之間的聯繫；而「鬼」的描述正是這三者的聯結點，《無常》與《女吊》的意義與價值就在於此吧。

魯迅在《無常》一開始就介紹說，無常鬼是由人扮演的，是民間戲劇與祭神活動裏的一個節目。在魯迅的故鄉紹興，這樣的民間戲劇演出有兩類，一是「大班」，二是「目連戲」。魯迅說二者的不同在於「前者是專門的戲班子，後者是臨時集合的 Amateur（業餘演員）」。[2]所以一般老百姓，特別是小孩，對這樣的具有參與性的「目連戲」是更有興趣的。傳說七月份酆都城鬼門關打開，閻羅大王讓小鬼到人間玩玩，所以這戲是演給鬼看的，人去看，用魯迅的說法，不過是「叨光」。[3]「目連戲」演的是「目連救母」的故事，這是一個佛教傳說：目連是佛的大弟子，有大神通，嘗入地獄救母，是講生死輪回，因果報應的，自然引不起孩子和觀眾的興趣。大家注目的是「目連戲」中的穿插戲。據老藝人說，「目連戲」是齣勸善戲，所以戲班在外演出時，常把耳聞目睹的「惡事」，編進「目連戲」中，共有一百二三十折之多，多是諷刺社會惡行的諷喻性喜劇，也可以說是傳達了老百姓的某些心聲吧，因而大受歡迎。據魯迅介紹說，戲演到「次日的將近天明便是這惡人的收場的時候，

『惡貫滿盈』，閻王出票來勾魂了，於是乎這活的活無常便在戲台上出現」。[4] 據魯迅故鄉的先賢、明末著名的文學家張岱在其所著《陶庵夢憶》中記載，當年這樣的「目連戲」演出是相當熱鬧的：「……剽輕精悍，能相撲打者三四十人，搬演《目蓮》，幾三日三夜」。但魯迅説，「在我幼小時候可已經不然了，也如大戲一樣，始於黃昏，到次日的天明便完結」。[5]

魯迅念念不忘的，還有故鄉的迎神賽會。在我們剛剛讀過的《五猖會》裏，就特別提到了張岱的《陶庵夢憶》裏關於明末紹興的迎神賽會的習俗描繪——

> 壬申七月，村村禱雨，日日扮潮神海鬼，爭唾之。余里中扮《水滸》，……於是分頭四出，尋黑矮漢，尋梢長大漢，尋頭陀，尋胖大和尚，尋茁壯婦人，尋姣長婦人，尋青面，尋歪頭，尋赤鬚，尋美髯，尋黑大漢，尋赤臉長鬚，大索城中。無則之郭，之村，之山僻，之鄰府州縣，用重價聘之，得三十六人。梁山泊好漢，個個呵活，臻臻至至，人馬稱娖而行。……

周氏兄弟——魯迅與周作人對張岱的這段描述所展現的明代紹興人的精神境

界，都表示無限神往。周作人欣賞的是「那種豪放的氣象」，「那種走遍天下找尋《水滸傳》腳色的氣魄」所表現出的生命的「狂」態。[6]魯迅則說：「那時的賽會，真是豪奢極了」，「這樣的白描的活古人，誰能不動一看的雅興呢？」[7]但即使這樣，魯迅幼時記憶中的迎神賽會也依然迷人——

> 記得有一回，也親見過較盛的賽會。開首是一個孩子騎馬先來，稱為「塘報」；過了許久，「高照」（按：指高掛在長竹竿上的通告）到了，長竹竿揭起一條很長的旗，一個汗流浹背的胖大漢用兩手托着；他高興的時候，就肯將竿頭放在頭頂上或牙齒上，甚而至於鼻尖。……[8]

在這樣的場合，無常就會出現了。人們稱他為「勾攝生魂的使者」，人的壽命盡了，一到死期，閻羅王就會派他來將人的魂由陽間帶入陰間，可以說，他是出入於陰陽兩界的。因此，他和人一樣，也有家眷，在迎神賽會上就同時出現了「很有些村婦樣」的「無常嫂」，而且還有「（戴）小高帽，（穿）小白衣」的「無常少爺」，「大家郤叫他阿領（按：周作人解釋說：「云是拖油瓶也」[9]），對於他似乎都不很表敬意」。[10]——魯迅說，這是因為「無常是和我們平輩的」，當然就不存在任何敬畏感了。

就這樣，我們終於和無常鬼相遇了。

請打開《朝花夕拾》裏的這篇《無常》，且看魯迅是如何描述的。

一開始，魯迅就將迎神賽會中的「神」與「鬼」對照着介紹：據說「神」是「掌握生殺之權的」，而在中國更是「彷彿都有些隨意殺人的權柄似的」；而「這些鬼物們，大概都是由粗人和鄉下人扮演的」，鬼卒鬼王都是「穿着紅紅綠綠的衣裳，赤着腳」的，「所以看客對於他們不很敬畏，也不大留心」。——不知不覺間，通常蒙在鬼上面的恐懼與神秘消失了，一下子就與我們讀者的距離拉近了。

接着，魯迅又一再強調：「我們——我相信：我和許多人——所最願意看的，卻是活無常」，「人民之與鬼物，唯獨與他最為稔熟，也最為親密」。——請注意這裏的幾個稱謂：「粗人」「鄉下人」「人民」，分明是在強調，與作為人民統治者的「神」不同，鬼，尤其是無常鬼，屬於下層社會的普通百姓，是「我們」「大家」的。

說到這裏，魯迅才着手給無常畫像——

身上穿的是斬衰凶服，腰間束的是草繩，腳穿草鞋，項掛紙錠；手上是破芭蕉扇，鐵索，算盤；肩膀是聳起的，頭髮卻披下來；眉眼的外梢都向下，像一個「八」字。頭上一頂長方帽，下大頂小，按比例一算，該有二尺高罷；在正面，就是遺老遺少們所戴瓜皮小帽的綴一粒珠子或一塊寶石的地方，直寫着四個字道：「一見有喜。」有一種本子上，卻寫的是「你也來了」。

順便說一句：在《朝花夕拾》的「後記」裏，魯迅還真的畫了一幅題為《那怕你，銅牆鐵壁！》的無常肖像，[11]和「前引」描述性文字對照起來看，是很有意思的。應該說，無論文字還是畫圖都是神形兼備，惟妙惟肖的。而給人留下最深刻的印象，就是這個「鬼」真有些其貌不揚，但在老百姓的日常生活中，卻是經常可以遇見的：這是一個「平民化」的鬼。

而且普通平民還真對他有一份特殊的感情。魯迅問道：「人們一見他，為甚麼就都有些緊張，而且高興起來呢？」並且這樣回答——

他們——敝同鄉「下等人」——的許多，活着，苦着，被流言，被反噬，因了積久的經驗，知道陽間維持「公理」的只有一個會，而且這會的本身就是「遙遙茫茫」，於是乎誓不得不發生對於陰間的神往。人大抵自以為銜些冤抑的；活的「正人君子」只能騙鳥，若問愚民，他就可以不假思索地回答你：公正的裁判是在陰間！

這段話裏引人注目地出現了「正人君子」「公理」這些看起來不大協調的概念。查查有關資料，就可以知道，這裏所說的「正人君子」指的是以《現代評論》雜誌為中心的一批大學教授。魯迅對他們有一個概括性的介紹和評價，說他們「從外國留學回來」，自稱「特殊的知識階級」，以「公理」的執掌者與壟斷者自居，「以為中國沒有他們就要滅亡」。[12]這自然引起魯迅的反感，因而展開了激烈的論戰。這裏自然不可能對這場論戰做詳盡的討論，只想指出一點：這場論戰構成了魯迅《朝花夕拾》寫作的重要的思想與心理背景，也就是說，魯迅在沉浸於對家鄉童年民間生活的回憶時，心中始終有這批「正人君子」作為「他者」存在着。在我們引述的這段話裏，魯迅顯然是將「敝同鄉的下等人」與「正人君子」相對立的；而尤其有意思的是，當魯迅談到「敝同鄉的下等人」「活着，苦着，被流言，被反噬」的命運時，實際上是把他自己擺了進去的：他在與現代評論派的論爭中，正是深受這些「正人君子」的「流言」「反噬」之苦。也就是說，當這些「公理」的壟斷者採用種種手段要將魯迅逐出時，魯迅就深切地感到自己與「敝同鄉的下等人」處境與命運的相同，並且與他們一起感受着於無常鬼的世界的親切與嚮往：既然陽間（人世間）已經被這些「正人君子」壟斷，那麼，下等人（以及與他們同命運的魯迅）只能寄希望於「公正的裁判是在陰間」！於是，又有了下面這番議論——

想到生的樂趣，生固然可以留戀；但想到生的苦趣，無常也不一定是惡客。無論貴賤，無論貧富，其時都是「一雙空手見閻王」，……無常的手裏就拿着大算盤，你擺盡臭架子也無益。

魯迅在一九三六年去世前寫的《死》這篇文章中也說過類似的意思，他說中國人「因為生死久已經被人們隨意處置，認為無足輕重，所以自己也（把死）看得隨隨便便」，並且說自己也是死的「隨便黨」的一個。而窮人們又大多相信「死後輪回」的觀念，死亡反而給他們一個重新投胎，改變現有命運的機會；[13]因此，對於時刻感受着「生之苦趣」的窮人以及魯迅這樣的知識分子不會將無常鬼視為「惡客」，這是很自然的。——當然，也還有佛教的「人生無常」的觀念的影響；所以魯迅又認為，「無常」鬼的想像正是將來自印度的佛教人生觀的「具象化」，也算是「中國人的創作」吧。而構成這種死的想像的另一個重要方面，就是在「死亡」面前不分貴賤貧富人人平等，作為這種觀念的具象化，「勾攝生魂的使者」無常是不徇私情的，算得上「真正主持公理的腳色」。飽受人間「公理」壟斷者的欺壓，時時「銜些冤抑」的「敝同鄉的下等人」對這樣的陰間及其使者無限神往，就是可以理解的了。

做了這麼多鋪墊以後，無常鬼終於「在戲台上出現了」。——但就是出場，也還要有一番鋪墊。先是交代時間：「夜深」時分；再說看客心情：愈加「起勁」。於是，先看見「他所戴的紙糊的高帽子，本來是掛在台角上的，這時預先拿進去了」；再聽見聲音：「鬼物所愛聽的」「好像喇叭」似的特別樂器「目連瞎頭」吹響起來了……

在許多人期待着惡人的沒落的凝望中，他出來了，服飾比畫上的還簡單，不拿鐵索，也不帶算盤，就是雪白的一條莽漢，粉面朱唇，眉黑如漆，蹙着，不知道是在笑還是在哭。但他一出場就須打一百零八個嚏，同時也放一百零八個屁，這才自述他的履歷。

這是全文中最鮮亮的一筆：「雪白的一條莽漢，粉面朱唇，眉黑如漆」寥寥幾個字，就寫盡了無常的威風、嫵媚，令人拍案叫絕！「蹙着，不知道是在笑還是在哭」的表情則直逼他的內心世界（也是對下文的一個鋪墊），讓觀眾也「不知道是在笑還是在哭」，使無常的形象變得豐厚而耐人尋味。至於「一百零八個」嚏和屁，自然是民間文學中慣有的誇飾之詞，我們讀者也彷彿聽見了台下觀眾的陣陣哄堂大笑……

然後，直接引用無常的一段唱詞，這既是戲劇演出的一個高潮，也把全文引向高潮。這位陰間之鬼竟是這樣的有人情味：堂房的阿侄突然生病，剛吃下藥，而且是本地最有名的郎中開出的藥，就「冷汗發出」，「兩腳筆直」，看阿嫂哭得悲傷，不禁善心大發，放他「還陽半刻」。不料「大王道我是得錢買放」，開了後門，「就將我捆打四十」。閻羅老子居然誤解了自己的「人格——不，鬼格」，無端的懲罰「給了我們的活無常以不可磨滅的冤苦印象，一提起，就使他更加蹙緊雙眉，捏定破芭蕉扇，臉向着地，鴨子浮水似的跳起舞來」，並且決定再也不放走一個——

哪怕你，銅牆鐵壁！
哪怕你，皇親國戚！
……

這真是神來之筆！看似隨和的無常突然翻轉出剛毅堅定的一面，詼諧中顯示出嚴峻，這是能給讀者以一種震撼的。更可以想見，當在人間，面對「皇親國戚」肆無忌憚地徇私舞弊而無可奈何的普通老百姓，突然在無常這裏看到了抵禦腐敗、不平等的「銅牆鐵壁」，頓會產生一種「若獲知音」之感：他的所言所為正是表達了底層民眾的願望。魯迅情不自禁地說：「一切鬼魂中，就是他有點人情；我們不變鬼則已，如果要變鬼，自然就只有他可以比較地相親近。」並且滿懷深情地寫了這樣一段話——

我至今還確鑿地記得，在故鄉時候，和「下等人」一同，常常這樣高興地正視過這鬼而人，理而情，可怖而可愛的無常；而且欣賞他臉上的哭或笑，口頭的硬語與諧談……

這是全文的一個「核」：前面所有的描述，議論，鋪墊，都最後歸結於此。這裏，對無常的形象所做的總結、概括，自然把讀者對無常的認識提升了一步，讓我們關注「鬼」中之「人」及「鬼」所保留的「理而情」的理想「人性」；而「至今還確鑿地記得」這樣的強調，則提醒讀者注意埋在魯迅心靈深處的永恆記憶：「在故鄉時候，和『下等人』一同」怎樣與無常鬼同哭同笑……這意味着，魯迅從童年起，就有了與底層人民和他們的民間想像物融合無間的生命體驗，這是他的生命之根，也是他的文學之根。

而《無常》的結尾，卻突然發問：「莫非入冥做了鬼，倒會增加人氣的麼？」——這又猛然突現了對充滿鬼氣的人世間的絕望，由此自然會引發出許多聯想與感慨……

註釋

1 參看魯迅：《致母親》（一九三六年九月三日），《魯迅全集》十三卷，四一八頁。

2 魯迅：《女吊》，《魯迅全集》六卷，六一五頁。

3 同上。

4 魯迅：《無常》，《魯迅全集》二卷，二七一頁。

5 同上書，二七零頁。

6 周作人：《〈陶庵夢憶〉序》，《周作人自編文集．苦雨齋序跋文》，一一四—一一五頁，河北教育出版社二零零二年版。

7 魯迅：《五猖會》，《魯迅全集》二卷，二六一—二六二頁。

8 《五猖會》，《魯迅全集》二卷，二六二頁。

9 周作人：《關於祭神迎會》，《周作人自編文集．藥堂雜文》，一一四頁，河北教育出版社二零零二年版。

10 魯迅：《無常》，《魯迅全集》二卷，二七三頁。

11 見《魯迅全集》二卷，三三一頁。

12 參看魯迅：《關於知識階級》，《魯迅全集》八卷，一九三頁。

13 魯迅：《死》，《魯迅全集》六卷，六零八、六一零頁。

六、讀《女吊》

你知道魯迅離開這個世界前，在關心、談論甚麼嗎？日本作家鹿地亘夫人池田幸子有這樣的回憶——

一九三六年十月十七日（也即魯迅逝世前兩天）午後，魯迅突然來到鹿地亘夫婦在上海的寓所。一見面就送上一本剛出版的《中流》雜誌，並且說：「這一次寫了《女吊》……」

池田幸子注意到魯迅說這話時，「把臉兒全部擠成皺紋而笑了」——這燦爛的笑以後就成了一個永恆的記憶。

接着，又有了這樣的談話：

我說道：「先生，你前個月寫了《死》，這一次寫了吊死鬼，下一次還寫甚麼呢？」……

魯迅笑而不答，突然問道：「日本也有無頭的鬼嗎？」

鹿地互回答道：「無頭鬼沒有聽到過——腳倒是沒有的……」

「中國的鬼也沒有腳；似乎無論到哪一國的鬼，都是沒有腳的……」

他們就這樣談開了：古今東西的文學中所記的鬼成了說不完的話題，「時時發出奇聲而笑個不停」……[1]

自身被死神纏住，還能如此輕鬆地談論鬼，發出「燦爛的笑」，這自然是一種豁達，或許還包含了更豐富的生命內容。

我們還是徑直來讀這篇魯迅告別人間時的奇文吧。

《女吊》一開始就引述明末王思任的話：「會稽乃報仇雪恥之鄉，非藏垢納污之地。」並且直接點明：在這一傳統熏陶下的「一般的紹興人，並不像上海的『前進作家』那樣憎惡報復，……他們就在戲劇上創造了一個帶復仇性的，比別的一切鬼魂更美，更強的鬼魂。這就是女吊」。——魯迅如此明確地將「鬼」（女吊）的想像與故鄉地方文化傳統相聯結，這是很有意思的。其實，我們在前面講到的「無常」，他的以堅毅為內核的豁達、詼諧的性格，以及作為其外在表現的「硬語與諧談」的語言風格，都打上了紹興地方文化的鮮明印記，魯迅因此將其與女吊並稱為紹興「兩種有特色的鬼」。而魯迅對這兩個鬼情有獨鍾，正是顯示了他與浙東地方文化的深刻聯繫[2]：這也是他的生命與文學之根。而同樣引人注目的是，在魯迅關於女吊的敍述背後仍然存在着一個「他者」：這回是「上海的『前進作家』」，一九三六年的魯迅正在與之進行激烈的論戰，魯迅稱他們是「革命工頭」，「奴隸總管」，「以嗚鞭為唯一的業績」，「損着別人的牙眼，卻反對報復，主張寬容」。[3]因此，魯迅對女吊的回憶，就具有回歸自己的「根」，以從中吸取反抗的力量的意義；而此文又寫在魯迅生命的最後時刻，就更增添了特殊的份量。

和《無常》一樣，魯迅並不急於讓我們與女吊相見，而是竭力先做鋪墊，渲染夠了，再一睹風采，就會有意想不到的效果。

先從釋名說起，強調「吊死鬼」與「女性」的幾乎是先天性的聯繫。——這也正是本章開頭引述的魯迅最後一次聊天的話題；這背後的女性關懷是很明顯的。接着又據「吊神」的稱呼而強調「其受民眾之愛戴」：女吊和無常一樣，都是底層人民創造的，寄託了他們的願望與想像的鬼。[4]

既然是舞台上的鬼，就自然要有觀眾。有趣的是，「看戲的主體」不是人，是神，還有鬼，「尤其是橫死的冤鬼」。——順便說一點：在中國民間傳統中，對於「橫死的冤鬼」總有特殊的關照；「五四」時期台靜農先生寫過一篇很有影響的小說《紅燈》，就是描寫他的安徽家鄉每逢陰曆七月十五「鬼節」點河燈祭奠冤鬼的習俗的。這背後的意味是發人深思的。

在魯迅的家鄉，就有了演出前的「起殤」儀式。——魯迅特意說明，這不是一般的「召鬼」，而是「專限於橫死者」的。「《九歌》中的《國殤》云：『身既死兮神以靈，魂魄毅兮為鬼雄』，當然連戰死者在內。明社垂絕，越人起義而死者不少，至清被稱為叛賊，我們就這樣的一同招待他們的英靈。」祭奠「叛賊」的「英靈」，這真是非凡之舉！因為如魯迅所說，「中國一向就少有失敗的英雄」，「少有敢撫哭叛徒的吊客」，「見勝兆則紛紛聚集，見敗兆則紛紛逃亡」。但也如魯迅所說，老百姓卻能夠「明黑白，辨是非」，[5]即所謂「人心自有一桿秤」，這些犧牲的起義戰士成為「鬼雄」受到浙東民間的禮拜，是自然的：這裏的「民氣」中一直深藏着反抗、叛逆的火種。

想一想吧，這是怎樣一個動人心魄的場景：……在薄暮中，十幾匹馬，站在台下了。……戲子扮演的鬼王，「藍面鱗紋，手執鋼叉」……十幾名鬼卒：孩子自願充當的「義勇鬼」……

一擁上馬，疾馳到野外的許多無主孤墳之處，環繞三匝，下馬大叫，將鋼叉用力的連連刺在墳墓上，然後拔叉馳回，上了前台，一同大叫一聲，將鋼叉一擲，釘在台板上。——

「擁上」「疾馳」「環繞」「大叫」「刺」「拔」「馳回」「擲」「釘」，這一連串的動作，何等的乾淨、利落，何等的神勇！

就這樣，「種種孤魂厲鬼，已經跟着鬼王和鬼卒，前來和我們一同看戲了」。——這真是一個奇妙的生命體驗：超越了時空，跨越了生冥兩界，也泯滅了身份的界限，沉浸在一個人鬼相融、古今共存、貴賤不分的「新世界」裏。不妨設想一下身處其間的幼年魯迅（假設還有我們自己），將會有怎樣的感受：或者會因為「孤魂厲鬼」在身邊遊蕩而感到沉重，夾雜着幾分恐懼幾分神秘，或許相反，有一種微微的暖意掠過心頭，說不出的新奇與興奮……

就在這樣一種氣氛中，戲開場了，且「徐徐進行」：「人事之中，夾以出鬼：

火燒鬼，淹死鬼，科場鬼（死在考場裏的），虎傷鬼……」，這都是民間常遇的災難而化作了鬼，看客卻「不將它當作一回事」，或許這就是魯迅所說的「對於死的無可奈何，而且隨隨便便」的「無常」式的態度吧。突然，「台上吹起悲涼的喇叭來，中央的橫樑上，原有一團布，也在這時放下，長約戲台高度的五分之二」，「看客們都屏着氣」：女吊要出場了！不料，闖出來的卻是「不穿衣褲，只有一條犢鼻，面施幾筆粉墨的男人」，原來是「男吊」。儘管他的表演也頗為出色，尤其是在懸布上鑽和掛，而且有七七四十九處之多，是非專門的戲子演不了的；但看客（或許還有我們讀者）卻沉不住氣了：女吊該出場了。

果然，在翹首盼望，急不可耐之中——

自然先有悲涼的喇叭；少頃，門幕一掀，她出場了。大紅衫子，黑色長背心，長髮蓬鬆，頸掛兩條紙錠，垂頭，垂手，彎彎曲曲的走一個全台，內行人說，這是走了一個「心」字。

這是期待已久的閃光的瞬間，一個簡潔而又鮮明的亮相，你心裏不由得叫一聲

「好」！

魯迅卻不急於再添濃彩，加深印象（沒有經驗的作者多半會這樣做），而是就勢把筆蕩開，大談「着紅」的意義：從王充《論衡》中的漢朝鬼，到紹興婦女的習俗，強調「紅色較有陽氣」，自然為志在「復仇」的「厲鬼」所喜愛，又順便刺一下認為「鬼魂報仇更不符合科學」的「『前進』的文學家和『戰鬥』的勇士們」，還突然冒出一句：「我真怕你們要變呆鳥」，這都是興之所至，隨意流出的文字，卻使文氣搖曳而不板滯。而且於不知不覺之間，文章的意蘊也更深厚了。

放得開自然也收得住；筆鋒一轉，就拉了回來——

她將披着的頭髮向後一抖，人這才看清了臉孔：石灰一樣白的圓臉，漆黑的眼眶，猩紅的嘴唇。

這是一幅絕妙的肖像畫，有着極強的色彩感：純白，漆黑，猩紅。前面已經說過，紅色所內含的「陽氣」使紹興的婦女即使赴死也要着紅裝；其實中國的農民都是喜歡大紅、大黑與純白的。魯迅選用這三種色彩來描繪女吊的形象，正是表現了他對中國農民和民間藝術的審美情趣的敏感和近乎直覺的把握；而有人對《吶喊》《彷徨》《故事新編》和《野草》四部作品的色彩做了統計，發現魯迅用得最多的色彩也恰恰依次是白，黑，紅，[6]這大概不是一個巧合：魯迅與中國民間社會的深刻聯繫其實是滲透到他的美學趣味的。如果翻翻有關色彩學的常識，還可以發現，白、黑、紅，這都屬於「基本色」，其最大特點是「它們基本上是互不關聯的」，「它們所表現的基本品質是相互排斥的」，「在一幅構圖上，這些單純的色相決不能當作過渡色來用」，「它們可以彼此區別，但它們在一起就引起一些緊張」。[7]這樣的色彩選擇，這樣獨特的配色方法，可能與魯迅性格、情感、心理……上的內在緊張有一定關係，這「形式」背後的「意味」，是很有意思的。朋友們如果有興趣，還可以做進一步的探討，這裏就不深說了吧。

而魯迅本人在畫完了女吊的肖像後，意猶未盡，又對女吊的打扮發了一通議論：「比起現在將眼眶染成淺灰色的時式打扮來，可以說是更徹底，更可愛。不過下嘴角應該略略向上，使嘴巴成為三角形：這也不是醜模樣。」——朋友們可能會感到驚奇，魯迅對婦女的裝飾竟如此注意與有研究；其實，女作家蕭紅早就有過這樣的回憶：有一天，魯迅突然批評她的「裙子配得顏色不對，……紅上衣要配紅裙子，不然就是黑裙子，咖啡色的就不行了；這兩種顏色放在一起很渾濁」。蕭紅自然很奇怪：「周先生怎麼也曉得女人穿衣裳的這些事情呢？」魯迅回答說：「看過書的，關於美學的。」[8]我們或許可以從這些小地方看到魯迅的美學素養的某一個側面吧。

我們這樣邊讀邊議，扯得可能遠了一點；還是跟着魯迅回到觀戲的現場上來吧。你看——

> 她兩肩微聳，四顧，傾聽，似驚，似喜，似怒，終於發出悲哀的聲音，慢慢地唱道：
>
> 「奴奴本是楊家女，
> 呵呀，苦呀，天哪！……」

這裏又給我們讀者一個藝術上的驚喜：在魯迅的形象記憶裏，他對演員以精湛的藝術所傳達出的女吊的神情，以及內心世界的精妙之處，可謂體察入微，且能用如此簡潔的語言表達得如此準確，簡直到了出神入化的地步。讀這樣的文字，真是一種享受！但或許更加觸動我們的，還是這位「楊家女」，以及與她同命運的台下看戲的「下等人」的一腔苦情。

……

但魯迅卻沒有沉浸在對人間鬼域的不幸者的同情與對民間反抗精神的讚揚中，他的語氣突然變得嚴峻起來：談到了「中國的鬼」的「壞脾氣」，而且「雖女吊不免，她有時也單是『討替代』，忘記了復仇」。魯迅早就說過，中國人受到了屈辱，不是「向強者反抗」，而往往到更弱者那裏去「轉移」自己的不幸，[9]這其實就是「討替代」，「中國鬼」本屬於中國，大概也就沾染上這樣的「國民性」了吧。——魯迅在任何時候，任何問題上，都是清醒的：即使對於他如此傾心的故鄉民間反抗傳統，他也毫無美化之意，他一點也不迴避這種反抗的有限性。《女吊》最終傳達給我們讀者的，正是一種歷史的悲涼感。

但魯迅仍把他的憤怒之火噴向現實中的「吸血吃肉的兇手或其幫閒們」——

> 被壓迫者即使沒有報復的毒心，也決無被報復的恐懼。只有明明暗暗，吸血吃肉的兇手或其幫閒們，這才贈人以「犯而勿校」或「勿念舊惡」的

格言，——我到今年，也愈加看透了這些人面東西的秘密。

這是隱藏在背後的「他者」的突然浮現：魯迅的一切「反顧」，最終都要回到現實。以此為這篇鬼的回憶作結，正是魯迅之為魯迅。

註釋

1 池田幸子：《最後一天的魯迅》，收《魯迅先生紀念集》「悼文」第二集，五三－五五頁，上海書店複印。

2 對這一問題有興趣的朋友可參看《魯迅與浙東文化》一書（陳方競著，吉林大學出版社出版）。

3 參看魯迅：《答徐懋庸並關於抗日統一戰線問題》，《魯迅全集》六卷，五三八頁；《死》，《魯迅全集》六卷，六一二頁。

4 魯迅：《這個與那個．之三最先與最後》，《魯迅全集》三卷，一四二頁。

5 魯迅：《「題未定」草之九》，《魯迅全集》六卷，四三五頁。

6 參看錢理群：《心靈的探尋》，二八四－二八六頁，北京大學出版社一九九九年版。

7 參看R·阿恩海姆：《色彩論》。

8 蕭紅：《回憶魯迅先生》，收《魯迅回憶錄》（散篇上冊），七零七—七零八頁，北京出版社二零零零年版。

9 魯迅：《雜憶》，《魯迅全集》一卷，二三五頁。

輯三　散文詩六篇

一、讀《死火》

把魯迅的想像才能發揮得最為充份的，無疑是《野草》。《野草》是一個非常獨特的僅屬於魯迅的世界，人們可以從不同的角度去進入；我們還是先從「魯迅式的想像」這裏切入吧。這裏我們要討論的，是「對宇宙基本元素的想像」。

魯迅在《科學史教篇》一開始就談到了古希臘人對形成宇宙的基本元素的認識與想像：泰勒斯認為水是世界萬物的本原，阿那克西米尼則認為是空氣，赫拉克利特認為是火。[1]

我們所生活的宇宙，確實有一些基本的物質元素與生命元素。人類對之有着大致相同的體認，但在不同民族、地區，不同的文化傳統之間，又存在着某些差異。就我們中華民族而言，我們所理解的宇宙基本物質元素、生命元素，主要是指：金（礦物）、木（植物）、水、火、土。

於是，就有了關於金、木、水、火、土的文學想像。有人說，這是對「高度宇宙性形象」的想像。

而且不同民族文化背景，不同時代，不同個性的作家，對於這些宇宙基本物質元素、生命元素的想像是不同的。

或者說，這是一個最具挑戰性的文學課題，同時也是思想的課題，生命的課題。每一個有創造力的作家，都要力圖創造出不同於他人、前人，獨屬於自己的「新穎的形象」。

這就意味着，對於宇宙生命的一種新的想像，對於「存在的本質」的一個新的發現。

這還意味着，對現有語言表現力的一個新的突破，並嘗試着開闢語言的新的未來。

因此，每一個關於宇宙基本元素的「新穎的形象」的創造，都會帶來存在的喜悅，語言的喜悅。[2]

魯迅活躍的自由無羈的生命力注定他要接受這樣的挑戰，並且會有出人意料的創造。

不妨設想一下：一個文學夢想者，面對原始的火，將會引起怎樣的想像？

在閱讀魯迅的《死火》以前，我們先來讀兩篇關於「火」的散文。

這是從美國作家梭羅的《瓦爾登湖》裏節選出來的一個片斷：「室內取暖」。[3]作者一再深情地寫道「壁爐裏燃燒的火」——

在一個冬令的下午，我出去散步的時候，留下了一堆旺盛的火；三四個小時之後，我回來了，它還熊熊地燃燒着。……好像我留下了一個愉快的管家婦在後面。住在那裏的是我和火。……

每當我長久地暴露於狂風之下，我的全身就開始麻木，可是等到我回到滿室生春的房屋之內，我立刻恢復了我的官能，又延長了我的生命。……火光投射的影子……在椽木之上跳躍……這種影子的形態，……是更適合於幻想與想像的……

於是就有了爐火之歌——

光亮的火焰，永遠不要拒絕我，

你那可愛的生命之影，親密之情。
向上升騰的光亮，是我的希望？
到夜晚沉淪低垂的是我的命運？

……

是的，我們安全而強壯，因為現在
我們坐在爐旁，爐中沒有暗影。
也許沒有喜樂哀愁，只有一個火，
溫暖了我們手和足——也不希望更多；
有了它這堅密、適用的一堆火，
在它前面的人可以坐下，可以安寢，
不必怕黑暗中顯現遊魂厲鬼，
古樹的火光閃閃地和我們絮語。

這是典型的西方人的火的感受與想像：「爐火」使人的軀體處於溫暖中（「取暖」，「恢復官能，延長生命」），更使人在心理上獲得安全感與舒適感（「我們安全而強壯」，「可以安寢」）；因此，「火」就意味着「滿室生春的房屋」，使人聯想起「古樹……絮語」，還有那「愉快的管家婦」。在「火」裏尋找、發現的正是這樣一個隱秘在心靈最深處的家園，以及背後的寧靜的宇宙生命的想像與嚮往：存在的本質就深扎在這古老的安適之中。

我們再來看一位中國的年輕的散文家梁遇春寫於二十世紀三十年代的《觀火》。[4]他說他最喜歡「生命的火焰」這個詞組，它「是多麼含有詩意，真是簡潔地說出人生的真相」。——

> 我們的生活也該像火焰這樣無拘無束，順着自己的意志狂奔，總會有生氣，有趣味。我們的精神真該如火焰一般飄忽莫定，只受裏面的熱力的指揮，衝倒習俗，成見，道德種種的藩籬，一直恣意下去，任情飛舞，終會迸出火花幻出五色的美焰。

這是對於「火」，對於「宇宙生命」的另一種想像與嚮往，在這位被長久地束縛，因而渴望心靈的自由與解放的東方青年的理解裏，存在的本質就在於生命的無拘無束的自由運動。

我們終於要談到魯迅的《死火》。

單是「死火」的意象就給我們以驚喜。——無論是在梭羅的筆下，還是梁遇春的想像中，「火」都是「熊熊燃燒」的「生命」的象徵；而魯迅寫的是「死火」：面臨死亡而終於停止燃燒的火。魯迅不是從單一的「生命」的視角，而是從「生命」與「死亡」的雙向視角去想像火。這幾乎是獨一無二的。

在此之前，作為《死火》的雛形，魯迅還寫過一篇《火的冰》——

> 遇着說不出的冷，火便結成冰了。
>
> ……拿了便要像火燙一般的冰手。
>
> 火，火的冰，人們沒奈何他，他自己也苦麼？
>
> 唉，火的冰。
>
> 唉，唉，火的冰的人！[5]

在中國傳說中有火神祝融與水神共工的生死大戰，二者是截然對立的，因此有

「水火不相容，冰炭不同爐」的成語。現在魯迅卻強調了二者的統一與轉化，「火的冰」，「火的冰的人」，這都是奇特的意象組合，也是向傳統思維與傳統想像的一個挑戰。

於是，就有了「死火」這樣的只屬於魯迅的「新穎的形象」。

而且還有了「夢想者」魯迅與「死火」的奇異的相遇。

我夢見自己在冰山上奔馳。

這是高大的冰山，上接冰天，天上凍雲彌漫，片片如魚鱗模樣。山麓有冰樹林，枝葉都如松杉。一切冰冷，一切青白。

這是一個全景圖，一個宏大的「冰」的世界：冰山、冰天、凍雲、冰樹林，「彌漫」了整個畫面。「冰」是「水」的凍結：冰後面有水，冰是水的死亡。因此，這裏的顏色是「一切青白」，給人的感覺也是「一切冰冷」，而這青白、冰冷，正是死亡的顏色與死亡的感覺。但卻並無死的神秘，也無恐懼，給人的感覺是一片寧靜。但冰的靜態只是一個背景，前景是「我」在「奔馳」。在冰的大世界中，「我」

是孤獨的存在；但我在運動，充滿生命的活力。這樣，在「奔馳」的「活」的「動態」與「冰凍」的「死」的「靜態」之間，就形成一種緊張，一個張力。

「但我忽然墜在冰谷中。」——在奔馳中突然墜落，這是十分真實的夢的感覺；我甚至猜測，「這樣的超出了一般想像力之外的幻境，恐非作家虛構的產物，而是直接反映作家潛意識的真實的夢的複述與整理」。6

「上下四旁無不冰冷，青白。」——這是一個死亡之谷。

「而在一切青白冰上，卻有紅影無數，糾結如紅珊瑚」。——紅，這是生命之色，突然出現在青白的死色之上，給人以驚喜。

「我俯看腳下，有火焰在。」——這是鏡頭的聚焦：全景變成大特寫。

「這是死火。有炎炎的形，但毫不搖動，全體凍結，像珊瑚枝；尖端還有凝固的黑煙，疑這才從火宅中出，所以焦枯」。——寫「死火」之形：既有「炎炎」的動態卻不動（「凍結」「凝固」）；更寫「死火」之神：是對「火宅」的人生憂患、痛苦的擺脱。注意：紅色中黑色的出現。

「映在冰的四壁，而且互相反映，化為無量數影，使這冰谷，成紅珊瑚色。」——

一切青白頃刻間切換為紅色滿谷，也是死與生的迅速轉換。

「哈哈！」——色彩突然轉化為聲音，形成奇特的「紅的笑」。而「哈哈」兩聲孤零零的插入，完全是因猛然相遇而喜不自禁，因此也全不顧忌句法與章法的突兀。這都是魯迅的神來之筆。

「當我幼小的時候，本就愛看快艦激起的浪花，洪爐噴出的烈焰。不但愛看，還想看清。可惜他們都息息變幻，永無定形。雖然凝視又凝視，總不留下怎樣一定的跡象。」——進入童年回憶。而童年的困惑，是帶有根本性的。「快艦激起的浪花」，這是「活」的水；「洪爐噴出的烈焰」，這是「活」的火。而活的生命必然是「息息變幻，永無定形」的，這就意味着生命就是無間斷的死亡：正是在這裏，顯示了「生」與「死」的溝通。而這樣一種「息息變幻，永無定形」的生命，是無法凝定的，更是無法用語言文字來記錄與描述的，這永遠流動的生命是注定不能留下任何「跡象」的。這生命的流動與語言的凝定之間也存在着一種緊張。而這似在流動，卻已經凝固的「死火」，卻提供了把握的可能：「死的火焰，現在先得到了你了！」這該是怎樣地讓人興奮啊！

「我拾起死火，正要細看，那冷氣已使我的指頭焦灼；但是我還熬着，將他塞入衣袋中間。冰谷四面，登時完全青白。」——這是一種非常奇特的體驗：冰的「冷氣」竟會產生火的「焦灼」感——冰裏也有火。「登時完全青白」：色彩又一次轉換，這樣的「青白——紅——青白」的生、死之色之間的瞬間閃動，具有震撼力。

「我的身上噴出一縷黑煙，上升如鐵線蛇。冰谷四面，又登時滿有紅焰流動，如大火聚，將我包圍。我低頭一看，死火已經燃燒，燒穿了我的衣裳，流在冰地上了。」——這是「我」與「火」的交融。我的身上既「噴」出黑煙，又有「大火聚」似的紅色將我包圍：真是奇妙之至！而「火」居然能如「水」一般「流動」，這又是火中有水。這樣，冰裏有火，火裏有水，魯迅就發現了火與冰（水）的互存、互化，而其背後，正是生、死之間的互存、互化。

於是，又有了「我」與「死火」之間的對話，而且是討論嚴肅的生存哲學：這更是一個奇特的想像。

……我願意攜帶你去，使你永不冰結，永得燃燒。

唉唉！那麼，我將燒完！

你的燒完，使我惋惜。我便將你留下，仍在這裏罷。

唉唉！那麼，我將凍滅了！

那麼，怎麼辦呢？

「凍滅」或者「燒完」：這確實是一個兩難。所謂「凍」，就是將生命凍結在既定、已成狀態，不試圖做任何努力去改變，結果自然就是「坐以待斃」。所謂「燒」，就是將生命之火點燃，獲得新的活力；但最終卻會「燒完」，不過是「垂死掙扎」。可以看出，「凍」與「燒」是人生道路、態度的不同選擇，背後有兩種生命哲學。其實，就是自古以來就存在的「無為」與「有為」之爭。

魯迅這裏討論的是，兩種選擇的最後結局；他要人們正視這樣一個無情現實：不僅「凍」的結果是「滅」，「燒」也不能避免「完」的命運。無論選擇怎樣的生存方式：無為（「凍結」不動）或有為（「永得燃燒」），都不能避免最後的死亡（「滅」「完」）。這是對所謂光明、美好的「未來」的徹底否定，更意味着，在生、死對立中，死更強大：這是必須正視的人的根本性的生存困境，我們可以從中感受到魯迅式的清醒，絕望與悲涼。

而「死火」的最後選擇是——

「那我就不如燒完！」

這是看清了「完」的結局以後的主動選擇：「有為（「永得燃燒」）」與「無為（「凍結」）」的價值並不是等同的：燃燒的生命固然也不免於完，但這是「生後之死」，生命中曾有過燃燒的輝煌，自有一種悲壯之美；而凍滅，則是「無生之死」，連掙扎也不曾有過，就陷入了絕對的無價值，無意義。死火的最後選擇「那我就不如燒完」！背後有一個「反抗絕望」的人生哲學、生命哲學：首先是「絕望」，清醒面對人生的基本困境，對結局不存任何不切實際得到希望與幻想；然後是「反抗」，仍採取積極有為的人生態度，這就是許廣平所說的「以悲觀作不悲觀，以無可為作可為，向前的走去」。[7]——這也是魯迅的選擇。

這「死火」的生存困境，兩難中的最後選擇，都是魯迅對生命存在本質的獨特發現，而且明顯地注入了自己的生命體驗；因此，我們可以說，這是一種「個性化」的想像與發現。

於是，就有了最後的結局——

他忽而躍起，如紅彗星，並我都出冰谷口外。有大石車突然馳來，我終於碾死在車輪底下，但我還來得及看見那車就墜入冰谷中。

「哈哈！你們是再也遇不着死火了！」我得意地笑着說，彷彿就願意這樣似的。

「紅彗星」，這是魯迅賦予他的「死火」的最後形象：彗星的生命，是一種短暫的搏鬥，又暗含着災難，正是死火的命運的象徵。但「同歸於盡」的結局仍出乎意外，特別是「我」也在其中。但「我」卻大笑，不僅是因為眼見「大石車」（強暴勢力的象徵）也墜入冰谷而感到復仇的快意，更因為自己終於與死火合為一體。「哈哈！」——留下的是永遠的紅笑。

註釋

1 魯迅：《墳．科學史教篇》，《魯迅全集》一卷，二二六頁，人民文學出版社一九八一年版。

2 參看巴什拉：《夢想的詩學》。

3 參看梭羅：《瓦爾登湖》，徐遲譯，吉林人民出版社一九九七年版。
4 梁遇春：《淚與笑》，開明書店一九三四年版。
5 魯迅：《自言自語·二，火的冰》，《魯迅全集》八卷，九二頁。
6 參看錢理群：《心靈的探尋》，二八一頁，北京大學出版社一九九九年版。
7 《兩地書·第一集·五》，《魯迅全集》十一卷，二三頁。

二、讀《雪》

《雪》。——這是對凝結的雨（水）的想像。

「暖國的雨，向來沒有變過冰冷的堅硬的燦爛的雪花。」——一開始就提出「雨」與「雪」的對立：「溫暖」與「冰冷」，「柔潤」與「堅硬」，在質地、氣質上存在着巨大的差異，因此，南國無雪。

但江南有雪。魯迅說它「滋潤美艷之至」。「潤」與「艷」裏都有水——魯迅用「青春的消息」與「處子的皮膚」來比喻，正是要喚起一種「水淋淋」的感覺。可以說是水的柔性滲入了堅硬的雪。於是「雪野」中就有了這樣的色彩：「血紅……白中隱青……深黃……冷綠」，這都是用飽含着水的彩筆浸潤出的。而且還「彷彿看見」蜜蜂們忙碌地飛，「也聽得」嗡嗡地「鬧」，是活潑的生命，卻又在似見非見、似聽非聽之中，似有幾分朦朧。

而且還有雪羅漢。「很潔白，很明艷，以自身的滋潤相黏結，整個的閃閃發光」。——這裏也滲透了水。「他也就目光灼灼地嘴唇通紅地坐在雪地裏」，真是美艷極了，也可愛極了。

但「他終於獨自坐着了」。接着被「消釋」，被「(凍)結」，被「(冰)化」，以致風采「褪盡」。——這如水般美而柔弱的生命的消亡，令人惆悵。

但是，還有「朔方的雪花」在。

他們「永遠如粉，如沙，他們絕不黏連，撒在屋上，地上，枯草上，就是這樣。」——是的，「……粉……沙……地……枯草……」，就是這樣充滿土的氣息，而沒有半點水性。

而且還有火：有「屋裏居人的火的溫熱」，更有「在日光中燦燦地生光，如包藏火焰的大霧」。

而且還有磅礴的生命運動——

在晴天之下，旋風忽來，便蓬勃地奮飛，……旋轉而且升騰，瀰漫太空，使太空旋轉而且升騰地閃爍。

「旋轉……升騰……瀰漫……閃爍……」，這是另一種動的，力的，壯闊的美，完全不同於終於消亡了的江南雪的「滋潤美艷」。

但魯迅放眼看去，卻分明感到——

在無邊的曠野上，在凜冽的天宇下，閃閃地旋轉升騰着的是雨的精魂……

是的，那是孤獨的雪，是死掉的雨，是雨的精魂。

這又是魯迅式的發現：「雪」與「雨」（水）是根本相通的；那江南「死掉的雨」，消亡的生命，他的「精魂」已經轉化成朔方的「孤獨的雪」，在那裏——無邊的曠野上，凜冽的天宇下，閃閃地旋轉而且升騰……

我們也分明地感到，這旋轉而升騰的，也是魯迅的精魂……

這確實是一個僅屬於魯迅的「新穎的形象」：全篇幾乎無一字寫到水，卻處處有水；而且包含着他對宇宙基本元素的獨特把握與想像：不僅「雪」與「雨」（水）相通，而且「雪」與「火」「土」之間，也存在着生命的相通。

三、讀《求乞者》

讀，首先要大聲地朗讀，也就是名副其實地「讀」。——魯迅自己就説過：「我做完之後，總要看兩遍，自己覺得拗口的，就增刪幾個字，一定要它讀得順口。」記得有人回憶説，魯迅當年一口氣寫完了《傷逝》，儘管已是深夜，但他仍然大聲朗讀起來。周作人晚年在《知堂回想錄》裏，也提到他在病中寫了《過去的生命》這首詩，魯迅在病床旁低聲吟誦的情景。——在我的想像中，魯迅用他的紹興官話來朗讀自己或他人的作品，一定是別有一番趣味的。

那麼，我們也來朗讀吧。

我順着剝落的高牆走路，踏着鬆的灰土。另外有幾個人，各自走路。微風起來，露在牆頭的高樹的枝條帶着還未乾枯的葉子在我頭上搖動。

微風起來，四面都是灰土。

一個孩子向我求乞，也穿着夾衣，也不見得悲戚，而攔着磕頭，追着哀呼。

我厭惡他的聲調，態度。我憎惡他並不悲哀，近於兒戲；我厭惡他這追着哀呼。

我走路。另外有幾個人各自走路。微風起來，四面都是灰土。

一個孩子向我求乞，也穿着夾衣，也不見得悲戚，但是啞的，攤開手，裝着手勢。

我就憎惡他這手勢。而且，他或者並不啞，這不過是求乞的法子。

我不布施，我無布施心，我但居布施者之上，給與煩膩，疑心，憎惡。

我順着倒敗的泥牆走路，斷磚疊在牆缺口，牆裏面沒有甚麼。微風起來，送秋寒穿透我的夾衣；四面都是灰土。

我想着我將用甚麼方法求乞：發聲，用怎樣聲調？裝啞，用怎樣手勢？……

另外有幾個人各自走路。

我將得不到布施，得不到布施心；我將得到自居於布施之上者的煩膩，疑心，憎惡。

我將用無所為和沉默求乞……

我至少將得到虛無。

微風起來，四面都是灰土。另外有幾個人各自走路。

灰土，灰土，……

……

灰土……

讀完了，你的直觀感覺、感受是甚麼？給你印象最深刻的是甚麼？或者說，你「悟」到了甚麼？——這些，都是極寶貴的，是我們閱讀，以至以後進一步分析、研究的起點。

當然，不同的人，甚至同一個人，在不同的情景、心緒下，感受都會不同。但也會有大體相同或近似的指向——其實也是作品本身提示給讀者的指向。

人們首先感受到的，就是全篇極強的詩性與音樂性的特點；如果將其稱為「音樂詩」，大概是可以成立的。

而文本給我們的第一感受，而且是永遠也忘不了的，大概就是那：灰土，灰土，……灰土……，漫天的灰土……

這是一種「色調」——「灰」蒙蒙的……

這也是一種「聲調」——「土」，「烏（u）」韻，仄聲；這決定了全文的選詞取向：「（走）路」「（哀）呼」「（態）度」「憎惡」「（虛）無」，全是「烏」韻。此外，「（求）乞」「（夾）衣」「（悲）戚」「（兒）戲」「（啞）的」「（手）勢」「（法）子」「（布）施」「（煩）膩」，用的都是「衣（i）」韻。這樣的詞語選擇，給人的感覺是偏於暗的，濁的，重的，冷的。總之給人以壓抑感與荒涼感。而在「灰土……灰土……灰土……」的不斷重複中，又給人以單調感：它會讓人的心都麻木了。

是的，這無所不在的「灰土」是會滲透到我們的心裏去的。

魯迅早就有生活「在沙漠裏」的感受，並且這樣寫道：「是的，沙漠在這裏。沒有花，沒有詩，沒有光，沒有熱。沒有藝術，而且沒有趣味，而且至於沒有好奇心。沉重的沙……」[1]

於是他引述明遺民的話，說自己不過是住在「活埋庵」裏，[2]早就被「灰土（沙漠）」掩埋了。

這樣，這外在的「灰土」就內化為「灰土感」，成為一種令人窒息的，失去了一切趣味、慾望，沒有任何活力的，沉重的生命體驗。「灰土」一詞也就上升為一種象徵，一個揭示人的生存困境的「編碼」。

「灰土」之外，還有「牆」。是「高牆」，而且是「剝落」的。「牆」邊上，有人。「我順着……高牆走路，……另外有幾個人，各自走路」。這一景象在文章中反覆出現，構成了「畫面」的基本動作與背景。——整篇《求乞者》有極強的畫面感，是可以化為繪畫、攝影與電影、電視的圖像的。

而且背景畫面是動態的：後來「高牆」就變成了「泥牆」，而且是「破敗」的；「斷磚疊在牆缺口，牆裏面沒有甚麼」——連那「高樹的枝條」，「還未乾枯的葉子」，僅有的一點生氣，也沒有了。

變化的還有「風」：開始的「微風」，穿着夾衣似乎還可以勉強禦寒；後來微風再起，就「送秋寒穿透我的夾衣」了。

這樣的愈加「破敗」，愈加寒冷，與前面所說的愈加濃厚的「灰土」相疊合，給人以日益強烈的壓抑感與荒涼感。

然而「動」中有「不動」，「變」中有「不變」：無論外在世界有甚麼變化，那「幾個人」總在牆下「各自走路」。

這意味着甚麼呢？

魯迅早就說過：「在我自己，總彷彿覺得我們人與人之間各有一道高牆，將各個分離，使大家的心無從相印。這就是我們古代的聰明人，即所謂聖賢，將人們分為十等，說是高下不同，……使人們不再感到別人的精神上的痛苦。」[3]

魯迅還發出這樣的感嘆：「樓下一個男人病得要死，那間壁的一家唱着留聲機；對面是弄孩子。樓上有兩人狂笑；還有打牌聲。河中的船上有女人哭着她死去的母親。人類的悲歡並不相通。我只覺得他們吵鬧。」[4]

無論在中國的傳統等級社會，還是在現代大都市，魯迅都敏感到了人與人的隔膜。他進而感到的是「人類的悲歡並不相通」。那麼，這心靈的隔絕就不僅是社會、歷史的，更是人類本身的。人於是永遠「各自走路」。——這裏傳遞給我們的，正是一種近乎絕望的孤獨的生命體驗。

在《求乞者》裏，魯迅一而再，再而三，三而四地吟嘆——

微風起來，四面都是灰土……

另外有幾個人，各自走路……

這兩個句子，是這篇「音樂詩」的主旋律。

它有着多方面的功能：如前所分析，它揭示着人（特別是中國人）的生命枯竭、心靈隔絕的生存困境，又凝結着魯迅個體的悲涼、絕望的生命體驗，從而構成了下面我們將作詳盡分析的「音樂詩」的主體內容的心理背景。

它同時規定了一種色調，聲調，也即「音樂詩」的基本「調子」。——順便提醒注意：這兩個句子以「四（字）、六（字）」與「六（字）、四（字）」的結構交錯對應，並用同一尾韻，也是規定了全篇的節奏模式的。

而這兩句主旋律在全篇中四次呈現，而又各有變化，就自然地把《求乞者》這首「音樂詩」分為四個「樂章」：全篇共有十八個「樂段」（每段又有多少不一的「樂句」）；一至四「樂段」構成第一「樂章」，五至八「樂段」構成第二「樂章」，九至十四「樂段」構成第三「樂章」，十五至十八「樂段」構成第四「樂章」。——

這裏，兩個主旋律句的結構功能是十分明顯的。

現在可以進入文本「細讀」。我們設想，可以從「節奏」分析入手：節奏是「音樂詩」的基本特質，是魯迅內在情感波動的顯示，是我們進入魯迅精神世界的一個通道。

先讀「第一樂章」。這是一個「呈現」部。開頭兩句連續兩個「走路」，凸現了全篇的主要動作，暗示着人生的旅程。同時呈現的是「牆」與「灰土」，構成了「走路」的背景；「我」與「另外幾個人」則是「走路」的主體，「各自走路」則暗示着一種關係（冷漠與隔膜），主旋律的前半句自然顯現，全篇的基本色調與音調也隨之顯出。但作者並不急於推出主旋律的後半句，而是插入一段描寫，就像是一個搖鏡頭，露出了全篇唯一的「亮色」：「還未乾枯」的葉子在「搖動」；同時用了全篇唯一的長分句：多達二十五個字，而據我們的統計，全篇六十三分句，平均每分句五點九字，顯然是着意地放慢速度，造成舒緩的節奏。——這是音樂中的「慢板」，是客觀的敍述、呈現。一切都還沒有發生，心緒是平靜的，儘管有些壓抑。然後是主旋律的後半句的突然呈現。——前面是三個樂句組成一個樂段，這裏只用一句組成，這驟然的收縮，會造成強烈的效果。而這一樂段的主體「灰土」與「微風」，既是前一樂段的重複，再次呈現，又是力度（風）的加強與範圍（灰土）的擴大（四面），以致淹沒了整個畫面，然後「淡出」，完成了第一步「背景呈現」的任務。

再次顯現是「一個孩子」突然闖入鏡頭，「求乞」的動作也出人意料。「也穿着夾衣，也不見得悲戚」，這兩句都是「我」的觀察與判斷：客觀呈現變成了主觀呈現；「也……也」的重複，以及下面「攔着……追着」的句式的重複，都表現了「我」的反感與煩亂。——前面舒緩的節奏被打斷了。心緒的平靜也打破了。

接着的第四樂段是這一樂章的重心所在：「長（七字）——短（二字）——長（八字）——短（四字）——長（九字）」句的交錯，節奏上的變速，背後是一個「W」形的抑揚起伏的情緒結構，「我厭惡——我憎惡——我煩膩」三個排比重複的短語，正處於強音部，並且是逐級上升（從聲音的強度到意義的深度）。這一樂段還有兩處很值得注意：一是這三個短語分處於兩個（而不是三個）樂句，「我憎惡……」與「我煩膩……」之間是用「；」號（而不是「，」號）分開：這就造成了沛然而下的語勢。另一是「我膩煩他追着哀呼」句中加上一個「這」字，變成「我膩煩他這追着哀呼」，又形成了語氣上的一個頓挫。——這樣的語言節奏上的精心安排，正是表現了內在情感的湧動，是一種煩躁不安的生命的律動，給讀者（聽眾）留下了極其強烈的印象，而且有突兀感，自然要提出這樣的問題：為甚麼一個孩子的求乞會引起「我」如此異乎尋常的反響？他「厭惡」「憎惡」「膩煩」的是甚麼？

我們且放下這個問題，繼續「讀」第二樂章。

一開始，第一樂段就是主要動作的重現：「我走路」，但第一樂章中「走路」前的修飾語已全部省略；「主旋律」也再度呈現；「另外有幾個人各自走路。微風起來，四面都是灰土」，前一樂章主旋律中的兩句是分別、逐漸顯出的，這裏卻是同時集中推出：這都是一種收縮型的重複，顯然加快了節奏。而「另外有幾個人各自走路」也不再斷開，連貫一氣，同時全段又形成了「短（三字）——長（十字）——短（四字）——長（六字）」的結構，與前一樂章最後一節的「W」形結構形成了一種對比與錯位。

第二樂段，又是主要情節的重現：「一個孩子向我求乞，也穿着夾衣，也不見得悲戚」——在完全的重複中，顯示着內心的煩亂。然後一個短句「但是啞的」，表示着驚異以致憤怒；緊接着兩個三字句、四字句：「攤開手，裝着手勢」（「裝着手勢」與前面「近於兒戲」是一個暗的重複），節奏越來越快，厭惡的情緒逐漸上升。而這一樂段中，由「烏」韻換成了「衣」韻，情調也更加低沉、壓抑。

於是跳出一句：「我就憎惡他這手勢」——請注意：這裏重複的是前一樂章中第二級的情感「憎惡」，儘管「厭惡」的情緒已暗含在前面的敍述、呈現之中，但仍給人以突兀感，顯然是忍無可忍中的噴發（但還未到頂點），一個「就」字突現了情緒的激昂。接着一句「而且」，一個「，」號，又出現一個轉變，一個停頓：「他或者並不啞，這不過是一種求乞的法子。」連續兩個六字句、十一字句，顯然拉緩了速度，「或者」這樣的表不定關係的詞，帶入了沉思與懷疑：這是情緒上的一個頓挫，可以說是蓄勢待發。

果然是一個大爆發：「我不布施，我無布施心，我但居布施者之上，給予煩膩，疑心，憎惡。」

——這是典型的魯迅的語式：「我不……」「我無……」，人們很容易就聯想起《影的告別》裏的那連續十二個「不」字，這是這位拒絕現存秩序的反叛者，心靈深處的呼喊，生命的最強音。

前三樂句，分別是四字、五字、八字結構，逐步上升，也表示着意義上的逐漸深入：不僅拒絕「布施」，連「布施心」都沒有，而且還要高居於布施者「之上」，投以蔑視的眼光。——這是為甚麼？最後一個樂句又突然轉入四、二、二短句結構，逐漸下降，密度卻加強了。「煩膩——疑心——憎惡」三個詞組的組合，在音響與意義上都有一個「強——弱——強」的起伏，而以「憎惡」兩個去聲字將全樂章頓住。

第三樂章第一樂句，句式再度拉長（「十字——七字——七字」），而且又是「我……走路」：這是主要動作的三次呈現，但前既有修飾語（「順着倒敗的泥牆」），又有後續的描述（「斷磚疊在牆缺口，牆裏面沒有甚麼」）：這是一種擴散型的重複（與前一章的收縮型重複形成對照），顯然減緩了速度。這裏的「泥牆」是對第一樂章中的「高牆」的隔章呼應（重複），但「高」「泥」一字之變卻暗示着人世滄桑，而「敗落」「斷」「缺」的修飾語更是透露着荒涼，「裏面沒有甚麼」乾脆報告連第一樂章中僅僅一現的一點亮色（「還未乾枯的葉子在搖動」）也消失了。因此這一樂句節奏的舒緩裏實際是深藏着內在的緊張的。而第二樂句僅只重現主旋律的半部，其中又插入「送秋寒穿透我的夾衣」，幾乎把「穿透」一切的「寒」意都傳給讀者了。——為甚麼會如此的悲涼？

第二樂段「我想着……」又是一個突起：從結構上看，這是與上兩章「一個孩子向我求乞……」對應的；但卻從「我看他人求乞」的審判式，變成了「我想我將用甚麼方法求乞」的自省式。這也正是魯迅式的思維：一切對他人的批判最終都會轉化為自我批判，或者說他總能從自己的內心深處挖掘出所要批判的「毒氣」來。於是，「發聲，用怎樣聲調？裝啞，用怎樣手勢？」這一方面都是前兩章的相應描述的重複，但都指向了自己，是對自己內在求乞與表演欲求的無情揭示，而且用的是設問式的不定語式，「二——五——二——五」字的結構，也加強了語言的速度與密度，顯然進入了緊張地思索與追問。

主旋律的另一半「另外有幾個人各自走路」又突然跳出。一句一個樂段，又戛然而止。這一段看似客觀呈現，插入「我」的主觀內省之間，但卻加重了悲涼、絕望的氣氛，而這悲涼、絕望正是已經滲透「我」的心靈深處的。

繼續「求乞後果」的思考。「我將得不到布施，得不到布施心；我將得到自居布施者之上者的煩膩，疑心，憎惡」，幾乎是前一章的重複，但由「我不」到「我得不到」，由「我給與」到「我將得到」，這是從主動到被動，從拒絕到被拒絕，從「煩膩，疑心，憎惡」他者到「煩膩，疑心，憎惡」自己的翻轉，這就構成了對自我內在的「求乞」與表演欲求的批判性審視。從表面上看，這一段反向的重複與前一章相比，在語言的力度與情緒的激昂度上都有所減弱，但卻更具有一種內在的震撼力。從全樂段的佈局上看，這又是一個節奏與情感上的頓挫與蓄勢。

於是又有了再一次爆發：「我將用無所為和沉默來求乞……」，這十二字一氣呼出的長句，是前一樂段「我不……我無……」的呼應，是用不同的語式表達的意念上的重複：魯迅在自省之後，重又肯定與堅持了自己的「拒絕」立場：不僅拒絕「布施」，也拒絕「求乞」與表演；他所選擇的，是「無所為」與「沉默」，用無動作與無聲音來抗爭，就像三個月後所寫的《復仇》裏那曠野中的男女，「裸着全身，捏着利刃，乾枯地立着」，或者如《頹敗線的顫動》裏的老女人「舉兩手盡量向天」，「說出無詞的言語」。這都是魯迅的主題，生命的最強音。——於是我們又注意到這段文字的結尾的省略號，是言猶未盡，也是一個「無言」的空白。

這樣的選擇的「後果」如何呢？——「我至少將得到虛無」。一個八字句（比平均五點九字稍長）組成一個樂段，語氣是平靜的。但「虛無」的絕望感也還在潛行。在前一樂段的高昂、急促與憤激之後，又跌入了平緩的低音區。

最後一樂章，主旋律四度響起。又回到第二樂章同時顯現的方式，形成了「二、四（章）呼應」（一、三樂章都是被隔開的），但卻有了次序的置換：首先顯現的是「灰土」，然後是「各自走路」的「人」。如果前幾個樂章，「灰土」僅是一個環境、背景，「音樂詩」發展到最後，「灰土」就是整個「世界」——

「灰土，灰土……」，整個畫面都被淹沒了。只聽見喃喃的低吟：這無所不在的灰色與乾枯的，無所黏滯的土啊……（從結構上，這一樂段是與第一樂章第一樂段裏的「踏着鬆的灰土」相呼應的）。

「……」，與前一樂章中的兩個省略號重複，但卻獨立構成一個樂段，這正是音樂中與詩歌中的停頓和繪畫中的空白，給讀者的心理感受卻是「灰土」的瀰漫：已經滲透到心坎裏去了。

「灰土……」，幾乎被窒息的生命只掙扎出這兩個字。同時是全篇基本色調、音調的最後呈現，主旋律被壓縮了的最後呈現。這是「音樂詩」中最短促、最微弱的樂音，卻又是沉甸甸的。

省略號的第五次重複，預示着接着是沉默，沒有終止的終止。

我們已經通過文本的細讀，體味了外在音樂節奏的律動與內在情感的律動；我們發現，主要動作（「我走路」）、背景（「牆」「灰土」「各自走路的人」）、基本事件（「一個孩子向我求乞」），以及主旋律的不同形式的重複與變化，對應與交錯對比，長短句式的變換使用所造成的節奏的快、慢，緩、急，疏、密，抑、揚，頓、挫，顯示了作家（「我」）的情感的起伏，牽拉，糾纏，扭結，形成了極為複雜的文本與情緒結構。而居於結構中心的是兩個最高點，或者說，所有的組合與變化，都是為了推出這兩個「高峰」——

我不布施，我無布施心，我但居布施者之上，給予煩膩，疑心，憎惡。

我將用無所為與沉默求乞！……

這是全篇精神之核，構成了這首「音樂詩」的魂，是我們應該全力抓住的。

因此，我們的討論還要深入一步。有些問題也是前面的閱讀中有意留下的。

首先，我「煩膩、疑心、憎惡」的，究竟是甚麼？事情是由孩子的求乞所引起的；但反感似乎主要並不在求乞本身，或者說魯迅對求乞的感情是複雜的：他當然是反對（至少是不贊成）求乞的，無論如何這是對他人的一種依附，因此才有後文他自己對求乞的拒絕；但他對處於不幸中的人們的不得不求乞，又有一種感同身受的理解，在《吶喊．自序》裏魯迅就談到過自己幼時出入當舖與藥店，家庭「從小康墜入困頓」的痛苦經驗與體驗，其中就有被迫「求乞」的屈辱。可以說魯迅是作為一個曾經「求乞者」來看待求乞的，因此，引起強烈反應的是求乞者本人「並不悲哀」（「也不見得悲戚」），也就是並未自覺到自己的不幸；但卻「近於兒戲」地「追着哀呼」，以致以「裝」啞作「求乞的法子」。既不知悲哀（不幸）又「表演」悲哀（不幸），這雙重的扭曲才引出魯迅如此巨大的情感風暴。魯迅以後還有對「做戲的虛無黨」「文字的遊戲國」的更為深入的批判；而發生在不幸者，尤其是孩子身上的「做戲」（「遊戲」），是格外讓魯迅感到震動的，這其實是深藏着一種更大的「愛」的（即所謂「哀其不幸，怒其不爭」）。

但我們的討論僅至於此，或許仍是停留在經驗與體驗的層面。魯迅恐怕是「意」在更為超越、普遍的層面：「給予」與「被給予」其實是表示了人與人之間的根本關係的。因此，這篇《求乞者》真正主題正是前述兩座「高峰」所提出的「求乞」與「布施」。關於這一點，王乾坤先生的《盛滿黑暗的光明》裏有一個很好的闡述：「乞討與布施，呼救與解救，關乎同情、憐憫或慈悲。這個主題在宗教史、思想史上和現實生活中不僅有普遍性，而且有非常核心的地位。佛教把『布施度』作為『六度』之首提出，以其為到達『波羅密』（彼岸）的起碼修持。基督教更是稱為『憐憫的道德』，以至尼采認為，對憐憫的態度可以試探和證明真正的意志力。」[5]魯迅宣稱「我不布施，我無布施心，我但居布施者之上，給予煩膩，疑心，憎惡」，宣佈「我將以無所為和沉默來求乞」，正是對「同情（憐憫，慈悲）」的拒絕。這確實構成了魯迅思想、哲學的一個基本性的觀念。這在魯迅的著作中是可以找到很多證明的。這裏不妨做一點引錄——

……你的善於感激，是於自己有害的，使自己不能高飛遠走。我的百無所成，就是受了這癖氣的害，《雨絲》上的《過客》說：「這於你沒有甚麼好處」，那「這」字就是指「感激」。我希望你向前進取，不要記着這些小事情。[6]

……凡有富於感激的人，即容易受別人的牽連，不能超然獨往。感激，那不待言，無論從哪方面說起來，大概總算是美德罷。但我總覺得這是束縛人的。……因為感激別人，就不能不慰安別人，也往往犧牲了自己，——至少是一部份。

在《鑄劍》裏「黑色人」宴之敖者的一段話，在某種程度上也是可以看作是魯迅的心聲的：

……不要再提這些受了污辱的名稱，……仗義，同情，那些東西，先前曾經乾淨過，現在都成了放鬼債的資本。我的心裏全沒有你所謂的那些。我只不過要給你報仇！……你還不知道麼，我怎樣地善於報仇。你的就是我的；他也就是我。我的魂靈上是有這麼多的，人我所加的傷，我已經憎惡了我自己！

如王乾坤先生所分析，這裏確實有對尼采思想的共鳴與呼應：同情，憐憫……無論對人對己，都會讓人把希望和力量寄於身外，從而導致生命力與意志力的減弱或喪失，背棄了自我。我也完全同意王乾坤先生的意見：魯迅與尼采的相同點似乎到此為止，魯迅並沒有尼采那樣的「不能叫人放心的貴族氣」，尼采指責憐憫是「為那些被剝奪了生存權以及為生活所淘汰的人做辯護」，而魯迅恰恰是為生活中的弱者的生存權做辯護的，只是他強調的是弱者自強，而不是等待他人的恩賜。如前面所引，魯迅也並不完全否定同情與感激，他的偉大的憎是根源於偉大的愛的。

我更關注的是，魯迅儘管心中並不缺乏愛，甚至可以說他的生命是以對他人（特別是弱者）與人類的悲憫作為底色的；但他確實選擇了憎，並且努力排除愛與悲憫，這才有本文「不布施，無布施心」，自己也拒絕接受布施的選擇。於是我注意到了《鑄劍》裏所説的「我的靈魂上是有這麼多的，人我所加的傷，我已經憎惡了我自己」這句自白。魯迅靈魂所受的傷害，恐怕是所有的人都估計不足，甚至可以説是難以估計的；這種刻骨銘心的傷害，產生了兩個方面的反力：一面是形成了魯迅對人生，世界，他人，人性等等，特殊的黑暗、虛無感受，這種黑暗感、虛無感滲入骨髓，凝聚成心靈深處的毒氣與鬼氣——過去我們只是簡單地把這種毒氣與鬼氣理解為傳統的思想鬼魂對他的影響與糾纏，其實也許這內心深處的黑暗感、虛無感才是更為根本的；我們前面在閱讀這篇《求乞者》時所強烈感受到的無所不在的「灰土」的窒息感和人們「各自走路」的隔絕感，那「穿透」一切的「秋寒」、冷氣，都是這鬱積於心的黑暗感、虛無感的顯露。反力的另一面，就是魯迅所選擇的「我不布施，我無布施心，我但居於布施者之上，給予煩膩，疑心，憎惡」這樣一種反抗方式：將可能導致內心的軟弱的心理欲求（如「布施、同情、憐憫」之類）、情感聯繫（如「布施心」）通通排除，隔斷，鑄造一顆冰冷的鐵石之心，以加倍的惡（「煩膩，疑心，憎惡」之類）對惡，加倍的黑暗對黑暗，在拒絕一切（「無所為與沉默」）中，在與對手同歸於盡中得到「復仇」的「快意」。魯迅的這種選擇，是一把雙刃劍：既對他的敵人有極強的殺傷力（所謂「寸鐵殺人」），而且毋庸諱言，也傷害了他自己，構成了他內在心靈上的毒氣與鬼氣。魯迅因此說他自己也將「得到自居於布施之上者的煩膩，疑心，憎惡」——凡指向對手的也將反歸自己，這實在是十分殘酷與可怕的。

魯迅這樣的「自殘」式的選擇，不僅付出的代價太大，而且是很難重複的，很可能是「學虎不成反成犬」。魯迅一再強調他的《野草》（當然也包括《求乞者》

這篇）不足給青年人看，原因即在此。最近有人寫了一篇文章，題為《面對黑暗的幾種方式》，提出了一個很有意思的問題：毫無疑問，我們每一個人都必須「面對黑暗」，也就是魯迅所說，走出瞞和騙的大澤，敢於正視淋漓的鮮血，在這一點上是不能含混的，也是必須向魯迅學習的；但如何「面對黑暗」，卻應該有更多的選擇，魯迅這種「以惡對惡，以黑暗對黑暗」的方式只是其中的一種。作者這樣的看法可能會引起爭議，甚至產生某種誤解，但我以為還是能夠更深入地思考一些問題的。不過這已是題外話了。

註釋

1 魯迅：《為「俄國歌劇團」》，《魯迅全集》一卷，四零三頁。
2 魯迅：《通訊》，《魯迅全集》三卷，二二頁。
3 魯迅：《俄文譯本〈阿Q正傳〉序及著者自敘傳略》，《魯迅全集》七卷，八三頁。
4 魯迅：《小雜感》，《魯迅全集》三卷，五五五頁。

5 王乾坤：《盛滿黑暗的光明》，載《魯迅研究月刊》一九九八年第十九期。

6 魯迅：《致趙其文》，《魯迅全集》十一卷，四七二頁。

四、讀《影的告別》

形影關係的解讀

首先這個題目給我們帶來奇異之感，每個人都有影子，但你想過你的影子有一天要和你告別嗎？你的影子和你告別又是一個甚麼情景呢？他以甚麼理由、甚麼姿態來和你告別呢？這就提出了一個人的形和人的影的關係問題。其實形影關係是一個古老的哲學命題，在魯迅這裏就有了一個獨特的創造。這裏談談我的理解。

我認為魯迅筆下的「形」有兩個特點：一是群體的存在，二是按照社會規範的常規、常態去生活的。這是我們大多數人的「形」的存在狀態。而「影」相反，也有兩個特點：一是個體的存在，二是現行社會規範的反叛者，是異端。這樣一個個體的、現行規範的反叛者必然要向按照常規常理生活的群體的「形」告別。甚麼時候告別？「人睡到不知道時候的時候，就會有影來告別」，這句話給人以做夢的感覺：確實，夢到最深處，就不知道時間，影就出來向你告別了。

說出那些話——

有我所不樂意的天堂裏，我不願去；有我所不樂意的在地獄裏，我不願去；有我所不樂意的在你們將來的黃金世界裏，我不願去。

然後你就是我所不樂意的。

朋友，我不想跟隨你了，我不願住。

我不願意！

嗚乎嗚乎，我不願意，我不如徬徨於無地。

流動的生命：對「有」「住」的拒絕

這短短的五個小節裏，用了十一個「我不願意」。「我」，這是一個強大的主體；「不」，這是一個無條件的、無討論餘地的拒絕。首先震撼我們的是「我不」，這樣一個強大的獨立的主體，無條件地拒絕甚麼？首先宣佈「不樂意的在天堂裏和地獄裏」，這個「天堂」和「地獄」是人們所生活的現實世界，在有的人眼裏是天堂，在有的人眼裏是地獄，而不管是天堂地獄，我都不願意，要拒絕的首先就是這個現實世界。然後又進一步拒絕「你們將來的黃金世界裏」，對人們所許諾的、未來的美好黃金世界「我也不願意」。最後，連你生活在既定的秩序裏、既定的原則裏的規範群體，我也拒絕。所以這個「拒絕」是徹底，對已有的一切的拒絕，對既定的一切的拒絕。從根本上這是對「有」的拒絕。

「嗚乎嗚乎，我不願意，我不如徬徨於無地」。這裏又提出了兩個概念。一是「無地」，「無」是對「有」的否定。一是「徬徨」，表達的是生命的一種流動不決的狀態，是一種流動的生命，和前面講的「我不願住」中的「住」是不一樣的。這裏有兩對對立詞，「無」與「有」，「徬徨」與「住」。我拒絕「有」而選擇「無」，拒絕「住」而選擇「徬徨」。我的生命將永遠存在於「無」當中，處於流動不居的狀態。

最後的選擇：「在黑暗裏沉沒」

那麼，我是誰？「我不過一個影」，一個從群體中分立出來的、從肉體狀況中分離出來的精神個體的存在，我「要別你而沉沒在黑暗裏了」。

我（影）將遭遇甚麼？「然而黑暗又會吞併我，然而光明又會使我消失」。這裏用了兩個「然而」，寫盡了影的命運：我是反抗黑暗者，因此黑暗會吞併我；而且我的意義就在於和黑暗反抗，一旦黑暗消失、光明真正到來時，我也就消失了。所以「影」既不屬於黑暗，也不屬於光明。

那還有甚麼選擇？或許可以「徬徨於明暗之間」？但我不願意，這樣的折中、妥協的生活，是我不想、不能選擇的，我要追求生命的徹底狀態：「我不如在黑暗裏沉沒。」拒絕了一切之後，最終選擇了「在黑暗裏沉沒」。

那麼，甚麼時候走進黑暗？「然而我終於徬徨於明暗之間，我不知道是黃昏還是黎明。」搞不清楚我的處境是甚麼，是黃昏還是黎明？「我姑且舉灰黑的手裝作喝乾一杯酒，我將在不知道時候的時候獨自遠行」。這裏描繪了一個很有意思的自我形象：「舉灰黑的手裝作喝乾一杯酒」。這也是我留在這個現實世界的最後一個形象。然後毅然決然地在「不知道時候的時候獨自遠行」。

但又有了問題：選擇甚麼時候獨自遠行？「嗚乎嗚乎，倘若黃昏，黑夜自然會來沉沒我，否則我要被白天消失，如果現是黎明」。這又回到前面的困惑：黃昏後面是黑暗，將把我吞沒；黎明之後是白天，也會把我消失：連甚麼時候走、怎麼遠行也都感到困惑。

不管怎樣，「朋友，時候近了」，總得有一個選擇，總得走，「我將向黑暗裏徬徨於無地」。

臨行之前，又有個問題：要不要留點甚麼東西？「你還想我的贈品。我能獻你甚麼呢？無已，則仍然是黑暗和虛空而已。但是，我願意只是黑暗，或者會消失於你的白天；我願意只是虛空，絕不佔你的心地。」這裏連續出現了兩個「願意」，和前面說的「我不願意」形成對比，我願意甚麼？「願意只是黑暗」，「願意只是虛空」，「絕不佔你的心地」。

生命的黑暗體驗：選擇了黑暗，就獲得了光明

從文章開頭到這裏經歷了一個過程，開始拒絕已有的一切，最後選擇黑暗。選擇黑暗的結果又如何呢？「我願意這樣，朋友——我獨自遠行，不但沒有你，並且再沒有別的影在黑暗裏。」在獲得真正的孤獨的自己以後，就發生了轉換：悲觀到

極端，完全被黑暗沉沒，我就獲得了黑暗，「那世界全屬於我自己」。也就是說，我獨自承擔了黑暗的一切，黑暗的孤獨、空虛等等，我就獲得了一個更加廣大的、完全屬於我的世界：這才是生命中的「大有」，這才是生命的完成：從拒絕「有」進入「無」，然後由「無」進入更大的「有」：這樣的生命的黑暗體驗，是人生難以達到的、可遇不可求的。

其實，我們每個人都會有不同程度的黑暗體驗：獨自一個人，到高山上去，你會有極度的黑暗感；睡沉了，也會有被黑暗淹沒的感覺。這樣的完全屬於自己的黑暗體驗，是生命的大沉溺，既不可言說，又是如此的安詳而充盈，如此的從容而自尊，如此的自信而尊嚴。你落入了生命的黑洞裏。但這是把所有的光明都吸納進來的黑洞，存在着一種內在的、本質的光明，一個充盈着黑暗的光明。魯迅說過，他是愛夜的人，又說愛夜的人要有愛夜的眼睛和愛夜的耳朵。不是所有人都有愛夜的眼睛，也不是所有人都有愛夜的耳朵。有了愛夜的眼睛和耳朵，就會感受生命黑洞裏的無限光明和無限廣闊，而且這個世界僅僅屬於自己。這是怎樣的生命境界！

《影的告別》裏就講了三個東西：一是你拒絕甚麼：「我不願意」；一是你選擇、承擔了甚麼：「我願意」；最後，你又獲得了甚麼：「那世界全屬於我自己」。這都是基本的生命命題。而最引人深思的，自然是「影」與「形」的不同選擇與命運。而最終做出怎樣選擇，承受甚麼命運，又是我們（包括本文讀者）自己的事。

五、讀《墓碣文》

「我夢見自己正和墓碣對立，讀着上面的刻辭。那墓碣似是沙石所製，剝落很多，又有苔蘚叢生，僅存有限的文句——於浩歌狂熱之際中寒；於天上看見深淵。於一切眼中看見無所有；於無所希望中得救。」

於無所希望中得救

這些浩歌狂熱，天上、一切和希望，都是大多數人常規思維下的現實經驗和邏輯。魯迅在其中看見、感受到甚麼？在「浩歌狂熱」中他感到的是「寒冷」；在大家都讚美嚮往的天上，他看到的是「深淵」；在人們擁有的一切中，他看到的是「無所有」；於是，他在「無所希望中得救」。這是典型的魯迅對抗常規、主流的一種思維，且是魯迅思維裏最深刻的部份。也就是說，魯迅是用另外一雙眼睛，另外一種思維來看世界，是另外一種存在，是中國文化、思想的異端，是對既有的、常規的大多數人的經驗和邏輯的一個歷史性的否定和歷史性的拒絕。「於無所希望中得救」，其實就是我們剛討論過的《影的告別》的邏輯：拒絕「一切有」後，反而得救了。

這樣一個異端的另外存在，在中國文化與現實中必然是孤獨的，所以就有了「遊魂」。

「……有一遊魂，化為長蛇，口有毒牙」，這是魯迅的自我形象。魯迅很喜歡蛇，專門寫詩歌頌蛇，把自己比作糾纏不止的「毒蛇」。他強調這個「遊魂」化成的「長蛇」，口有毒，卻「不以嚙人，自嚙其身，終以殞……」不只是批判別人，更多是批判自己。這是一個重要的信息：如果《影的告別》討論的是對外部的拒絕，對既有的、將有的一切的拒絕，那麼，《墓碣文》就發展到拒絕自己，把否定、懷疑、批判的鋒芒指向自己。這是一種更徹底的真正的否定。魯迅的思想也因此進入了另外一個高度：在批判、懷疑了包括自我在內的一切以後，他要追求甚麼？

「我繞到碣後，才見孤墳，上無草木，且已頹壞。即從大闕口中，窺見死屍，胸腹俱破，中無心肝。而臉上卻絕不顯哀樂之狀，但蒙蒙如煙然。」這也是魯迅自我形象的描繪，「胸腹俱破，中無心肝」，臉上絕無任何表情，「蒙蒙然」：這是典型的魯迅恐怖修辭。

放逐自我，追求本味

更重要的是下面的碑文，「抉心自食，欲知本味」，自嚼的目的是要「追求本味」，所謂「本味」就是尚未被現有經驗、思想和邏輯秩序所侵蝕的人的自我的本真狀態。

但更加殘酷的問題在於，「……痛定之後，徐徐食之。然其心已陳舊，本味又何知？……」最後發現本味是不能知，「何由知」的，人早已異化，再也回不到那樣一個不被污染、不受束縛的人的純真、本真狀態了！魯迅的悲觀主義，魯迅的絕望就達到了頂點。「本味不由知」就意味着自我拯救的可能性也不存在，就只有選擇在黑暗搏鬥中的毀滅，自己和所要反對的黑暗同歸於盡，把最後拯救的希望也徹底地消除！

於是，就有了這樣驚心動魄的一句：「……答我。否則，離開！……」這不僅是放逐讀者，更是自我的放逐。

「我就要離開。而死屍已在墳中坐起，口唇不動，然而說——『待我成塵時，你將見我的微笑！』」這是完全絕望的，甚至連絕望也沒有的死亡之笑。這「微笑」真正震撼着我們每個人的靈魂。

「我疾走，不敢反顧，生怕看見他的追隨。」

六、讀《頹敗線的顫動》

「我夢見自己在做夢。」魯迅《野草》很多篇第一句都是在做夢，「自身不知所在，眼前卻有一間在深夜中禁閉的小屋的內部，但也看見屋上瓦松的茂密的森林」。這是我們經常可以在魯迅小說中看見的一個場景。

夢境裏的悲劇

「板桌上的燈罩是新拭的，照得屋子裏分外明亮。在光明中，在破榻上，在初不相識的披毛的強悍的肉塊底下，有瘦弱渺小的身軀，為飢餓，苦痛，驚異，羞辱，歡欣而顫動。弛緩，然而尚且豐腴的皮膚光潤了；青白的兩頰泛出輕紅，如鉛上塗了胭脂水。」大家可能會讀得出來，這是一個妓女出賣肉體的一個場面，「苦痛，驚異，羞辱，歡欣而顫動」都是在性交過程中的感受，寫得非常真切。

燈火也因驚懼而縮小了，東方已經發白。

然而空中還瀰漫地搖動着飢餓，苦痛，驚異，羞辱，歡欣的波濤……。

「媽！」約略兩歲的女孩被門的開闔聲驚醒，在草席圍着的屋角的地上叫起來了。

「還早哩，再睡一會罷！」她驚惶地說。

「媽！我餓，肚子痛。我們今天能有甚麼吃的？」

「我們今天有吃的了。等一會有賣燒餅的來，媽就買給你。」她欣慰地更加緊捏着掌中的小銀片，低微的聲音悲涼地發抖，走近屋角去一看她的女兒，移開草蓆，抱起來放在破榻上。

「還早哩，再睡一會罷。」她説着，同時抬起眼睛，無可告訴地一看破舊屋頂以上的天空。

故事情節往前發展，我們就知道這位婦女出賣肉體是因為她女兒的飢餓，她們的母女之情非常動人。

空中突然另起了一個很大的波濤，和先前的相撞擊，迴旋而成旋渦，將一切並我盡行淹沒，口鼻都不能呼吸。

這裏突然出現了「我」，前面都是講一個故事，但這裏講了「我」對這個故事的感受，「我」對這個故事……母親為了自己的兒女而出賣肉體的悲劇的感受，他感覺在內心掀起了很大的波濤。

「我呻吟着醒來，窗外滿是如銀的月色，離天明還很遼遠似的。」這裏就提出一個問題，「我」為甚麼對這位婦女出賣肉體而感到這樣大的震動？由此他想到了甚麼？這是故事的前半部。

「我自身不知所在（是第二個夢），眼前卻有一間在深夜中禁閉的小屋內部，我自己知道是在續着殘夢。可是夢的年代隔了許多年了。屋的內外已經這樣整齊；裏面是青年的夫妻，一群小孩子。」也就是說她當年出賣肉體救活這個孩子長大了，結婚了，有了家庭，而且還有了自己的孩子，也就是說「我」有了自己的孫子、孫女。

但是他們「都怨恨鄙夷地對着一個垂老的女人」。

「我們沒有臉見人，就只因為你，」男人氣忿地說。「你還以為養大了她，其實正是害苦了她，倒不如小時候餓死的好！」

「使我委屈一世的就是你！」女的說。

「還要帶累了我！」男的說。

「還要帶累他們哩！」女的說，指着孩子們。

最小的一個正玩着一片乾蘆葉，這時便向空中一揮，彷彿一柄鋼刀，大聲說道：

「殺！」

她用自己的生命、自己的青春、自己的肉體養活這些孩子，最後得到的是孩子的怨恨。而且最可怕的是孫子要「殺」！

魯迅的精神困境

那垂老的女人口角正在痙攣，登時一怔，接着便都平靜，不多時候，她冷靜地，骨立的石像似的站起來了。她開開板門，邁步在深夜中走出，遺棄了背後一切的冷罵和毒笑。

這裏魯迅對老女人的形象有一個刻劃，説她「冷靜地，骨立的石像」。顯然這是有喻義的，魯迅從這個犧牲的母親、遭到兒女抱怨的母親身上，看到了自己的命運，也即是他這一代啟蒙主義者的命運。他們為了喚醒年輕一代不惜犧牲了一切，包括自己的身體，可他們所得到的卻是抱怨，卻是放逐，甚至第三代都是一片「殺、殺」之聲，這是魯迅典型的啟蒙主義夢的破滅。但請注意最後一句「她冷靜地，骨立的石像似的站起來了」，其實不是一個女人站起來了，而是魯迅自己站起來的，「骨立的石像」其實就是魯迅自己的一個形象，他站立起來了，「她開開板門，邁步在深夜中走出，遺棄了背後一切的冷罵和毒笑」，前面是講她的兒女們把她遺棄，現在是她主動遺棄了兒女，這就回到魯迅「拒絕」的主題上，遺棄你們，主動地遺棄，而且要復仇。

「她在深夜中盡走，一直走到無邊的荒野；四面都是荒野，頭上只有高天，並無一個蟲鳥飛過。她赤身露體地，石像似的站在荒野的中央。」這很有畫面感，「於一剎那間照見過往的一切：飢餓，苦痛，驚異，羞辱，歡欣，於是發抖；害苦，委屈，帶累，於是痙攣；殺，於是平靜。」這像一個電影鏡頭，前面一幕一幕地顯現。

……又於一剎那間將一切並合：眷念與決絕，愛撫與復仇，養育與殲除，祝福與咒詛。……她於是舉兩手盡量向天，口唇間漏出人與獸的，非人間所有，所以無詞的言語。

這一段值得我們仔細地琢磨，講到當整個社會拋棄我，而我主動選擇了拋棄社會，獨自遠出後，要注意他感情的兩個側面：一方面是眷戀、愛撫、養育、祝福；另一方面是決絕、復仇、殲除、咒詛。這兩種對立的情感糾結在啟蒙者魯迅的身上。這裏講的「決絕、復仇、殲除、咒詛」我們能理解，你們拋棄我、遺棄我，詛咒你們，和你們決絕、斷裂可以理解；但還有另外一面，在決絕的同時是眷戀，在復仇的同時是愛撫，在殲除的同時是養育，在咒詛的同時是祝福。這是甚麼意思？實際寫出了魯迅生命存在的狀態和他內心世界的矛盾。一方面他「不在」這個社會，社會把他驅逐，他自己也拒絕這個社會；另一方面他依然還「在」這個社會，無論是從社會關係上還是情感關係上，他都不可能離開這個社會，這是一種「在而不在、不在而在」的處境。

所有批判的知識分子都會面臨這樣的和社會、體制的關係：他拒絕體制、社會，體制、社會也排斥他，但他還是在這個體制內，在這個社會裏，既在又不在。同時又有非常複雜的感情，一方面要反抗，詛咒，復仇，但另一方面他深知，和《影的告別》，「我和黑暗」的關係一樣，我是反抗黑暗者，但同時我是黑暗中的人，這個黑暗跟我有深密的關係，黑暗消失，我也消失了。所以他和所批判的社會、體制、制度之間有着千絲萬縷的、不可隨便隔絕的複雜關係，而且對它是眷戀的、愛撫的，批判你、咒詛你的同時又眷戀你。這是多麼纏繞的一種關係！既決絕又眷戀，既復仇又愛撫，既要殲除又要養育，既要咒詛又要祝福：這是真正反抗黑暗的戰士。

魯迅的言語困境

這樣一種和社會在而不在，眷戀又復仇的複雜關係不能用我們平常的語言來表達，特別是不能用已經被規範化的、主流的、官用的語言來表達，於是就有了「舉兩手盡量向天，口唇間漏出人與獸的，非人間所有，所以無詞的言語」。只能回到原始的、非人間的、獸的或介於人獸之間的語言狀態，用「無詞的語言」來表達自己。這就是魯迅在《野草》一開始就說的「當我沉默的時候，我覺得充實；我將開口，同時感到空虛」，這是一種深層的困境，不僅是思想、感情的困境，更是言語的困境。

這已經進入了相當抽象的層面，但魯迅是一個文學家，又要把無詞的言語形象化，於是就有了下面一段最絕妙的文字——

> 當她說出無詞的言語時，她那偉大如石像，然而已經荒廢的，頹敗的身軀的全面都顫動了。這顫動點點如魚鱗，每一鱗都起伏如沸水在烈火上；空中也即刻一同振顫，彷彿暴風雨中的荒海的波濤。

把「無詞的言語」化作了「顫動」；「顫動」又成「魚鱗般的顫動」，化作「沸水在烈火上」，最後變幻成「暴風雨中的荒海的波濤」。

「她於是抬起眼睛向着天空，並無詞的言語也沉默盡絕」，連「無詞言語」也沒有了，只有沉默，那這個沉默的世界是甚麼世界？也就是剛才說的魯迅沉默在黑暗中的一個世界，它外化出一種景象：「惟有顫動，輻射若太陽光，使空中的波濤立刻迴旋，如遭颶風，洶湧奔騰於無邊的荒野。」大家想像那是一個甚麼樣的境界：

魯迅的無詞言語的沉默，就是這樣一個壯闊的、動態的世界。

我夢魘了，自己卻知道是因為將手擱在胸脯上了的緣故；我夢中還用盡平生之力，要將這十分沉重的手移開。

——最後回到現實：這不過是一個夢魘。

獨屬魯迅的精神世界、言語世界

我們所看到的，是一個獨屬於魯迅的精神世界、言語世界：無比豐富、無比闊大，又無限自由。我讀了一輩子魯迅文章，可以說，這一段文字是最讓我迷戀的。

我再朗讀一遍——

當她說出無詞的言語時，她那偉大如石像，然而已經荒廢的，頹敗的身軀全面都顫動了。這顫動點點如魚鱗，每一鱗都起伏如沸水在烈火上；

空中也即刻一同振顫，彷彿暴風雨中的荒海的波濤。

她於是抬起眼睛向着天空，並無詞的言語也沉默盡絕，惟有顫動，輻射若太陽光，使空中的波濤立刻迴旋，如遭颶風，洶湧奔騰於無邊的荒野。

輯四　雜文十六篇

一、讀《夜頌》

魯迅的雜文寫作和「夜」有着不解之緣。

他的兒子海嬰有這樣的回憶——

「在我的記憶中，父親的寫作習慣是晚睡遲起。以小孩的眼光判斷，父親這樣的生活是不正常的。……

「整個下午，父親的時間往往被來訪的客人所佔據，一般都傾談很久……

「如果哪天的下午沒有客，父親便翻閱報紙和書籍。有時眯起眼睛靠着藤椅打腹稿，這時大家走路說話都輕輕地，盡量不打擾他。……」[1]

許廣平也有類似的回憶：魯迅於看書讀報中有所感，又經反覆醞釀，就在客人散盡之後，深夜提筆成文，遇有重要的長文，往往通宵達旦。[2]

女作家蕭紅更有這樣的描述——

全樓都寂靜下去，窗外也是一點聲音沒有了，魯迅先生站起來，坐到書桌邊，在那綠色的台燈下開始寫文章了。

許先生說，雞鳴的時候，魯迅先生還是坐着，街上的汽車嘟嘟的叫起來了，魯迅先生還是坐着。

有時許先生醒了，看着玻璃窗白薩薩的了，燈光也不顯得怎樣亮了，魯迅先生的背影不像夜裏那樣黑大。魯迅先生的背影是灰黑色的，仍舊坐在那裏……[3]

「夜」對於魯迅更意味着一種心境，一種生存狀態，以及一種寫作狀態。在標明是《夜記之一》的《怎麼寫》裏，有這樣一段表白——

夜九時後，一切星散，一所很大的洋樓裏，除我以外，沒有別人。我沉靜下去了。寂寞濃到如酒，令人微醺。望後窗外骨立的亂山中許多白點，是叢冢；一粒深黃色火，是南普陀寺的琉璃燈。前面則海天微茫，黑絮一般的夜色簡直似乎要撲到心坎裏。我靠了石欄遠眺，聽得自己的心音。四遠還彷彿有無量悲哀，苦惱，零落，死滅，都雜入這寂靜中，使它變成藥酒，加色，加味，加香。這時我曾經想要寫，但是不能寫，無從寫。這也就是「當我沉默着的時候，我覺得充實，我將開口，同時感到空虛」。[4]

這「黑絮一般的夜色簡直似乎要撲到心坎裏」的感覺，正是典型的「夜」的感覺，使我們自然想起《影的告別》裏所說，「只有我被黑暗沉沒，那世界全屬於我自己」。正是在深夜的寂靜裏，白日的喧囂與浮躁逐漸消退，進入孤思默想的生命沉潛狀態，獨自面對自己的內心世界，同時面對外部大千世界，「心事浩茫連廣宇」，因此而獲得真正的博大與豐富。[5]

於是，就有了《夜頌》。這篇寫於一九三三年，堪稱魯迅晚年雜文的代表作，一開頭就提出了「愛夜的人」的概念。這自然是魯迅的自我命名。

而且還有這樣的界說：「愛夜的人」必定是「孤獨者」，「有閒者」，「不能戰鬥者」，「怕光明者」。其時，魯迅正陷入「非革命的急進革命論者」的圍剿中：他「孤獨」地站在邊緣位置，因此「有閒」；他堅持做社會冷靜的觀察者和清醒的批判者，就被認為「不能戰鬥」；他堅持正視黑暗，就成了「怕光明者」。

於是，他宣稱自己是「愛夜的人」，因為人惟有在黑夜裏，才能直面真實——

人的言行，在白天和在深夜，在日下和在燈前，常常顯得兩樣。夜是造化所織的幽玄的大衣，普覆一切人，使他們溫暖，安心，不知不覺的自己漸漸脫去人造的面具和衣裳，赤條條地裹在這無邊無際的黑絮似的大塊裏。

人們自會注意到「黑絮」意象再次出現；「赤條條地裹在這無邊無際的黑絮似的大塊裏」，魯迅感到分外的自由，自在與自適。

「愛夜的人要有聽夜的耳朵和看夜的眼睛，自在暗中，看一切暗。」

於是，他看見——

君子們從電燈下走入暗室中，伸開了他的懶腰；

愛侶們從月光下走進樹蔭裏，突變了他的眼色。

> 夜的降臨，抹殺了一切文人學士們當光天化日之下，寫在耀眼的白紙上的超然，混然，恍然，勃然，粲然的文章，只剩下乞憐，討好，撒謊，騙人，吹牛，搗鬼的夜氣，形成一個燦爛的金色的光圈，像見於佛面上面似的，籠罩在學識不凡的頭腦上。

於是，魯迅擁有了一個真實的上海，真實的中國，一個「夜氣」籠罩的鬼氣森森的世界，這正是那些「學識不凡的頭腦」所要竭力掩飾的。魯迅說，「愛夜的人於是領受了夜所給與的光明」。

就在這樣的背景下，「高跟鞋的摩登女郎」出現了，這是夜間寫作的魯迅經常可以看見的。且看魯迅的觀察：「在馬路邊的電光燈下，閣閣的走得很起勁，但鼻尖也閃爍着一點油汗，在證明着她是初學的時髦」，這是初出茅廬的上海妓女，但這「初學的時髦」又未嘗不可看作是上海自身的象徵。此時她正躲在「一大排關着的店鋪的昏暗」掩飾下，「吐一口氣」，感受片刻「沁人心脾的夜裏的拂拂的涼風」。

魯迅說，「愛夜的人和摩登女郎，於是同時領受了夜所給與的恩惠」。這夜是屬於他（她）們——孤獨者與受凌辱者的。

但夜終會有「盡」，白天於是到來，人們又開始遮蓋自己的真實「面目」，「從此就是熱鬧，喧囂」。但魯迅卻看到，「高牆後面，大廈中間，深閨裏，客室裏，秘密機關裏，卻依然瀰漫着驚人的真的大黑暗」。——在「白天」的「熱鬧，喧囂」中，看見「驚人的真的大黑暗」，這是魯迅的大發現，是魯迅才有的都市體驗：人們早已被上海灘的五光十色弄得目眩神迷，有誰會注意到繁華背後的罪惡，有誰能夠聽到「高牆後面，大廈中間，深閨裏，客室裏，秘密機關裏」的冤魂的呻吟？

而且魯迅還發現了所謂「現代都市文明」的實質：「現在的光天化日，熙來攘往，就是這黑暗的裝飾，是人肉醬缸上的金蓋，是鬼臉上的雪花膏。」——這發現也許是更加「驚人」的。

「只有夜還算是誠實的。我愛夜，在夜間作《夜頌》。」——我猜想，魯迅於深夜寫下這一句時，也是長長地「吐（了）一口氣」的。

註釋

1 周海嬰：《魯迅與我七十年》，一一二頁，南海出版公司二零零一年版。

2 許廣平：《魯迅先生的寫作生活》，收《魯迅回憶錄》（專著，上冊）《欣慰的紀念》，三七五—三七六頁，北京出版社一九九九年版。

3 蕭紅：《回憶魯迅先生》，《回憶魯迅》（散篇，中冊），七一七頁。

4 魯迅：《怎麼寫》，《魯迅全集》四卷，一八—一九頁。

5 魯迅：《戌年初夏偶作》，《魯迅全集》八卷，四七二頁。

二、讀《再論雷峰塔的倒掉》

這篇寫於二十世紀二十年代（一九二四年）的雜文，已經顯示了魯迅雜文思維方式和表達方式的某些特點。

文章從報紙上偶爾看到的關於「雷峰塔的倒掉」的傳聞開始。雷峰塔是西湖邊上的一個風景點，塔建於九七五年，一九二四年九月二十五日突然坍塌，自然引發了各種街談巷議，例如「雷峰塔倒了，就破壞了『西湖十景』」之類。這類日常生活傳聞，人們茶餘飯後姑妄言之，姑妄聽之，並不在心；作為雜文家的魯迅則不，他偏要仔細琢磨，品味，認真勘探一番：這樣的人們習以為常的生活現象，正是雜文思想開掘的起點，開發口。開掘、勘探也有兩種，有的只滿足於探個表層，比如「從雷峰塔倒掉看出破除迷信的重要」之類，淺嘗輒止；真正的雜文家則不，他要勘探到最底層，最廣闊處，即魯迅所說：「開掘要深。」

且看魯迅如何「開掘」。

街談巷議者嘆息西湖從此失去「十景」。魯迅就抓住這「十景」，深挖下去，展開了廣泛聯想：「凡看一部縣志，這一縣往往有十景、八景」；在中國，「點心有十樣錦，菜有十碗，音樂有十番，閻羅有十殿，藥有十全大補，猜謎有全福手福手全，連人的惡跡或罪狀，宣佈起來也大抵是十條」。正是通過這由一至多、由小至大的連綿不斷的聯想，而產生了思維上的飛躍：「我們中國的許多人……大抵患有一種『十景病』。」這就達到了對中國國民性，以及中國傳統文化的致命弱點的一個深刻概括：中國人慣於用「瞞和騙」虛構一個「十全十美」的社會、人生、文學……幻影，「無問題，無缺陷，無不平，也就無改革，無反抗」，由此而形成積重難返的民族惰性：[1]這正是本文從人們對雷峰塔倒掉的議論中開發出的第一個結論。

而這個具有普遍性的結論，作者在表達時並不採用抽象、明確的邏輯語言，而仍然稱之為「十景病」。這裏，「十景病」既具有現象形態的生動性與具體性，又具有一種概括性和普遍意義，我們可以稱之為「類型現象」。「類型現象」正是雜文思維與表達的一個關鍵：雜文既要從具體的生活現象（「這一個」）入手，通過廣泛聯想概括出具有一定普遍性的「類型」（「這一類」），但這樣的新開掘、新發現，在表達時又必須保留其「現象」形態。

魯迅接着又提出一個問題：雷峰塔不是自然倒掉，而是被農民「挖」倒的；應該如何看待中國農民這樣的「破壞行為」？它的實質是甚麼？包含了怎樣的普遍意義？這一回，魯迅採取的是「比較」的方法。一是與西方盧梭等為代表的「（舊）軌道的破壞者」做橫的比較。於是，就發現中國並無「革新者」「大呼猛進」的「徹底掃除」，即並無真正的破壞，不過是「修補老例」而已。二是與中國歷史上的「狂暴的強盜，或外來的蠻夷」做縱的比較，又發現「寇盜式的破壞，結果只能留下一片瓦礫，與建設無關」，而現在連這類「志在掠奪或單是破壞」的「寇盜」也沒有。這樣的「比較」，其實也是一種「聯想」，把對象放在廣闊的時間、空間，做縱、橫的比較，揭示其內在的聯繫與區別，終於發現：所謂農民式的「破壞」，「僅因目前極小的自利」，「人數既多」，「倒敗之後，卻難於知道加害的究竟是誰」，「結果也只能留下一片瓦礫，與建設無關」，並且最終仍要「在自己的瓦礫中修補老例」。魯迅將其概括為「奴才的破壞」。——這也是一種「類型現象」，是魯迅從「雷峰塔的倒掉」所引出的對中國傳統文化與國民性弱點的另一個重要發現。

應該說，我們以上的分析都過於冷靜，因而是「非雜文」的。魯迅在揭示和表達他的思考與發現時，自始至終滲透着他強烈而深沉的主觀情感：他一點也不掩飾，自己在聽到雷峰塔倒掉了，終於打破了西湖以致中國的「十景病」時，他所感到的「暢快」；但他很快就意識到，「雅人和信士和傳統大家，定要苦心孤詣巧語花言地再補足了十景而後已」，在中國，既無「將人生有價值的東西毀滅給人看」的「悲劇」，也無「將那無價值的撕破給人看」的「喜劇」，「所有的，只是喜劇底人物或非喜劇非悲劇底人物，在互相模造的十景中生存，一面各各帶了十景病」，因此，自己一時的「暢快不過是無聊的自欺」，清醒過來，就更加倍地感到「有悲哀在裏面」。——這些滲透在字裏行間的情感具有極強的藝術感染力。我們由此體會到魯迅所說的他的雜文「就如悲喜時節的歌哭一般」，「無非借此來釋憤抒情」[2]的特點。這裏對「十景病」和「奴才的破壞」的批判也就進入了審美的層面，而「審美的批判」也是雜文的特質之一，雜文家應該是思想家與詩人的統一。

因此，我們在文章結尾處，聽到魯迅用詩的語言呼喚「我們要革新的破壞者，因為他內心有理想的光」，是十分自然的。這其實正是魯迅的自我寫照。魯迅雜文的思想與藝術力量，歸根結底，是來自他自身的人格魅力。在這裏，我們又看到了「做人」與「作文」的統一。

註釋

1 魯迅：《論睜了眼看》，《魯迅全集》一卷，二五二頁。

2 魯迅：《〈華蓋集續編〉小引》，《魯迅全集》三卷，一九五頁。

三、讀《燈下漫筆》

且先釋題。

魯迅喜歡在「燈下」寫作。日本作家增田涉也有這樣的觀察——

有一次夜裏兩點鐘的時候，我走過他所住的大樓下面，只有他的房間還亮着燈，那是青色的燈光。透過台燈的青色燈罩發出的青色的光，在漆黑的夜裏，只有一個窗門照耀着，那不是月光，但我好像感到這時的魯迅是在月光裏。……

在月光一樣明朗，但帶着悲涼的光輝裏，他注視着民族的將來。[1]

那麼，一九二五年四月二十九日這一夜，燈下，在「帶着悲涼」的月光裏，魯迅注視、思考「民族的將來」，又有着怎樣的憂慮呢？

而且是「漫筆」。

「漫」，既是內容的「漫」無邊際，又是「心事浩茫連廣宇」的「漫漫」心緒，還是一種「漫延開來」的思維方式——魯迅曾談到自己「動起筆來，總是離題有千里之遠」，「（總）是胡思亂想，……總像斷線的風箏似的收不回來」，[2]所說的就是這種思維的聯想力。同時，既稱為「漫筆」，這也是「散」漫無拘，筆隨心意、興之所至的筆墨趣味。

這正是「五四」時期所盛行的文體：隨筆。二十世紀九十年代末似乎又再度興盛，而且有「學者隨筆」之說；那麼，魯迅這篇也可算是「學者隨筆」的開路之作。——不過，這已是題外話。

拉回「題內」，還要再說一句：作者既點明「漫筆」，我們在閱讀時，就要注意其漫衍無際的「心事（心緒）」「思維」「筆墨」，從散漫無序中抓住其「思想」的要點，也即前面所說，作者獨具「夜眼」中對於我們所生存的社會、歷史的獨特發現。

（一）

先讀《燈下漫筆》之一。

作者首先敍述了自己（以及普通老百姓）所親歷的一件不大不小的日常生活事件：如何相信國家銀行而將銀元換成鈔票，又如何因政局不穩要將鈔票轉換銀元而不得，聽說暗中有了行情又如何趕去兑現，即使被打了折扣也在所不惜。——正是普通人的日常生活，人們習以為常的生活現象，成為魯迅思考的起點，成為他的思想探索的開發口。

細加琢磨，就會發現，作者在敍述中着意突出了「人」（老百姓與自己）在事件過程中心情的變化；於是注意到了如下關鍵詞：開始換鈔票時的「樂意」，停止兑現時的「不甘心」與「恐慌」，最後打折兑換、吃了虧以後的「非常高興」與「更非常高興」。還有一個細節也頗發人深省：第一、三、四段都寫到「銀元裝在懷中」，感覺卻大不一樣：開始只覺得「沉重累墜」，幾乎失去，又終於得到（儘管打了折扣）後就「沉墊墊地覺得安心，歡喜」。這裏，對人對外在事件的內心反應的關注，也即對人的精神世界的關注，構成了魯迅雜文（隨筆）思維與寫作的一個特點。

問題是，作者那雙「看夜」的眼睛，從這日常生活與普通人的心理反應背後，看到了、想到了甚麼？

於是，進入了本文第二個層面。

而要進入這一層面，就必須實現思想（思維）的一個飛躍，這就是第四自然段（也即通常所說的「過渡段」）所說，「突然起了另一思想」：我們也可以稱之為「多級跳躍」中的第一級。——

我們極容易變成奴隸，而且變了之後，還萬分喜歡。

這也是作者在本文中所提出的第一級判斷。這一判斷是緊接前文：「倘在平時，錢舖子如果少給我一個銅元，我是絕不答應的」，現在因為有可能失去全部銅元，即使大打折扣我也萬分喜歡這一事實陳述而提出的；但現在已經有了一個理論的提升（飛躍）：提出了「奴隸」的概念（這一概念我們將在下文加以界說），「我們」（作者自己與普通百姓）就與「奴隸」發生了聯繫（「極容易變成」），而同是一個「喜歡」也有了不同的含義：如果前面幾段中，「喜歡」不過是普通人在日常生活中的心緒的一種簡單描述；這裏，就成了對「奴隸」心理的一個判斷。

而這一判斷是需要加以論證的。於是有了緊接着的「假如……」這一段的假設性的心理分析與論證：當人突然陷於「亂離人不如太平犬」的境地時，而又突然得到「等於牛」的待遇，儘管「不算人」也會「心悅誠服」的，這樣的假設心理性分析，與前文有關「銀元」的得失心理顯然具有相似性，魯迅的聯想與推斷就是建立在這樣的相似性的基礎上的：在一般人看來似乎毫不相干的人與事之間，他卻能別具眼光地揭示出內在的相似與相通，從而給讀者以新奇的發現的喜悅。他也正是借助這樣的聯想，幫助讀者從自己的日常生活經驗出發，去理解某些超越經驗的社會歷史現象與本相。本文就是從兌換銀元的心理引發出這樣的現象：中國歷史「歷來所鬧的不過是這一個小玩藝」：「當了奴隸還萬分喜歡」。——如果前文尚是聯想與推斷，現在已被證實：是確定無疑的歷史事實了。

於是，又有了進一步的推論——

實際上，中國人向來就沒有爭到過「人」的價格，至多不過是奴隸，到現在還如此。

這是多級跳躍思維中的第二跳，也是最關鍵的一跳。這也是魯迅對中國人的生存境遇的最重要的概括與發現，與《狂人日記》裏所說中國歷史是一部「吃人」的歷史的論斷與發現，屬於同一等級，都需要從魯迅整體思想體系中去理解。這裏要稍微多說幾句：我們知道，魯迅思想的核心是「立人」，並指明「立人」的根本在「尊個性而張精神」，也就是說，人的個體生命（真實的具體的個別的個體的人，而非普遍的、觀念中的人）的精神自由是「人」之成為「人」的本質，是衡量是否具有「『人』的價格」的唯一的絕對的標準。只要人的個體生命還處於物質的，特別是精神的被壓抑狀態，沒有獲得個體的精神自由，人就沒有根本走出「奴隸」的狀態。他以此考察中國社會歷史與現狀，就得出了本文所說的「中國人向來就沒有爭到過『人』的價格，至多不過是奴隸，到現在還如此」的結論。——這是任何一個中國人從自己的現實生活中都能體會、感受，而無須論證的，只是看我們敢不敢正視。

魯迅是反對一切「瞞」與「騙」的；他還要我們正視：中國人更多的情況下，是處於「下於奴隸」的狀態的。他舉例說，在中國歷史中，老百姓經常受到「官兵」

與「強盜」的雙重「殺掠」，這時候，就很容易產生希望「有一個一定的主子」，制定出「奴隸規則」，以便遵循的心理：這與前文「當了奴隸還萬分喜歡」的心理是一脈相承的，而且還有發展：身為奴隸，卻希望建立穩定的「奴隸秩序」。——魯迅行文至此，發現了這樣的奴隸心理，他的心情不能不是沉重的，他的筆調也愈加嚴峻。

以此觀照中國的歷史，所看到的竟是中國人的悲慘命運：在五胡十六國、黃巢（唐末）、五代、宋末、元末與明末張獻忠時代，「將奴隸規則毀得粉碎」，百姓反不得安寧；「紛亂至極之後」，有人「較有秩序地收拾了天下」，反而「叫作『天下太平』」。由此而推出的自然是這樣一個「直截了當」的結論——

> 一、想做奴隸而不得的時代；二、暫時做穩了奴隸的時代。這一種循環，也就是「先儒」之所謂「一治一亂」。

這是本文「跳躍性」思維的第三級跳，第三個重要發現：它是對中國歷史的又一個意義重大的概括。看起來這好像講的是歷史循環，其實質意義是強調，中國人在歷史上從來沒有「走出奴隸時代」，區別僅在於是「暫時做穩了奴隸」，還是「想做奴隸而不得」，「始終是奴隸」這一本質是沒有變的。——這也就為下文做好了鋪墊。

魯迅的這一論斷的另一個含意是，魯迅賦予「先儒」（實際是孟子）所提出的「一治一亂」說以新的意義：不論是「亂世」還是「治世」，都是「主子」（少數統治者）對「臣民」（大多數老百姓）的奴役；中國歷史上的所謂「作亂人物」（例如前文所說的張獻忠），就其本質而言，都是給新的「主子」（例如取代明朝統治者的清朝統治者）「清道闢路」的，或者他們自己成為新的統治者（例如歷史上的劉邦、朱元璋）——魯迅對中國歷史上的「作亂人物」（其中有些是「農民起義」的領袖）的這一尖銳批判，雖不是本文的主要觀點，也是發人深省的。

以上這一大段，是本文的主體，通過三次思想的跳躍，提出了對中國人的生存狀態與歷史三個重要的概括與判斷，是充份顯示了魯迅思想與文章的批判鋒芒的。

「現在入了那一時代」一問，把文筆轉向了現實，也即本文的第三個層面。

魯迅先以退為進：「我也不了然」；然後指明現實生活中儘管人們都「不滿」於現狀，但無論是知識分子（國學家、文學家、道學家），還是普通百姓，所走的路卻或是「復古」，或是「避難」，其實質都是在「神往」於「暫時做穩了奴隸」的時代。這言外之意是清楚的：「現在」正是「想做奴隸而不得」的時代，而且人們絲毫沒有徹底「走出奴隸時代」的要求與願望。——面對這樣的現實，面對這樣的國民，魯迅無法掩飾內心的絕望與悲涼。

於是，又反彈出掙扎的呼喊：兩個反詰句，向每一個讀者，也即中國的知識分子與百姓，提出了一個振聾發聵的問題：不滿於現在，難道就只能像古人與復古家那樣，神往於過去嗎？

這一反問，就逼出了新的回答，另一種選擇：人們不滿於現在，無須反顧過去，還可以向前看：「前面還有道路在。」

行文至此，文章退進出入，曲折有致，蓄勢已滿，終於噴發出震天一吼——

創造這中國歷史上未曾有過的第三樣時代，則是現在的青年的使命！

這一聲吶喊，其意義不亞於當年的「救救孩子」，把一個全新的思維，全新的世界展現在中國人民，中國的知識分子面前不再是在「做穩了奴隸」與「想做奴隸而不得」的歷史循環中做被動、無奈的選擇，而是自己創造出一個「徹底走出奴隸狀態」的全新「第三樣時代」；不再仰賴甚麼救世主，而是依靠全新的一代：「現在的青年」把命運掌握在自己的手裏。

這是召喚，是展望，也是激勵，整篇文章也就進入了一個新的境界。

（二）

現在我們來讀《燈下漫筆》之二。

如果說前一篇是燈下的漫想，這一篇則是燈下讀書有感，談的是關於如何看待外國人的中國評論。

這一節開頭第一句就很特別，大有先聲奪人的氣勢：「凡有來到中國的，倘能疾首蹙額而憎惡中國，我敢誠意地捧獻我的感謝，因為他一定是不願意吃中國人的肉的！」——中國人從來是愛喜鵲而憎烏鴉，更渴望所謂「外國朋友」說好話（民族自大背後隱藏着的是民族自卑心理），像魯迅這樣感謝「憎惡中國」者，就有些特別；而說「吃中國人的肉」，在習慣於說持中之言的中國人看來，就有些「言重」，太「激烈」了。

但魯迅是有據而發的：就是正在讀的這本《北京的魅力》，大談歷史上的外國「征服者」如何最終被中國的「生活美」所「征服」，這就是所謂「支那生活的魅力」——如下文所說，「我們的有些樂觀的愛國主義者」因此而「欣然喜色，以為他們將要被中國同化了」；而魯迅看到的卻是真正的民族危機：不過是「將曾經獻於北魏，獻於金，獻於元，獻於清的盛宴」獻於西方殖民者；「古人曾以女人作苟安的城堡，美其名以自欺曰『和親』，今人還用子女玉帛為作奴的贄敬，又美其名曰『同化』」——中國人在任何時候、任何問題上，哪怕是關乎民族生死存亡的大事，都要自欺欺人。魯迅前面所說的「感謝」正是基於這樣的民族危機感：「倘有外國的誰，到了已有赴宴的資格的現在，而還替我們詛咒中國的現狀者，這才是真有良心的真可佩服的人！」——我們不難體會這背後的隱憂：在這個弱肉強食的世界裏，這樣的「真有良心」者又有多少呢？

魯迅更為關注的，還是中國自身的問題；於是，又圍繞上文提出的「盛宴」，展開深入的討論。

首先，這樣的「盛宴」是怎樣形成的。魯迅說，這是「我們自己早已佈置妥帖」

的，也就是我們自身製造的。這就進入了對中國的社會結構的考察。魯迅引用《左傳》「天有十日，人有十等」這段記載，指出中國社會有一個「有貴賤，有大小，有上下」的等級結構，「一級一級的制馭着」。處在這樣的社會結構中，每一個人都被安置在某一等級上，一面「自己被凌虐」，受着上一等級的壓迫；一面「也可以凌虐別人」，壓迫下一等級的人，如魯迅所說，即使是處於最底層者，還有「比他更卑的妻，更弱的子在」，而子也有他日長大，「便又有更卑更弱的妻子，供他驅使」的希望，這就是互為「連環」，「各得其所」，既「不能動彈，也不想動彈」，天下永遠「太平」（如前文所說，只在「想做奴隸而不得」與「做穩了奴隸」之間循環——在這個等級社會結構裏，每一個人既是奴隸，又是奴隸主）。「有敢非議者，其罪名曰不安份」，自是要遭到全社會的譴責以致迫害：這個等級結構是高度統一與封閉的，絕不給異端（不同意見者，批評者）以任何存在空間。

魯迅接着提醒人們注意：這並非「遼遠」的「古事」，或者說，這樣的傳統已經完整地保留下來，也就是「中國固有的精神文明，其實並未為共和二字所埋沒」。因此，中國社會的「太平景象還在」：依然無「叫喚」無「橫議」，一切各得其所；而「對國民如何專橫，向外人如何柔媚，不猶是等級的遺風麼？」——儘管魯迅用的是調侃的語氣，但內在的沉重卻是掩蓋不住的：在寫在兩個月前的一篇文章裏，魯迅即發出這樣的感嘆：「我覺得彷彿久沒有所謂中華民國。我覺得革命以前，我是做奴隸；革命以後不多久，就受了奴隸的騙，變成他們的奴隸了。」[3]——依然沒有走出等級制的奴隸時代。

於是，就有了對中國現實的這樣的描述：「我們在目前，還可以親見各式各樣的筵宴，有燒烤，有翅席，有便飯，有西餐。但茅檐下也有淡飯，路傍也有殘羹，野上也有餓莩；有吃燒烤的身價不資的闊人，也有餓得垂死的每斤八文的孩子」。——與眾多的中國與外國的文人一味讚美中國的、北京的「飲食文化」的精美（即魯迅所讀的這本日本人寫的《北京的魅力》標題所示）不同，魯迅尖銳地揭示了其背後的，被忽略了的大多數普通老百姓的日常生活（即所謂「茅檐下」的粗茶「淡飯」），以及被掩蓋着的「殘羹」，「餓莩」，被飢餓所迫的身體的廉價出售……這樣的血淋淋的事實！

魯迅由此而引出對中國的「文明」本質的一個概括——

所謂中國的文明者，其實不過是安排給闊人享用的人肉的筵宴。所謂中國者，其實不過是安排這人肉的筵宴的廚房。

這又是一個石破天驚的發現，構成了全文（包括《燈下漫筆》之一）的一個高峰，可以說魯迅整個的論述都是奔向這一思想與情感的頂點。而這一論斷引起的反響也是空前的激烈：或被震動，喚醒，或被刺痛，激怒，或感到茫然不可理解。讚之者以為深刻，入木三分；批評者認為過於偏激。但有一點是共同的：在這樣的論斷面前，人們無法無動於衷。

而魯迅自己，卻態度鮮明：「不知道而讚頌者是可恕的，否則，此輩當得永遠的詛咒！」

魯迅並進一步分析了讚頌的原因：外國人中有兩種，「其一是以中國人為劣種，只配悉照原來模樣，因而故意稱讚中國的舊物」；另一則是到中國來「看辮子」，以滿足其好奇心——這其實都是一種殖民心態，魯迅以「可憎惡」三字斥之。而更讓魯迅痛心的是，這「人肉的筵宴」「不但使外國人陶醉，也使中國一切人們無不陶醉而且至於含笑」。在魯迅看來，這裏的癥結，仍在前述「古代傳來而至今還在」的等級制度，「使人們各各分離，遂不能再感到別人的痛苦；並且因為自己各有奴使別人，吃掉別人的希望，便也忘卻自己同有被奴使被吃掉的將來」。這後果自然是嚴重的：「大小無數的人肉的筵宴，即從有文明以來一直排到現在，人們就在這會場中吃人，被吃，以凶人的愚妄的歡呼，將悲慘的弱者的呼號遮掩，更不消說女人和小兒。」——這裏，魯迅特別強調了人肉的筵宴的「現在」式的存在；而魯迅尤感憤怒的，是「弱者」，特別是「女人和小兒」的「悲慘的」呼號的被「遮掩」：這是最鮮明地表明了魯迅的「弱者本位」的思想，他與社會最底層的人民的血肉聯繫的。

正因為如此，魯迅的最後的召喚是特別有力的——

> 這人肉的筵宴現在還排着，有許多人還想一直排下去。掃蕩這些食人者，掀掉這筵席，毀壞這廚房，則是現在的青年的使命！

與前文「創造這中國歷史上未曾有過的第三樣時代」的呼喚遙遙呼應；將召示着一代又一代的中國的青年，前仆後繼地去為完成這樣的「使命」而奮鬥不止。

註釋

1 增田涉：《魯迅的印象》，《回憶魯迅》（專著，下冊），一三八五頁、一三八四頁，北京出版社一九九九年版。
2 魯迅：《慶祝滬寧克復的那一邊》，《魯迅全集》八卷，一六一頁。
3 魯迅：《忽然想到（三）》，《魯迅全集》三卷，一六頁。

四、讀《春末閒談》

我們從文章題目讀起：其最引人注目的自然是「閒談」二字。魯迅曾回憶說，小時候，「水村的夏夜，搖着大芭蕉扇，在大樹下乘涼，是一件極舒服的事。男女都談些閒天，說些故事。孩子是唱歌的唱歌，猜謎的猜謎」。[1]這是魯迅終身難忘的記憶。直到晚年，他還在上海里弄裏尋找這樣的鄰居間「談閒天」的樂趣。[2]魯迅說，「聽閒談而去其散漫」，[3]記錄、整理出來，就是一篇好文章。我們可以設想，眼前的這一篇，就是魯迅在「春末」和三五好友「任心閒談」的產物。

「閒談」之「閒」，首先是一種心態，所謂「任心閒談」「任意而談」，強調的都是談話主人心態的放鬆，閒適和從容。「閒談」更是一種文體，文學史上稱之為「隨筆」或「閒話風的散文」。其特點，不僅在題材上的漫無邊際，而且在行文結構上也是興之所至，具有很大的隨意性。周作人說，這是「情生文，文生情。這好像是一道流水，大約總是向東去朝宗於海，它流過的地方，凡有甚麼汊港灣曲，總得灌注瀠洄一番，有甚麼岩石水草，總要披拂撫弄一下子再往前去，這都不是它的行程的主腦，但除去這些也就別無行程了」。[4]我們也可以設想：這篇《春末閒談》，就像周作人提示的那樣，是一道魯迅心中的河流，一直奔向某一個地方（這是「他的行程的主腦」）；但水流過的地方，又隨時停留，有許多岔路，又隨時回到主航道，「再往前去」……

我們姑且把這次閱讀，當作一次心的沿河旅遊，聽魯迅一路講過去。

還是緊貼文章的題目，從北京的「春末」講起：魯迅說他所感覺到的卻是「夏意」。周作人寫《北平的春天》也說，北京只有「冬的尾」「夏的頭」，而沒有真正的「春」。這本身就很有意思。

既然談到了夏，就順便想到了「盛夏」時節的「故鄉的細腰蜂」。這又喚起了魯迅的童年記憶，就流連忘返，「灌注瀠洄一番」，講了一大篇細腰蜂的故事。先是繪聲繪色地描述「鐵黑色的細腰蜂」如何在「桑樹間或牆角的蛛網左近往來飛行」，有時「銜」一隻小青蟲，有時「拉」一個蜘蛛：這都是小說家、散文家的筆法，簡練而傳神。這倒引起了好奇心：這樣奇怪的行徑，背後有沒有故事？有的。魯迅順勢講開了有關的傳說與解說：「老前輩」如何講，《詩經》裏怎樣寫，「考據家」

又提出甚麼「異說」，以及我們應該相信誰，等等。接着魯迅又鄭重其事地引出「法國的昆蟲學大家發勃耳（按，今譯「法布爾」）」的觀點，不但「證實」了「給幼蜂做食料的事」，而且指出這細腰蜂是「一種很殘忍的兇手，又是一個學識技術都極高明的解剖學家」，依據是他「用了神奇的毒針，向（小青蟲）那運動神經球上只一螫，它便麻痹為不死不活狀態」。這就真夠神奇的了。我們讀者也不知不覺地被魯迅的講述所吸引了。細心的讀者說不定還察覺出故事講述人魯迅的心態，逐漸變得嚴肅起來，不像開頭那樣輕鬆了。但不管怎樣，寫到這裏為止，還是很像一篇「科學小品」，生動，有趣，也有知識性。

但魯迅「行程的主腦」似乎並不在於此。在如此「瀠洄一番」以後，他還要進入主航道。由小青蟲的「運動神經球」，想起了「神經過敏」的E君（魯迅的好朋友俄國盲詩人愛羅先珂），想起他關於「科學家」的另一種也是頗為奇怪的想法：「不知道將來的科學家，是否不至於發明一種奇妙的藥品，將這注射在誰的身上，則這人即甘心永遠去做服役和戰爭的機器了。」E君這異想天開的一問，引發出魯迅浮想聯翩，文章也進入了一個新的境界：這是整個航路的轉折點。

魯迅憑借着他的深厚的知識儲備，首先聯想起中國古書（《尚書》《左傳》《孟子》之類）所記載的「我國的聖君，賢臣，聖賢，聖賢之徒」的理想「君子勞心，小人勞力」之類。

由此又忍不住發表了一通議論。他尖銳地揭示了這些「治人者」的內在矛盾：「要服從作威就須不活，要貢獻玉食就須不死；要被治就須不活，要供養治人者又須不死。」注意這裏的用語：魯迅用「不死」與「不活」的兩難，來概括「治人者」的矛盾，顯然是要在語言上將這裏的討論和前面關於細腰蜂的特殊功能的描述（把青蟲「麻痺為不死不活狀態」）銜接起來，因此，也就很自然地説起「沒有了細腰蜂的毒針，卻很使得聖君，賢臣，聖賢，聖賢之徒，以至現在的闊人，學者，教育家覺得棘手」。這樣，細腰蜂的故事，與這裏討論的「治人術」的問題，就成了一個有機的整體：前者是「引子」，現在才進入「正文」。

然後，魯迅筆鋒一轉，提到「現在又似乎有些別開生面了，世上挺生了一種所謂的『特殊知識階級』的留學生」。這又是一個深入與開拓：由傳統的「治人術」討論到「現在」的「治人術」；由批判傳統的聖君、賢臣、聖賢，到鋒芒直指現實的「特殊知識階級」。這才是魯迅《春末閒談》的真正指向和旨意所在。前面幾大篇「閒話」，到這裏才「有點意思」了。因此，緊接着，魯迅大談「遺老的聖經賢傳法，學者的進研究室主義，文學家和茶攤老闆的莫談國事律，教育家的勿視勿聽勿言勿動論」，這全是應有的展開：在魯迅看來，這都是「特殊的知識階級」（學者，文學家，教育家，等等）向統治者奉獻的「治人術」，而且是古今相通的。

但魯迅最為關心的，還是這樣的「治人術」是否有效。魯迅專門討論了「外國的」也是「我們中華」固有的既新且舊的「治人術」：「不准集會，不准開口」，冷冷指出：「雖有二大良法，而還缺其一，便是：無法禁止人們的思想。」這可謂一針見血，也可以看作是本文最為警闢之論，點題之筆。

魯迅的思緒綿綿，又轉入對「治人者」及其幫凶、幫閒，魯迅概稱為與「窄人」對立的「闊人」的心理分析。這是他最為擅長的。於是，就談到了「闊人」的「三恨」，又有了闊人們的最大夢想：「假設沒有了頭顱，卻還能做服役和戰爭的機械，世界上的事情就何等地醒目啊！」魯迅又立刻聯想起《山海經》裏的怪物刑天，「他沒有了能想的頭，卻還活着」，這對於闊人們，又是「何等安全快樂」！但是（魯迅文章裏有許多這樣的轉折），又想起了陶潛的詩句：「刑天舞干戚，猛志固常在」，不禁發出感慨：「連這位貌似曠達的老隱士也這麼說，可見無頭也會仍有猛志，闊人的天下一時總怕難得太平的了。」這最後一句，也是可以視為本文的一個警句的，說不定魯迅最想表達的，就是這樣的警示：魯迅早就說過，他的任務就是要不斷發出不祥的「惡聲」。

魯迅的心河，流到這裏，本就到頭了。但還要有一點回流：順便嘲弄一下他的主要論敵「特殊知識階級」。據說「特殊知識階級」的特殊就在於他們擁有「良心、知識、道德」的優勢。魯迅因此嘲諷說：「精神文明太高了之後，精神的頭就會提前飛去，區區物資的頭的有無也算不得甚麼難問題。」在會心一笑之後，我們的閱讀路程終於結束了，留下的是無盡的思索……

以上的分析，意在理清楚魯迅這篇《春末閒談》的思路，文氣的流動。真要領悟其文字的魅力，還要做更具體深入的文本細讀。比如前文提到的「不准集會，不許開口」的治人術那一段，魯迅就沒有停留在這樣抽象概括上，而是展開了豐富的形象的聯想。忽而由「不准集會」而聯想起「人民與牛馬同流」的命運，忽而由「不准開口」，想到「倉頡造字，夜有鬼哭」，想到「猴子不會說話，猴界即向無風潮」，等等。說起禁止的「實效」，又立即想起「那麼專制的俄國」王室的結局……這樣思緒的風箏隨時放出去，漫天飛舞，又隨時收攏來，線頭始終握在自己手裏，就可以收、放自如。這就是我們平常說的「散而不散，形散神不散」。這樣的散文筆法中，還夾雜着雜文筆調，比如在說了「猴子不會說話，猴界即向無風潮」以後，又拉開說一句：「可是猴界中也沒有官，但這又作別論」，加上這樣的冷幽默，就妙趣橫生了。

於是，我們發現，即使是《春末閒談》這樣的隨筆，魯迅也是把小說筆法、散文筆法與雜文筆法雜糅在一起的。這樣的文體滲透，再加上知識（文學知識與科學知識）與思辨的巧妙融合，都是最能顯示魯迅的才情與創造力的。讀這樣的作品，真是一種思想、知識、藝術、情感的享受。

註釋

1 魯迅：《自言自語》，《魯迅全集》八卷，一一四頁。
2 魯迅：《門外文談》，《魯迅全集》六卷，八六頁。
3 魯迅：《關於翻譯的通信》，《魯迅全集》四卷，三九三頁。
4 周作人：《〈莫須有先生傳〉序》，《周作人自編文集·苦雨齋序跋文》，河北教育出版社二零零五年版。

五、讀《記念劉和珍君》

《記念劉和珍君》是一篇人們已經耳熟能詳的經典，有一套穩定的闡釋模式。我們能不能獨闢蹊徑，從不同角度進入？這裏就有三個「另一種讀法」。

其一：由文字到電影場景的轉換

像魯迅這樣的文學家、藝術家，在他那裏，存在着兩個轉化過程：首先是歷史事件轉化成個人心理事件，然後又將個人心理轉化為文學藝術：意象，畫面，色彩，聲音，等等。

長期以來，我們都把文學作品，也包括魯迅的作品，看作是歷史事件的簡單摹寫，於是就出現了簡單化、表面化的，在我看來是非文學的解讀。就拿大家中學語文教材裏的《記念劉和珍君》來說，老師們都根據教材參考書的說法，大講魯迅的這篇文章「反映了封建軍閥的殘忍，御用文人的無恥，表現了愛國青年大無畏的犧牲精神」等等。這樣一說，就和新聞報道、評論沒有甚麼區別了，我們不禁要問：這還是文學作品嗎？文學之所以是文學，或者說我們之所以需要文學，就因為它關注的始終是人，是人的心靈。魯迅寫《記念劉和珍君》，並不是要記錄、再現歷史事實，而是要抒寫「三一八慘案」對他心靈的衝擊，他的心理反應。因此，文章是圍繞着面對血腥的屠殺，「說」還是「不說」的矛盾、困惑展開的：「先生可曾為劉和珍寫了一點沒有？」……「沒有」……「先生還是寫一點罷」……「我也早覺得有寫一點東西的必要了」……「可是我實在無話可說」，「那裏還能有甚麼言語？」……「我正有一點寫東西的必要了」……「我還有甚麼話可說呢？」「沉默呵，沉默呵！不在沉默中爆發，就在沉默中滅亡。」……「但是，我還有要說的話。」……「嗚呼，我說不出話」……在「說（寫）」還是「不說（不寫）」之間徘徊，往返起伏，構成了整篇文章內在的心理線索，也形成了「文氣」的跌宕。我們讀《記念劉和珍君》，就應該抓住這樣的跌宕起伏的「文氣」，其實也就是「節奏」，心理的節奏，文字的節奏：《記念劉和珍君》，就其本質而言，是一首心靈的詩。

但作為一個有強烈的藝術感的文學家，魯迅還要把這「心靈的詩」外化為畫面，色彩，聲音。《記念劉和珍君》正是由許多的畫面，色彩和聲音組合的；全篇的文字是可以變化為這樣的一個個場景的——

（追悼會場外）

魯迅獨在徘徊。

後景中可以看見劉和珍的靈堂。

女學生程君：「先生可曾為劉和珍君寫了一點沒有？」

魯迅：「沒有。」

程君：「先生還是寫一點罷；劉和珍君生前就很愛看先生的文章。」

（深夜，魯迅的「老虎尾巴」裏）

魯迅獨坐，手裏拿着一支煙。

畫外音：「可是我實在無話可說。我只覺得所住的並非人間。」

魯迅凝視着煙，突然產生幻覺：四十多個青年的血，洋溢周圍，將他淹沒，使之艱於呼吸視聽……

畫外音：「真的猛士，敢於直面慘淡的人生，敢於正視淋漓的鮮血。這是怎樣的哀痛者和幸福者？」

魯迅伸手拿筆。

畫外音：「忘卻的救主快要降臨了罷，我正有寫一點東西的必要了。」

（幻景一）

劉和珍在宗帽胡同聽魯迅講課，「微笑着，態度很溫和」……

劉和珍君在讀魯迅主編的《莽原》，依然「微笑着」……

劉和珍在魯迅和其他師長面前，「黯然至於泣下」……

（幻景二：三月十八日，「老虎尾巴」裏）

魯迅在埋頭寫作。

一女學生衝進門來，報告消息。

魯迅驚愕地站起：「我不信竟會下劣凶殘到這地步！」

（幻景三：執政府前）

劉和珍和她的同伴們「欣然前往」。

槍聲。

劉和珍突然倒下——子彈「從背部入，斜穿心肺」。

張靜淑想扶起她，「中了四彈」，「立仆」。

楊德群又想去扶起她，「也被擊」，「也立仆」。

特寫：劉和珍的屍骸。楊德群的屍骸。張靜淑在醫院呻吟。

（幻景四）

殺人者「昂起頭」，「個個臉上有着血污」……

正人君子在散佈流言……

飯店、茶館裏，「閒人」們起勁地將劉和珍們的犧牲作為「飯後的談資」……

畫外音：「慘象，已使我目不忍視了；流言，尤使我耳不忍聞。我還有甚麼話可說呢？我懂得衰亡民族之所以默無聲息的緣由了。沉默呵，沉默呵！不在沉默中爆發，就在沉默中滅亡。」

（重又回到魯迅「老虎尾巴」的小屋裏）

……煙霧繚繞中顯出魯迅身影。

畫外音：「然而既然有了血痕了，當然不覺要擴大。至少，也當浸漬了親族，師友，愛人的心……」

（閃回）……劉和珍「微笑的和藹的舊影」。

畫外音：「這一回在彈雨中互相救助，雖殞身不恤的事實，則更足為中國女子的勇毅，雖遭陰謀秘計，壓抑至數千年，而終於沒有消亡的明證。」

（閃回）……劉和珍、楊德群、張靜淑在彈雨中互相救助。

特寫：魯迅手持煙捲的側影。

畫外音：「苟活者在淡紅的血色中，會依稀看見微茫的希望；真的猛士，將更奮然而前行。」

「嗚呼，我說不出話，但以此記念劉和珍君！」

（閃回）……劉和珍的靈堂，遺像逐漸拉近，她微笑着，向着我們每一個人。

其實，恐怕魯迅的許多作品都是可以做這樣的由文字到電影場景的轉換的；這說明，「電影性」是內在於魯迅作品中的。

其二：在比較中閱讀

這是一次試驗：引入魯迅的兄弟、同為現代散文大家的周作人所寫的同一題材的散文《關於三月十八日的死者》[1]做比較閱讀。而且我們的分析重點不在思想內容的比較上——儘管此時周氏兄弟已經失和，但就思想傾向的主要方面而言，兩篇文章是同大於異的。無論是對愛國學生的同情與讚頌，對北洋軍閥政府的譴責和抗爭，對所謂「學界名流」誣陷的義憤與揭露，以及對人的生命價值的強調，對請願之舉的保留，都是驚人的相似。真正的差異倒在於周氏兄弟有着不同的氣質，不同的思考方式和情感表達方式，由此而產生不同的文章風格。我們的比較，就從這一角度切入。

（二）

兩篇文章都從寫作心境寫起。

周作人的《關於三月十八日的死者》一開頭就以平實的語氣陳述自己在事件發生過程中心緒的變化：先是由於「逐個增加」的「悲慘人事」堆積在心上，既多憤激，又存期望，「心思紛亂」，甚麼事都不能做，自然也無以作文。「到了現在已是殘殺後的第五日」，時間的距離使人們冷靜下來，拋卻了無益的幻想，不再說「徹底查辦」之類的夢話，也就將「心思收束」到對死者本身的思考，終於可以執筆作文，能夠說這樣「平心靜氣的話」了。「平心靜氣」自然含有某種反語成份，周作人其實也未能真正平心靜氣。但已經從事件本身昇華超越出來，進入理性思考，卻也是事實。感情經過理性的過濾，自然濾去了其中的憤激焦躁，看起來是情感濃度的淡化，力度的減弱，其實是一種情感的深化。周作人從原先「心思紛亂」，到現在「心思收束」，可以「平心靜氣」說話、著文，是一個情感流動的自然過程。

魯迅在《記念劉和珍君》裏宣佈：「我已經出離憤怒了。」那麼，他也進入了深入的理性思考，但他的心思卻沒有這麼容易收束。這乃是因為作為一個本質上的詩人，他的冷靜的思考總是包裹着最熱烈的情感，思與情永遠擁抱，糾結為一體。而且，他的內心始終交織着兩種情感欲求的搏戰：一方面是情感噴發的衝動，另一方面卻是克制激情的欲求。這是真正的歷史的強者所獨有的感情選擇。如魯迅在下文中所說明的那樣，他不願在「非人間」的仇敵面前顯示痛苦，使他們感到快意；也不願在庸人面前表現憤怒，徒然地提供茶餘飯後所謂談資；他尤其不能原諒自己借着情感的宣洩來取得內心的平衡，繼續苟且偷生。正是這情感的噴發和反抑的內在衝突形成一種張力，造成魯迅情感表達形式上的一波三折的曲折性。如《記念劉和珍君》第一節所顯示的：將欲發，又覺「無話可說」；彷彿已是「痛定之後」，卻因學者文人的陰險論調平添陣陣「悲涼」，決心顯示「最大哀痛」，又顧及於「非人間」的「快意」；直至無可逃遁，才拼將一腔悲痛，全數擲出，化作靈前至哀至烈的聲聲哭訴。既是火山的爆發，又是冷氣的灌注，情感的熱流與冷流交錯對流，匯合成了心靈的大顫動，與周作人感情的自然、平穩流瀉，形成了鮮明對比，進而顯示了兄弟兩人氣質上的差異：與魯迅的「詩人」氣質相反，周作人本質上是一個「智者」：周作人自己早就說過，他的「頭腦是散文的」，而不是「詩」的。[2]

（二）

作為智者，周作人在進一步抒寫他「對於死者的感想」時，也是充份理性化的。因此，他才能夠那麼條分縷析地一一道來：「感想第一件」如何，「第二件」又怎樣，一是甚麼，二是甚麼，既十分明晰，又顯出從容不迫的風致，讀者仍不難從作者不動聲色的剖析中，體會到內含着的沉痛：「一是死者之慘苦與恐怖，二是未完成的生活之破壞，三是遺族之哀痛與損失。」在周作人的思想體系中，生活本身即是一種藝術，因此，「未完成的生活之破壞」，無異於藝術的毀滅而產生分外的痛惜感；「死者之慘苦與恐怖」，更具有一種形而上的意味；「遺族之哀痛與損失」，則從歷史的延續意義上使哀痛更加深化。這裏，顯示了周作人觀察問題的特別立足點與思路：他是站在「上帝」的高處，有距離地注視，關注人的生命的被毀滅，由此產生的哀痛，常給人以一種悲憫感。正是這種悲憫感，構成了周作人這篇悼念文字內在的韻味，也從根本上與魯迅在《記念劉和珍君》裏所表現的情感區分開來。

而魯迅在《記念劉和珍君》裏則宣稱：「真的猛士，敢於直面慘淡的人生，敢於正視淋漓的鮮血，這是怎樣的哀痛者與幸福者？」這裏「真的猛士」當然指作者所要悼念的先烈，同時也說的是作者自己，以及他對讀者（青年，後來者）的期待。作為一個「直面人生」的「真的猛士」，魯迅絕不可能有周作人那樣的「上帝」的距離與悲憫，而是將自我的生命全部投入。如他自己所說，「像熱烈地擁抱着所愛的一樣，更熱烈地擁抱着所憎——恰如赫爾庫來斯的緊抱了巨人安太烏斯一樣，因為要折斷他的肋骨」。[3]在《記念劉和珍君》裏，他是那樣真誠地、毫無掩飾地流瀉着對他所愛的青年們的慈愛（請回味他對「始終微笑着」的劉和珍的回憶那段文字，那是顯示了魯迅心靈世界的最為柔和的那一面的），以及內蘊着的深沉而又深刻的悲愴；他又是那樣無情地將他神聖的怒火噴向他所憎的殺人者和幫凶。大愛與大憎，極熱與極冷，兩個極端交織於一體，是「愛的大纛」，也是「憎的豐碑」，[4]魯迅的《記念劉和珍君》正是以這種博大的力和美給讀者的心靈以永遠的震撼。

（三）

周氏兄弟的兩篇悼文在語言上也存在比較明顯的差異。相對來說，周作人的《關於三月十八日的死者》更多地採用口語，文風趨於平實；魯迅的《記念劉和珍君》則於口語之中多雜以文言成份，並多用對偶、排比，混合着散文的樸實與駢文的華美與氣勢。例如——

當封棺的時候，在女同學出聲哭泣之中，我陡然覺得空氣非常沉重，使大家呼吸有點困難……

（《關於三月十八日的死者》）

四十多個青年的血，洋溢在我的周圍，使我艱於呼吸視聽，那裏還有甚麼言語？

（《記念劉和珍君》）

——前者全用口語，並一律用陳述句；後者雜以文言句式，陳述句中兼用反問句，更多變化。

第二天上午十時棺殮，我也去一看；真真萬幸沒有見到傷痕或血衣，我只見到用衾包裹好的兩個人，只餘臉上用一層薄紗蒙着，隱約可以望見面貌，似乎都很安閒而莊嚴地沉睡着。

（《關於三月十八日的死者》）

始終微笑着的和藹的劉和珍君確是死掉了，這是真的，有她自己的屍骸為證；沉勇而友愛的楊德群君也死掉了，有她自己的屍骸為證；只有一樣沉勇而友愛的張靜淑君還在醫院裏呻吟。

（《記念劉和珍君》）

——兩段文字都是寓主觀情感於客觀敘述中，但前者含蓄，後者不但包含着濃重的論戰性，而且通過排比的重複句式使讀者強烈地感受到壓抑的情感幾欲衝決而出。

赤化赤化，有些學界名流和新聞記者還在那裏誣陷。

白死白死，所謂革命政府與帝國主義原是一樣東西。

（《關於三月十八日的死者》）

慘象，已使我目不忍視了；流言，尤使我耳不忍聞。我還有甚麼話可說呢？我懂得衰亡民族之所以默無聲息的緣由了，沉默呵，沉默呵！不在沉默中爆發，就在沉默中滅亡。

（《記念劉和珍君》）

——前者在冷靜評述中自然含有主觀傾向性，卻有意引而不發，追求含蓄味和簡單味，有些粗心的讀者還因此對周作人產生了誤會；後者既是情感火山般噴發，又着意將散文與駢文，長句與短句，陳述句與反問句互相交錯，取得了聲情並茂的效果。

應該說，這兩者都是美的，在我國現代散文藝術園地裏都各佔有自己的一席地位。

其三：抓住作品中的「存在編碼」

一切大作家、大學者都是關注現實，又超越現實，追索隱藏在現實深處的人生、人性，人的生命存在的奧秘。

魯迅即是如此。他的雜文，不僅緊張地思考着現實人生及其出路，而且將這種思考上升到哲學的、人類學的層面，把對現實人生痛苦的體驗昇華到對於人自身的存在困境的體驗。

人們經常說，閱讀魯迅雜文，要抓住「關鍵詞語」；現在我們要補充說，在關鍵詞裏有一部份是揭示人的生存困境的，可以稱之為「存在編碼」，是更應該注意，引發深思的。

在我看來，在《記念劉和珍君》裏，就有三大存在編碼。

其一，「沉默」。

沉默呵，沉默呵！不在沉默中爆發，就在沉默中滅亡！

「沉默」僅是一種外在的生命形態，它內含着兩種不同的生命（人生）選擇。一種是魯迅說的「苟活」的「沉默」：不言，不動，也不思言，不思動，是對外在壓力與生命痛苦的默然忍受，寂寞而無聲，這意味着生命的空洞，精神的頹衰，結果自然是個體生命與民族生命的「滅亡」。

那麼，結束「沉默」，開口，説話，寫文章，又如何呢？人又立刻感到了説話、著文的無力。——面對「非人間」所謂屠戮，説話有甚麼用？不過是顯示自己的軟弱，徒然使殺人者「快意於我的苦痛」。人與人之間是能夠相互理解的嗎？如果「不過供無惡意的閒人以飯後的談資，或者給有惡意的閒人作『流言』的種子」，著文又有甚麼意義？

這是一個「沉默」可能導致「滅亡」，「開口」又「空虛」無用的兩難選擇。

魯迅寄希望於另一種「沉默」——那是「出離憤怒」後的「真的憤怒」，預示着超於言説之上的「爆發」。

但仍然留下一個問題：這「血與火」的暴力反抗，真的能把人從生存困境中解脱出來嗎？

其二，「忘卻」。

忘卻的救主快要降臨了罷，我正有寫一點東西的必要了。

魯迅說，這是「造化」為「庸人」設計，靠着「忘卻的救主」「洗滌舊跡」，「僅使留下淡紅的血色和微漠的悲哀。在這淡紅的血色和微漠的悲哀中，又給人暫得偷生，維持着這似人非人的世界」。於是，「時間永是流逝，街市依舊太平」……

但世上仍有不肯忘卻者在：「真的猛士，敢於直面慘淡的人生，敢於正視淋漓的鮮血。這是怎樣的哀痛者和幸福者。」

但仍無以擺脫持續的緊張造成的精神的疲累，以致生命之弦不堪承受、幾至崩裂的憂懼。於是，就有了《為了忘卻的記念》的命題：「借此算是聳身一搖，將悲哀擺脫，給自己輕鬆一下，照直說，就是我們倒要將他們忘卻了」。[5]——但是，真的能夠「擺脫」「輕鬆」嗎？

其三，「愛」與「死」。

當三個女子從容地轉輾於文明人所發明的槍彈的攢射中的時候，這是怎樣一個驚心動魄的偉大呵！

這背後是貫穿《記念劉和珍君》全文的兩個最主要、最基本的生存編碼：「愛」與「死」。魯迅說他「向來是不憚以最壞的惡意來推測中國人的」。但這一次他從中國青年，特別是中國的女性，「在彈雨中互相救助，雖殞身不恤」的大愛和從容赴死裏，看到了「微茫的希望」。

但他仍不忘追問這「愛」與「死」的價值與意義。他沉重地寫道：「有限的幾個生命在中國是不算甚麼的」，這回犧牲的意義，「我總覺得很寥寥，因為這實在不過是徒手的請願。人類血戰前行的歷史，正如煤的形成，當時用大量的木材，結果卻只是一小塊，但請願是不在其中的，更何況是徒手。」他之所以對徒手請願持極大保留，是出於他對人（尤其是年輕一代）的生命的珍視。這同樣是魯迅式的兩難：他理解革命必有犧牲，但又無法擺脱死的沉重陰影。他因此再三告誡：只有「會覺得死屍的沉重」的民族，「先烈的『死』」才會轉化為「後人的『生』」。[6] 這是魯迅從「三一八慘案」的現實中提升出的最深刻的生命命題。

深入到這個層面，理解了這些，我們才真正讀懂了《記念劉和珍君》。

註釋

1 周作人：《關於三月十八日的死者》，收《澤瀉集》，河北教育出版社二零零二年版。

2 周作人：《〈桃園〉跋》，《周作人自編文集·苦雨齋序跋文》，河北教育出版社二零零五年版。

3 魯迅：《再論「文人相輕」》，《魯迅全集》六卷，三四八頁。

4 魯迅：《白莽作〈孩兒塔〉序》，《魯迅全集》六卷，五一二頁。

5 魯迅：《為了忘卻的記念》，《魯迅全集》四卷，四九三頁。

6 魯迅：《「死地」》，《魯迅全集》三卷，二八三頁。

六、讀《雜感》

這篇收入《華蓋集》的雜文，人們似乎不大注意。或許正因為如此，卻是我最願意介紹給朋友們的。

記得魯迅在談到《野草》時，說過這樣一句話：「大抵僅僅是隨時的小感想」，「大半是廢弛的地獄邊沿的慘白色小花」。[1] 這篇《雜感》也就是這樣的「小感想」，是魯迅和作為「地獄」看守者的「正人君子」們搏鬥時的內心獨白，是《野草》式的逼視自己靈魂之作。

於是，就有了——

魯迅式的情感選擇——「拒絕一切為他的哭泣和眼淚」。

魯迅的自我命名——「無淚」的人。

還有魯迅式的「報恩和復仇」——「愛人不覺他被殺之慘，仇人也終於得不到殺他之樂：這是他的報恩和復仇」。細心的讀者自會注意到，《野草》裏的《復仇》

《死後》諸篇已孕育其中。

而且有魯迅式的悲苦——「最悲苦的是死於慈母或愛人誤進的毒藥，戰友亂發的流彈，病菌並無惡意的侵入，不是我自己制定的死刑」。《野草》裏的「無物之陣」的命題已經呼之欲出。

還有魯迅式的人生選擇——「現在的地上，應該是執着現在，執着地上的人們居住的」。

以及魯迅式的憤怒——「勇者憤怒，抽刃向更強者；怯者憤怒，卻抽刃向更弱者」。勇者魯迅的憤怒同時指向「更強者」和「怯者」。

最重要的是，魯迅的戰略選擇——「糾纏如毒蛇，執着如怨鬼」的韌性戰鬥。

最後歸結為魯迅式的心象與意象——「酷烈的沉默」，「像毒蛇似的在屍林中蜿蜒，怨鬼似的在黑暗中奔馳」。

註釋

1 魯迅：《〈野草〉英文譯本序》，《魯迅全集》四卷，三六五頁。

七、讀《爬和撞》

這是魯迅和梁實秋論戰的文章。讀者朋友讀中學時都讀過《「喪家的」「資本家的乏走狗」》吧。許多人都是因為這篇文章而指責魯迅過份狹隘，氣量太小，就會罵人。我在這裏願意為魯迅做一點辯護。這是魯迅和梁實秋的一場論戰，起因是梁實秋打上門來，揭發、暗示魯迅這些左翼文人「拿俄國人的盧布」，魯迅則斥之以「資本家的乏走狗」。表面上好像是兩個人互相罵，但份量與性質不一樣。「拿俄國人的盧布」，在三十年代是一個政治罪名，就好像今天說你這人是拿了美國情報局的津貼，它會在政治上致對方於死地。而魯迅指梁實秋為「資本家的乏走狗」，話雖難聽，但不會給梁實秋造成實質上的威脅。梁實秋罵魯迅拿俄國人的盧布，某種程度上就是向政府告發，想借助當局的政治力量來扼殺他的論戰對手。在魯迅看來，要論戰就各自講道理，如果講不出道理，而要借助權勢來進行政治迫害，那就是「乏」，是無理、無力的表現，所以叫「乏走狗」。

其實，魯迅實際把梁實秋作為一個「社會類型」來寫的。他的意圖是要通過梁實秋「這一個」看「這一類」知識分子，「乏走狗」這個概括實際上有很強的生命力。直到今天，我們在文壇、學界的文人論爭中，不是經常看到，一些人不做學理的論辯，而一味指控對方「政治不正確」，這不也是想借助政治權力來壓制對方，以濟自己理論無力之窮嗎？這就是「乏走狗」。坦白地說，我這些年經常遇到這樣的認權不講理的乏走狗，遇到這種人，我就想起魯迅，覺得魯迅深刻，有遠見。這就是魯迅雜文類型形象的魅力所在。

當然，這也會產生另一方面的問題：梁實秋在魯迅的筆下，只是一種類型形象，魯迅的論戰方法是「抓住一點，不及其餘」，只抓住其具有普遍意義的那一點，即「乏」的那一面，而有意排斥了這一點所不能包括的某人其他個別性、特殊性的方面（如梁實秋在散文寫作和翻譯上的成就），這樣才能提升出一種社會類型。因此，魯迅筆下的「梁實秋」實際上只是一種社會類型（「乏走狗」）的「代名詞」，而不是對梁實秋做全面評價，更不是蓋棺論定。魯迅說自己寫雜文論戰，「沒有私仇，只有公敵」，就是這個意思。由此而認為魯迅是意氣之爭，不寬容，實在是隔膜得厲害。

剛才着重談「乏」，現在再來說「資本家的走狗」。這是甚麼意思呢？「走狗」這個詞有點難聽，說文雅點，就是說是「資本主義的辯護士」。魯迅這麼說梁實秋，也是有根據的。梁實秋的原話是這麼說的：「資產是文明的基礎」，「所以攻擊資產制度，即是反抗文明」，「一個無產者假如他是有出息的，只消辛辛苦苦誠誠實實的工作一生，多少必定可以得到相當的資產。」梁實秋這種說法顯然是為資本主義的制度辯護的。魯迅作為一個強烈評判資本主義的左翼知識分子，他要對這樣的辯護言論提出反駁和批評，是理所當然的。而且，所謂「資本家的走狗」即資本主義的辯護士，也是一種具有普遍性、超越性的知識分子類型。看看今天的中國社會，這樣的辯護士難道還少嗎？當廣東出現血汗工廠，發生工人跳樓事件，不是就有知識分子公開對工人說，資方養活你們，你們好好幹就行了，將來也可以上去的嘛。何必要自殺？這不是「資本家走狗」又是甚麼？當然，魯迅堅持的是左翼的立場，今天有些讀者就不一定贊成魯迅的觀點，但有一點是不可否認的：當年魯迅和梁實秋的論爭，實際上是左翼知識分子和自由主義知識分子之間圍繞着「如何對待資本主義制度」的論爭，而且今天還有意義，而絕不是意氣之爭。

我們要讀的，是魯迅與梁實秋論爭時寫的一篇雜文。但我們閱讀的重點，並不在判斷是非，我們感興趣的是魯迅和梁實秋論戰時採用的方法，以及由此展現的雜文的特點。也就是說，我們今天的閱讀，關心的是「怎麼寫」，而不是「寫甚麼」。我們要注意的是，魯迅寫的不是一般的論辯文章，而是用雜文的思維與表達方式來寫，這就很不一般，有許多可琢磨之處。

文章的題目是《爬和撞》。魯迅一開始就把梁實秋的理論概括為一種通俗、形象的說法：「從前梁實秋教授曾經說過：窮人總要爬，往上爬，爬到富翁的地位。」應該說，這樣的形象概括大體上是符合梁實秋的意思，卻又將其通俗化，將多少有些含糊之處，顯豁化了。

然後，就抓住這個「爬」字，展開他的想像與分析，這就是文學家的形象思維。先點破其玄機：「雖然爬得上的很少，然而個個以為正是他自己」，輕輕一句話就揭露了這種「爬」論的欺騙性。然後，指出其內在矛盾：人多路少，十分擁擠。於是，老實人規規矩矩「爬」，聰明人就「推」，踏着別人的肩膀和頭頂，「爬上去」了。——魯迅僅僅提供給我們這樣一幅既爬且推的具體場景，沒有一句評論，但批判之意已隱含其中，這就是用形象說話。

然後是心理描寫：可悲的是，大多數人仍然認定「自己的冤家，不在上面，只在旁邊」，把處於同一地位的兄弟，視為妨礙自己往上爬的對手，這樣的被壓迫者間的相互推擠，就更顯出了「爬」論的殘酷性。——魯迅依然沒有多説一句話，但他的內心的憤激之情，已經力透紙背了。

魯迅依然不動聲色地繼續揭露：於是，出現了「跪着的革命」，還「發明了撞」，真正成了相互你死我活的殘殺，成了生命的冒險了。

然後，魯迅把筆拉開，講「爬是古已有之」的歷史。這就是對歷史文化的深入開掘。而這些形象的描述，都可以視為小説裏的某些場景。不意間就顯露了魯迅的小説家的筆法。而這樣的拉開的多少有些知識性與趣味性的敍述，也使文章的文氣稍有舒緩，而不是那樣劍拔弩張。

再把筆拉回現實的「爬」，揭示「那些早已爬在上面的人們」的着意欺騙，暗指的就是自己的論戰對手梁實秋，他的那一套「爬」論，就是這樣的欺騙之詞。

於是，就有了最後一句：「這樣，爬了來撞，撞不着再爬……鞠躬盡瘁，死而後已。」不知道諸位感覺怎樣？我讀到這裏，開始覺得很荒唐，有些好笑；但又突然驚醒：這難道不就是寫我們自己，寫當下中國人的生存處境嗎？我們不就生活在這樣一個「爬着、推着、撞着」的所謂「自由競爭」的社會裏嗎？到處充斥着那些爬上去了的「成功人士」的喧囂，而被擠下、推下、撞下的「失敗者」的呻吟，完全被世紀末的狂歡所淹沒，沒有人聽見，更少有人如魯迅那樣關注與思考。而這樣的「爬」「推」「撞」，不也寫出了我們自己的現實的處境，但我們中又有多少人願意正視這樣的現實呢？還有，當下中國思想、文化、學術界的那些市場原教旨主義者，不就是當年的梁實秋嗎？我們也終於明白，當年魯迅為甚麼要如此認真，甚至不惜用最尖刻的語言，和梁實秋論戰，反駁他的「爬」論，這確確實實是出於「公心」，絕非發洩私憤。這樣，一九三三年寫《爬和撞》的魯迅，就穿越時空，和生活在二零一四年的我們相遇了。

而這樣的相遇，是通過雜文實現的。不妨回顧一下我們在閱讀這篇雜文時心理的微妙變化：開始，我們是以旁觀者的心態，來看魯迅筆下的「爬撞圖」的，只覺得圖中人行為的荒唐與可笑；但慢慢地，我們就笑不起來了，內心蕩漾起幾分悲憫之情，以及對「爬論」鼓吹者的幾分厭惡；最後文章戛然而止，而我們在回味時，卻突然發現魯迅寫的就是自己，悚然而思。這就是魯迅雜文的文學性所在：它是要觸動我們的內心的。

八、讀《論辯的魂靈》

這也是很有趣的一篇文章，魯迅把當時許多反對改革，反對新思想的言論概括出一些詭辯式言論，魯迅稱之為「鬼畫符」。這樣的概括，是最能顯示魯迅雜文的功力的。當年的具體立論，已經查不出來了；但其概括出來的思維邏輯卻讓我們今天的讀者聯想起現實生活中的某些人的一些言論，不禁啞然失笑，是為「故鬼重來」也。

比如，「我讀洋文是學校的課程，是政府的功令，反對者即反對政府也」。——這是打着「政府」的旗號，反對我就是反對政府，這就是此前說的「乏」，但又顯得特別的「理直氣壯」。這樣的邏輯，在當今知識分子或網上的論爭中，不是經常可見嗎？

還有，「我罵賣國賊，所以我是愛國者。愛國者是最有價值的，我的話就是不錯的」。——這回是打着「愛國」的旗號。這是當下最為時髦的論戰手段，動不動就宣佈論戰對方是「賣國賊」「漢奸」。

還有「我親眼看見」云云，「我聽說」云云，這都是無中生有的栽贓；至於「我是畜類，我叫你爹爹，你就是畜類」，這就是耍無賴了。在網絡裏和日常生活中，這種無賴難道還少嗎？

魯迅就是用誇張的筆調，把這種論辯術的荒誕性和霸道揭示出來，在哈哈一笑之後，其所謂邏輯就不攻自破了。不僅如此，還把詭辯者的「魂靈」勾勒出來了。這也是魯迅雜文的特點：它不僅進行觀點的論辯，更關注觀點背後的邏輯，而且善於用誇張的手法揭示其荒誕性；不僅要在觀念上辨別是非，更要勾勒其魂，揭示靈魂的醜惡，魯迅雜文的勾魂術是極具戰鬥力的。

九、讀《小雜感》

魯迅雜文中還有一類比較特殊的類似格言的文體，叫「小雜感」。它是對歷史和現實經驗的高度濃縮，包含了相當豐富、深刻的歷史思想文化的內涵和人生的哲理，卻用十分簡潔，又十分形象的雜文語言概括出來，使人眼睛一亮，同時又陷入沉思。這裏面幾乎每句話都可以寫成一篇大論文。

我們舉幾個具體例子。

「曾經闊氣的要復古，正在闊氣的要保持現狀，未曾闊氣的要革新。大抵如是。大抵！」——每次讀到這裏都覺得這是對當下中國改革的最深刻的概括：人人談改革，處處談改革，改革成為一個最時髦的話題；但改革的高論背後，都有不同的利益訴求和驅動。「曾經闊氣的」即曾經的既得利益者，「要復古」，要回到「文革」和「文革」以前；「正在闊氣的」即現在的既得利益者，按他們的本意，是要「維持現狀」，但是改革是大勢所趨，所以也講改革，聲音喊得比誰都響。目的是想繼續擴大他們的既得利益，中國很多改革越改越糟，原因就在這裏。中國有沒有真正的改革者？有，就是魯迅說的「未曾闊氣」的社會階層，我們通常所說的「弱勢群體」。這些人本來應該是改革的動力，卻常常被視為「不穩定因素」，成為打擊對象。這正是當下中國改革的根本問題：究竟要依靠誰？現在都濃縮在魯迅這句話裏了。這就是魯迅雜文的概括力：他把最複雜的問題用一句話就說清楚了：你慢慢去琢磨吧。

> 革命的被殺於反革命的。反革命的被殺於革命的。不革命的或當作革命的而被殺於反革命的，或當作反革命的而被殺於革命的，或並不當作甚麼而被殺於革命的或反革命的。革命，革革命，革革革命，革革……

這有點像繞口令，但卻是對中國現代歷史的高度概括。先是革命者殺了反革命，這點我們比較熟悉；然後是反革命的殺革命的；然後又是殺不革命的，革命的反革命的不革命的都要殺，互相殺來殺去。它背後有一個邏輯，就是殺反革命。但問題是誰是反革命，由誰來定？是由掌權者定，說你是反革命，你就是反革命，最後連不革命也要殺，實際上就是殺異己者。你看中國的近現代歷史，不就是一個不斷的殺異己者的歷史？魯迅說，他寫的許多文章都是看了無數的流血才寫成的。《小雜感》裏的這短短的一句話，就不知滲透了多少異己者的血！

更可怕的，還是魯迅《小雜感》裏的另一句話——

「凡為當局所『誅』者皆有『罪』。」——當權者就是「法」，既是立法者，又是執法者，他要「誅」你，你就有罪。魯迅有篇雜文，題目就叫《可惡罪》：「我先前總以為人是有罪，所以槍斃或坐監的；現在才知道其中的許多是因為被認為『可惡』，這才終於犯了罪。」[1]總而言之，當局看不順眼，就有罪。

「法三章者，話一句耳。」——當年劉邦反對秦始皇的暴政，曾立法三章，但最後還是實行秦法，這就是「話一句耳」。「話一句耳」，是可以用來概括許多宣傳與承諾的。不管多麼信誓旦旦，都不可輕信：「話一句耳。」魯迅使我們變得聰明，把事看透，把問題想透，就不那麼容易上當了。

「一見短袖者，立刻想到白臂膊，立刻想到全裸體，立刻想到生殖器，立刻想到性交，立刻想到雜交，立刻想到私生子。」——這裏講的是中國人的性想像力，表面上中國是最講性禁忌的國家，其實性禁忌的背後就是旺盛的性慾和性想像力。

這個不用多說，大家都能會心一笑。它引起你對許多生活現象的聯想，你本來沒注意，現在經魯迅一提醒，一點破，就清楚了。這也是魯迅雜文的魅力。

讀魯迅的《小雜感》，可以看清楚當下中國的許多事情。我們說「魯迅活在當下中國」，很多人可能還有些疑惑，現在大概就有具體感受了。在魯迅雜文裏，真的濃縮了許多豐富的歷史經驗，人生經驗，正可以「鑒古而知今」。

註釋

1 魯迅：《可惡罪》，《魯迅全集》三卷，五一六頁。

十、讀《論「他媽的！」》

魯迅說過，我看事情太仔細，我對中國人的內情看得太清楚。

一個太仔細，一個太清楚，這大概就是魯迅看事情不同尋常之處。他要關注的，也是雜文裏要揭示的，是人的最隱蔽的心理狀態，而且是人自己都未必自覺，即無意識的隱蔽心理。他有一種特殊的眼光，在一般人看來沒有甚麼問題的地方，一眼看出內情，揭示出問題，讓大家大吃一驚。

這是一篇千古奇文：《論「他媽的！」》。「他媽的」堪稱中國國罵，每個中國人都會罵，即使不在公共場合罵，私下也會暗罵。文章裏就講到一個農村趣聞：父子一同吃午飯，兒子指着一碗菜說：「這不壞，媽的你嘗吧」。父親說：「我不要吃，媽的你吃去罷！」這裏「媽的」就變成「親愛的」意思了。

問題是，中國人全這樣罵，卻從來沒有人去認真想想：這樣的「國罵」背後，意味着甚麼，隱藏着甚麼，更不用說寫成文章。在人們心目中，「他媽的」是不登大雅之堂的。但是人們忽略之處，正是魯迅深究之處；人們避之不及，魯迅卻偏要大說特說，要「論」。「論」甚麼呢？一論國罵背後隱藏着怎樣的國民心理；二論造成這種國民心理的社會原因。於是，魯迅就做了「國罵始於何朝何代」的考證。這樣的考證，也是非魯迅莫為的，現在的學者是不屑於做，也想不到要做的。但魯迅做了，而且得出了很有意思的結論。

他發現，「國罵」從古就有，但「他媽的」作為國罵，卻始於晉代。因為晉代是講門第，講出身的。人的地位、價值不取決於你的主觀努力和才能，而取決於你的出身。出身大家族就可以當大官，這就是「倚仗祖宗，吃祖宗飯」，這樣的遺風於今猶存：過去是「學好數理化，走遍天下都不怕」，現在是「有個好爸爸，走遍天下都不怕」。仗勢欺人，就是仗着父母、祖宗的勢力欺負人。當一個人他出身寒門，受到仗勢欺人的人的欺負時，他心中充滿了怨氣，想反抗，又不敢反抗，怎麼辦？就走一條「曲線反抗」的道路：你不是靠着父母吃祖宗飯嗎？那我就罵「他媽的」，好像這一罵就出氣了，心理就平衡了：這是典型的阿Q心理。這也可以說是一種反抗，但卻是靠罵髒話來洩憤，罵一個「他媽的」就心滿意足了，就忘記一切屈辱，還是眼睛一閉，天下太平了。魯迅說，這是卑劣的反抗。

你們看，魯迅對人們司空見慣、習以為常的「國罵」看得多細，多深，他看出了內情：一個是中國無所不在的等級制度，一個就是中國人一切倚仗祖宗，不思反抗，自欺欺人的國民性。而且魯迅說：「中國至今還有無數『等』，還是倚仗祖宗。倘不改造，即永遠有無聲的或有聲的『國罵』。」不知道讀者朋友對魯迅這樣鞭辟入裏的分析，有甚麼感覺？至少以後再說「他媽的」，就會考慮考慮，有所反省和警戒吧？魯迅這雙「會看夜的眼睛」實在太厲害了，他把我們社會制度的毛病，國民心理的弱點，都看透了。

十一、讀《晨涼漫記》

這是分析張獻忠殺人心理的。大家知道，中國農民起義領袖中，最喜歡殺人的就是張獻忠。他到處殺人，見人就殺，不需要任何理由。魯迅說，他就像為藝術而藝術一樣，為殺人而殺人。很多人都把張獻忠殺人歸結為他性格的凶殘；這固然不錯，但魯迅卻不滿足：多少有些淺嘗輒止，太膚淺了，魯迅要深挖不止，探究其內在的心理動因。於是就發現，張獻忠剛開始和李自成爭天下的時候，並不隨意殺人：有一天他當了皇帝，人都殺光了怎麼辦？只有到了競爭失敗，不可能當皇帝的時候，他懷有一種失敗的報復心理，就開始亂殺人：反正將來天下不是我的，人都殺光了才好。——魯迅就這樣揭示了一種普遍的隱蔽的社會心理：一個人或一個國家處在沒落的地位的時候，它會有一種瘋狂的報復心理。魯迅說有些書香門第，當家族敗落的時候，他會將原來辛辛苦苦攢下來的字畫在一怒之下全都燒毀：這就是一種失敗者的心理。了解這一點，有助於我們認識一些社會現象：當你看到有人或者一個群體在瘋狂報復和破壞的時候，你就要想到，他們看起來很強勢，內心卻是虛弱的，實際上已經敗落了。

但這些隱蔽的心理，都是人們（特別是當事人）不去想，不敢想，更不說出來，不願說，不便說，不敢說的。魯迅卻一語道破，就讓人很尷尬，很不舒服，於是說魯迅「毒」，有一雙「毒眼」：實際就是「會看夜的眼睛」，更有一支「毒筆」：不過是寫出了被着意隱蔽的黑暗的真相與內情。

十二、讀《推背圖》、《由中國女人的腳，推定中國人之非中庸，又由此推定孔夫子有胃病》及《「滑稽」例解》

魯迅還教我們如何讀報紙。

魯迅說：「我的習性不太好，每不肯相信表面上的事情」，常有「疑心」。這一疑心，就有了一個了不得的發現。在《推背圖》這篇雜文裏，他提出了一個中國人「想、說、做分裂」的問題：「有明說要做，其實不做的；有明說不做，其實要做的；有明說做這樣，其實做那樣的；有其實自己要這麼做，倒說別人要這麼做的；有一聲不響，而其實倒做了的。然而也有說這樣，竟這樣的。難就在這地方。」

為甚麼會這樣？由此而引發了對中國國民性的反思。魯迅說，中國是一個會做戲的民族，所謂「劇場小天地，天地大劇場」。為甚麼要做戲？就因為中國人沒有真正的信仰，有迷信，有狂信，但就沒有堅信。中國人很少「信而從」，更多的是「怕而利用」。「利用」就是「演戲」。所以中國人是「做戲的虛無黨」。[1]「做戲的虛無黨」是通過語言表現出來的，這就影響到中國人的語言表達方式。於是，魯迅又有了一個概括：中國是一個「文字的遊戲國」。[2]全世界沒有一種語言像中國漢語這樣具有靈活性，富有彈性。同樣一件事情換一個說法就是另一個樣子。比如說全世界都有失業的現象，但是中國不叫「失業」，叫「待業」，彷彿一叫「待業」就有希望「就業」了，內心的不滿、焦慮就自然減緩了，這就有了心理慰藉的功能。這樣的彈性語言，就最容易造成「說甚麼」與「想甚麼」「做甚麼」分離。也就是說，中國的語言是獨立於人的思想和實際生活之外的。一般來說，語言是思想的反映，但在中國語言不受思想制約；一般來說，語言要變成行動，影響於實際生活，但在中國語言可以和實際生活不發生任何關係。說中國是「文字遊戲國」，就是因為在中國，語言不是用來表達思想，也不準備實行，完全是為了遊戲，為了宣傳，說說、玩玩而已，這就是「話一句耳」。

魯迅說，在這種情況下，如果你看到某個人，頭頭是道，冠冕堂皇地大說一氣，你如果真的相信他所說的一切，你就是一條「笨牛」。如果你不但相信，還要按着他說的去做，那你就不知道是甚麼了。最可怕的是，大家都知道是胡說八道，誰都不相信，其實說話的人自己也未必相信。但是大家（說話的人，聽話的人）都做出一副相信的樣子。這就是說，明知語言的虛偽性，還要維護這種虛偽性。因為已經形成了遊戲規則。如果有一個人把話說穿，指出說的一切都是假的，那他就是安徒生童話裏的那個孩子，就會群起而攻之，輕則說你幼稚，不懂事，掃興，重則視你為公敵，把你滅了。因為你破壞了遊戲規則，大家玩不下去了，就不能容你。

面對這樣的文字遊戲國裏的做戲虛無黨，無所不在的宣傳和做戲，我們怎麼辦？魯迅教給我們的辦法，是「正面文章反面看」。他說，這是中國所謂「推背圖」的思維方式：從反面來推測未來或現在的事情。用這樣的方法去看報紙上的文章，有時會有毛骨悚然的感覺。

魯迅舉了一個例子。當時（一九三三年），中國正面臨日本軍隊入侵的危險，中日關係相當緊張。國民黨政府的態度自然就成了一個關鍵。這時候報紙上登了幾條消息：「××軍在××血戰，殺敵××××人」，「××談話：決不與日本直接交涉，仍然不改初衷，抗戰到底」，「芳澤（按，日本外務大臣）來華，據云係私人事件」。——這些「正面」消息，如果「反面看」，「可就太駭人了」：原來××軍並未反抗，日本當局正在派人來華招降；中國政府也有意「與日本直接交涉」，放棄抵抗。但這恰恰是事情的真相。

用這樣的方法去讀報上的宣傳文字，確實可以看出許多被着意遮蔽的東西。魯迅還談到這樣的經驗：「人必有所缺，這才想起他所需。」魯迅舉了一個例子：「我們平時，是絕不記得自己有個頭，或一個肚子，應該加以優待的，然而一旦頭痛肚瀉，這才記起了他們，並且大有休息要緊、飲食小心的議論。」

聽到這樣的議論，不但絕不可因此認定他是一個「衛生家」，卻要從反面看，認定他平時是不講衛生的。魯迅因此寫了一篇絕妙的雜文：《由中國女人的腳，推定中國人之非中庸，又由此推定孔夫子有胃病》。魯迅斷定孔夫子有胃病，根據就在《論語》裏的一句話，叫「食不厭精，膾不厭細」，就因為有了胃病，才會想到要吃精細一點。健康的時候，大口大口地吃，哪裏會有「食不厭精」一說？這當然是開玩笑，但有它深刻之處。

這確實提供了一種看文章和報紙的方法。特別是那些「瞞和騙」的宣傳，是可以從他宣傳甚麼，反過來看出實際生活裏缺甚麼的。比如，如果一個時期，報紙上突然大講特講某個地區如何穩定團結，就可以大體斷定那個地方的穩定團結出了問題。但魯迅又提醒說，善於瞞和騙的報紙宣傳，也不會處處說謊話，它也夾雜着真實的記載，真真假假混在一起，才有欺騙性。因此也不能處處都「正面文章反面看」，那也是會把自己搞糊塗的。如何把握，就得靠各人的社會經驗、智慧和判斷力了。

魯迅還告訴我們，如何從報紙的文章裏，讀出其中的「滑稽味」。這裏有一篇《「滑稽」例解》。魯迅說：「在中國，要尋求滑稽，不可看所謂滑稽文，倒要看所謂正經事，但要想一想。這些名文是俯拾皆是的，譬如報章上正正經經的題目，甚麼『中日交涉漸入佳境』呀，『中國到那裏去』呀，就都是的，咀嚼起來，真如橄欖一樣，很有些回味。」這裏的關鍵自然是去不去想，我們因為懶於觀察與思考，失去了許多讀報（或看網上文章）的樂趣。很多文章的滑稽之處，不是一眼就看得出來，你細細體會，就會會心一笑。看起來最不好笑的地方，其實最可笑。

就拿魯迅舉的這個小小的例子來說吧。當時報紙上有一條花邊新聞，提到某個文人沒甚麼才華，但是他當了有錢人的女婿，就在文壇上暴得大名。於是，就有人寫文章嘲笑這個富女婿，說他「登龍有術」。又有人寫文章為富女婿辯護，開口就說：「狐狸吃不到葡萄，說葡萄是酸的，自己娶不到富妻子，於是對於一切有富岳父的人產生嫉妒，妒忌的結果是攻擊。」我們可以感到這樣的反擊有些滑稽，但似乎說不清楚；我們看看魯迅怎麼說：「這也不能想一下，一想的結果，便分明是這位作者在表明，他知道『富妻子』的味道是甜的了。」——我們讀到這裏，再想一想，是不能不失聲一笑的。

魯迅還舉了一個例子。那是《論語》雜誌上選登的一篇「冠冕堂皇的公文」：四川營山縣長禁穿長衫令（按，近年也有禁止中學生留長髮的校規）：「須知衣服蔽體已足，何必前拖後曳，消耗布匹？且國勢衰弱，……顧念時艱，後患何堪設想？」——真像魯迅說的，這本身就是一幅漫畫，只要稍稍想一想，就會忍俊不禁的。

但魯迅仍然認為，這或許過於奇詭。在他看來，滑稽卻不如平淡，唯其平淡，也就更加滑稽。因此，他說：「在這一標準上，我推選『甜葡萄』說。」

讀了魯迅的《「滑稽」例解》，我們是不是也可以嘗試着在讀報刊和網上文章時，多想一想，也許可以從中品嘗出許多「滑稽味」，特別是「平淡中的滑稽」，豈不快哉！

註釋

1 魯迅：《馬上支日記》，《魯迅全集》三卷，三四六頁。

2 魯迅：《逃名》，《魯迅全集》六卷，四零九頁。

十三、讀《現代史》

這也是一篇非常奇特的雜文。

文章開頭卻很平實：「從我有記憶起，直到現在，凡我所曾經到過的地方，在空地上，常常看見有『變把戲』的，也叫作『變戲法』的。」我小時候也看過，不知道大家有沒有看過？接着魯迅依然是平實地敘述——

> 這變戲法的，大概只有兩種——
>
> 一種，是教一個猴子戴起假面，穿上衣服，耍一通刀槍；騎了羊跑幾圈。還有一匹用稀粥養活，已經瘦成皮包骨頭的狗熊玩一些把戲。末後向大家要錢。
>
> 一種，是將一塊石頭放在空盒子裏，用手巾左蓋右蓋，變出一隻白鴿來；還有將紙塞在嘴巴裏，點上火，從嘴角鼻孔裏冒出煙焰。其次是向大

家要錢。要了錢之後，一個人嫌少，裝腔作勢的不肯變了，一個人來勸他，對大家說再五個。果然有人拋錢了，於是再四個，三個……

拋足之後，戲法就又開了場。這回是將一個孩子裝進小口的罈子裏面去，只見一條小辮子，要他再出來，又要錢。收足之後，不知怎麼一來，大人用尖刀將孩子刺死了，蓋上被單，直挺挺躺着，要他活過來，又要錢。

「在家靠父母，出家靠朋友……Huazaa! Huazaa!」變戲法的裝出撒錢的手勢，嚴肅而悲哀的說。

別的孩子，如果走近去想仔細的看，他是要罵的；再不聽，他就會打。

果然有許多人 Huazaa 了。待到數目和預料的差不多，他們就檢起錢來，收拾傢伙，死孩子也自己爬起來，一同走掉了。

看客們也就呆頭呆腦的走散。

這空地上，暫時是沉寂了。過了些時，就又來這一套。俗語說，「戲法人人會變，各有巧妙不同。」其實是許多年間，總是這一套，也總有人看，總有人 Huazaa，不過其間必須經過沉寂的幾日。

寫到這裏，都是小說家的街頭速寫，非常具體，生動，形象。但是，敏感的讀者就會不滿足：魯迅就僅僅寫這樣的街頭小景嗎？這樣的街頭小景的描述，一般作家都能做得到。魯迅的特別之處在哪裏呢？莫非他要暗示甚麼？這就形成了一個閱讀懸念。

文章結尾才露了底，也只有短短的一句——

到這裏我才記得寫錯了題目，這真是成了「不死不活」的東西。

點睛之筆就這句話。我們這才趕緊回過頭來看題目：《現代史》！這才恍然大悟：魯迅寫的哪裏是街頭小景，這是一篇現代寓言！再重讀前面的種種描寫，就讀出了其中的種種隱喻，並聯想起現代史上的種種事情來。

整個中國現代史不就是這樣的「變戲法」？「戲法人人會變，各有巧妙不同」。從當年的北洋軍閥，到後來的國民黨、蔣介石，以及以後發生的種種，大家輪番變戲法，手法不同，目的卻是一個：「向大家要錢」，用種種名目向老百姓要錢，維護各自利益，還要招呼周圍的人不要戳穿戲法。「在家靠父母，出家靠朋友」，無數冠冕堂皇的歷史敘述其實都是「朋友」寫出來的，目的也只有一個：不要「戳穿西洋鏡」，讓戲法繼續變下去。

魯迅可以說是把變戲法的現代史看透了，也把那些一意遮蔽真相的所謂的歷史學家看透了，他們都是權勢者（玩把戲的主人）的「朋友」。魯迅給自己的雜文規定的任務就是要反其道而行之：偏要戳穿西洋鏡，讓我們看見真實。讀者也不禁要出一身冷汗，因為我們也有意無意地充當了這場「世紀變戲法」的看客！

這是典型的魯迅聯想，我把它叫作「荒謬聯想」。騙人的變戲法和莊嚴的現代史，一邊是正人君子瞧不起的遊戲場所，一邊是神聖的歷史殿堂，兩者風馬牛不相及，卻被魯迅妙筆牽連，成了一篇奇文。你初讀覺得荒唐，仔細想想，又不得不承認其觀察的深刻。這就顯示了魯迅的想像力和聯想力的個性：他最善於在外觀形式上離異最遠。

按一般邏輯、常理不可能有任何關聯的事物之間，發現內在的相通；在最高貴、莊嚴、偉大、神聖和最低下、荒誕、卑賤之間，找到內在的關聯；在「形」最不似處，發現「神似」，在「形」的離心力與「神」的向心力之間，形成具有強烈反差的張力場，作家的想像力自由馳騁於其間，這就產生了一種奇異之美。

《現代史》把這樣的荒誕聯想運用得如此自如，不動聲色。寫法也很特別，主要篇幅都在寫變戲法，最後突然反轉，又戛然而止。讀者心裏也會有微妙的變化：開始覺得好玩，不知道寫這個幹嗎，等到恍然大悟，就會有一種驚喜和回味無窮的感覺。現代史竟然是一場世紀把戲，這是喜劇，更是悲劇。

十四、讀《推》

再看另外一篇寫街頭小景的《推》。文章也是以平實的記敍開始——

兩三個月前，報上好像登過一條新聞，說有一個賣報的孩子，踏上電車的踏腳去取報錢，誤踹住了一個下來的客人的衣角，那人大怒，用力一推，孩子跌入車下，電車又剛剛走動，一時停不住，把孩子碾死了。

這條新聞發生在兩三個月前，這類事情在城市裏時有發生，人們司空見慣，誰也不去細想；但魯迅注意了，並且念念不忘，想了兩三個月，而且想的很深，很廣。被推倒碾死的是一個孩子，而且是窮苦的賣報的孩子。這是魯迅最不能忍受的。因此，他要追問，推倒孩子的是甚麼人？衣角被踹住，可見穿的是長衫，「總該屬於上等（人）」」。這就是說，一位上等人，踹倒了一個底層社會的孩子，並導致了他的死亡。這樣，魯迅就抓住了一個「典型」，這是非要想清楚，說清楚的。

魯迅由此而聯想起，在上海馬路上走，時常會遇見兩種「橫衝直撞」的人：「一種是不用兩手，卻只將直直的長腿，如入無人之境似的踏過來」，「這是洋大人」；「一種就是彎上他兩條胳膊，手掌向外，像蠍子的兩個鉗子一樣，一路推過去，不管被推的人是跌在泥塘或火坑裏。這就是我們的同胞，然而『上等』的。」——這一段聯想，極具形象性，無論是「踏」和「推」的動作的描摹，還是驕橫神態的刻劃，都非常傳神，充份顯示了魯迅作為一個文學家的形象記憶與描寫能力。請注意：魯迅這裏描寫得儘管很具體，但又有了某種程度的概括，由個別人變成了某一類人（洋人或者上等華人）。於是，這些具體可觸的描述，就具有了某種象徵意味。

由上等華人又產生了「推」的聯想，或者說是幻覺：

上車，進門，買票，寄信，他推；出門，下車，避禍，逃難，他又推。

這似乎是一連串的蒙太奇動作，極富畫面感。

推得女人孩子都踉踉蹌蹌，跌倒了，他就從活人上踏過，踏死了，他就從死屍上踏過，走出外面，用舌頭舔舔自己的厚嘴唇，甚麼也不覺得。

這已經是典型的魯迅式的「吃人」幻覺；但又用了小說家的細節描寫：「用舌頭舔舔自己的厚嘴唇」，極具傳神，又有普遍的象徵意味。然後又聯想起更加可怕的場面：

舊曆端午，在一家戲場裏，因為一句失火的謠言，就又是推，把十多個力量未足的少年踏死了。死屍擺在空地上，據說去看的又有萬餘人，人山人海，又是推。

這又是魯迅式的「看客」恐懼，「又有……又是」，語氣十分沉重。「推了的結果，是嘻開嘴巴，說道：『阿唷，好白相來希呀！』」這是一句上海話，就是好玩的意思。這是魯迅「看戲」主題的再現：輕佻的語氣與前文的沉重感形成強烈對比。

行文至此，就自然產生一個飛躍——

住在上海，想不遇到推與踏，是不能的，而且這推與踏也還要廓大開去。要推倒一切下等華人中的幼弱者，要踏倒一切下等華人。這時就只剩了高等華人頌祝着——

「阿唷，真好白相來希呀。為保全文化起見，是雖然犧牲任何物質，也不應該顧惜的——這些物質有甚麼重要性呢！」

這是一個意義的提升：魯迅以他特有的思想穿透力，賦予「推」的現象以更大的隱喻性，揭示了三十年代半殖民地的上海社會結構的不平等：下等華人，尤其是下等華人中的幼弱者，被任意推倒踐踏；而洋人和高等華人卻肆意妄為，還有一些高等華人中的文人卻又以「保全文化」的名義，對他們大加「頌祝」。

這樣，魯迅就通過一條誰也不注意的社會新聞，街頭小景，深刻地揭示了上海半殖民地社會最本質的一個方面。這就是由小而見大，這也是魯迅雜文的一個重要特點。

我們注意到魯迅在這篇短短的雜文裏，運用了三種筆法。一種是小說家寫實的筆法，有生動的形象，細節描寫，而且極富畫面感。另一種是雜文家的聯想以至幻覺，予小說家的寫實場景，以某種象徵意義和隱喻，從具體的「這一個」到更普遍的「這一類」，但又不失其具體性。最後通過思想家的魯迅的思想的穿透力，揭示新聞背後的社會問題。而這樣的思想分析和概括，又滲透着強烈的主觀情感。我們不妨再讀一讀這段文字：「上車，進門，買票，寄信，他推；出門，下車，避禍，逃難，他又推，」這力透紙背的憎惡之情，是怎麼也掩飾不住的。我們在這裏看到了小說家與雜文家、思想家的統一，詩與哲學的統一。

關於魯迅雜文的詩的因素，還要多說幾句。魯迅宣稱：我的雜文「不過是，將我所遇到的，所想到的，所要說的，一任它怎樣淺薄，怎樣偏激，有時便都用筆寫了下來」，「就如悲喜時節的歌哭一般，那時無非借此來釋憤抒情」。[1]這就提醒我們，要注意魯迅雜文的抒情性。魯迅看起來很冷靜，寫的是客觀事物，人們也因此容易忽略魯迅寫作的主觀性。

其實，魯迅的雜文確實是由某一外在客觀的人事引發的，但他真正關注和表現的，卻是自己的主觀反應。一切客觀的人事都要經過魯迅主觀心靈（思想，情感，心理等等）的過濾，折射，才成為他的雜文的題材。因此，出現在魯迅雜文裏的人和事，已不再具有純粹的客觀性，而是在過濾、折射過程中發生了變異的主觀化了的，是主客體的一種新的融合。我們讀者讀魯迅雜文，不僅被他的思想深刻所震撼，更觸摸到了一個活生生的魯迅，他的所見所思所感，他的心靈的歌哭。這才是魯迅雜文的真正內核，魯迅雜文根底上是詩的。

魯迅確實說過，中國大眾的靈魂都在他的雜文裏；我們還要說，魯迅雜文裏更有他自己的靈魂。如果看不到和大眾靈魂疊加在一起的魯迅魂，至少是沒有完全讀懂魯迅的雜文。

註釋

1 魯迅：《〈華蓋集續編〉小引》，《魯迅全集》三卷。

十五、讀《幾乎無事的悲劇》

本文寫於一九三五年七月十四日，其時魯迅正「字典不離手，冷汗不離身」地翻譯俄國作家果戈理的長篇小說《死魂靈》第一部。查《魯迅年譜》，魯迅於一九三五年開譯，十月十七日譯訖，前後費時八個月。而寫作此文時，一至四章已經在生活書店版《世界文庫》第一、二冊發表，第五、六章也即將發表於第三冊；所以本文一開頭就說，《死魂靈》的譯本「已經發表了第一部的一半」（全書共十一章）。因此，某種意義上，可以把本文看作是魯迅翻譯中的心得，也可以說是一篇書評。但由於魯迅與果戈理在文學追求上的相通，魯迅的評論又可以當作他的「夫子自道」來讀。也就是說，魯迅對果戈理的發現，也是他的自我發現。本文的更大意義或許在這裏。

不過，講相同，首先要說不同。這就是第一段所講的，果戈理筆下的地主典型，「諷刺固多」，除個別外，「都各有可愛之處」；而「寫到農奴，卻沒有一點可取了」，究其原因，大概是因為「果戈理自己就是地主」。魯迅在隨後寫的《譯者附記》裏說：「果戈理的運命所限就在諷刺他本身所屬的一流人物，」說的也是這個意思。而魯迅，如他自己所說，則是「憎惡這熟識的本階級，毫不可惜它的潰滅」[1]的，其基本立場自與果戈理不同。

魯迅與果戈理的相通主要在藝術上。因此魯迅在第二段對果戈理的兩點藝術評價，就特別值得重視。一是果戈理所創造的「腳色」可真是生動極了，「直到現在，縱使時代不同，國度不同，也還是使我們遇見了有些熟識的人物」。這正是魯迅所追求的，他也確實創造了阿Q這樣的超越時代、國度的被稱作「熟識的陌生人」的不朽的文學典型。魯迅更讚賞的是果戈理的「諷刺的本領」，並將其獨特之處概括為「用平常事，平常話，深刻地顯出當時地主的無聊生活」。這其實是魯迅自己的追求。

就在一九三五年的三月，魯迅寫過一篇題為《論諷刺》的文章，強調諷刺的本質就是「寫實」，並且舉了一個例子：「我們走到交際場中去，就往往可以看見這樣的事實，是兩位胖胖的先生，彼此彎腰拱手，滿面油晃晃地正在開始他們的扳談——『貴姓？……』『敝姓錢。』『哦，久仰久仰。還沒有請教台甫……。』『草字闊亭。』『高雅高雅。貴處是……？』『就是上海……』『哦哦，那好極了，這真是……』」——這就是用平常事，平常話，寫人們的無聊生活。魯迅說：「誰覺得奇怪呢？但若寫在小說裏，人們可就會另眼看待了，恐怕大概就要被算作諷刺。」[2]我們很快就會發現，魯迅的這一段順手拈來的描寫與果戈理的諷刺筆法是相當神似的。

或許更能引發我們的興趣的，是魯迅對《死魂靈》裏的兩段經典的場面描寫的賞析。

場面一：「摸狗耳朵，狗鼻子。」——先介紹有關人物。這是鬧劇的發動者：羅士特萊夫，「是地方惡少式的地主，趕熱鬧，愛賭博，撒大謊，要恭維——但捱打也不要緊」：寥寥數語，活畫出一個「地方惡少」的形象，破折號後面的補充尤為重要。而他的兩個動作：一個「誇示」（自己的好小狗），一個「勒令」（乞乞科夫摸狗耳朵之後還要摸狗鼻子），就把他的沾沾自喜與莽撞渲染得淋漓盡致。

有意思的是，魯迅對另一位小說的真正主人公乞乞科夫——他是為了一筆買賣死去的農奴（即所謂「死魂靈」）的生意，而來找羅士特萊夫的，卻不做任何介紹，只寫他對羅士特萊夫的「誇示」與莽撞「勒令」的反應：為「表示」好意，「便摸了一下」那狗的耳朵，「是的，會成功一匹好狗的」，他「加添」說。為「不使他掃興」，「就又一碰」那鼻子，於是說道：「不是平常的鼻子！」

請仔細琢磨我們用引號加以突出的文字：「表示」好意，「不使」掃興，特意「加添」，都是刻意迎合。我們甚至可以想像，乞乞科夫做這些「表示」時，眼睛是盯着主人的。這是表面文章，那麼，他心裏的真實感受呢？乞乞科夫本人自然不會有任何表露：他是把自己的內心世界密封得點滴不漏的。但敏銳的作者與譯者卻用極其傳神的文字做了巧妙的暗示：「便摸了一下」（狗耳朵），「就又一碰」（狗鼻子），剛「一摸」「一碰」就趕緊把手縮回來，這不僅是敷衍，是逢場作戲，更隱隱透露了一種厭煩，甚至惡心：對骯髒的狗，也是對莽撞的主人。這樣的掩飾不快而投其所好，才是真正的深通世故，才可稱作圓滑的應酬。

讀到這裏，你會覺得這樣的表演實在醜惡而可笑，不過一場鬧劇而已。這時候，魯迅卻在一旁提醒你注意：這樣的圓滑的應酬至今還隨時可見，有些人簡直以此為一世的交際術，人一生一世都在圓滑的應酬中度過，這又意味着甚麼？還有，「不是平常的鼻子」是怎樣的鼻子呢？說不清的，但聽者只要這樣也就足夠了。說話，自己就不打算弄清楚它的意思，只是為了使他者聽了舒服：人的言說的意義和價值墮落到這樣的地步，這又意味着甚麼呢？想到這裏，似乎有一股悲涼襲上你的心頭，是不是？

場面二：「看瞎了眼的母狗。」——這就更加不堪了。但「大家」（羅士特萊夫之外，主要就是乞乞科夫）仍然認真「察看」，目的僅僅是為了證實：「看起來，它也確乎瞎了眼」。這真是無聊、滑稽透頂了。但魯迅卻要追問：「這和大家有甚麼關係呢？」也就是說，這有甚麼意思呢？這一問，就問出了一個大問題：原來「世界上有一些人，卻確是嚷鬧，表揚，誇示這一類事，又竭力證實這一類事，算是忙人和誠實人，在過了他的整一世」。

一個人，整整「一世」，一輩子都消磨在「母狗確乎瞎了眼」這類毫無意義的小事情上，「嚷鬧」「表揚」「證實」，熱熱鬧鬧，忙忙碌碌，還自以為「誠實」。魯迅冷眼看去，這正是對人生意義與價值的消解，顯示着生命的萎縮、空虛與無聊。當事人愈沉溺其中，就愈顯出其內在的荒誕性與悲劇性。

這就終於引出了一個普遍性的重要論斷——

> 這些極平常的，或者簡直近乎沒有事情的悲劇，正如無聲的言語一樣，非由詩人畫出它的形象來，是很不容易覺察的，然而人們滅亡於英雄的特

別的悲劇者少，消磨於極平常的，或者簡直是近於沒有事情的悲劇者則多。

這不僅是對果戈理的諷刺藝術的重大發現，更是對魯迅自己的悲劇觀的高度概括；而且還顯示了一種魯迅式的看世界的眼光與方法。我在《心靈的探尋》裏對此有過這樣的闡釋——

如果說在傳統的悲喜劇中比較注重越過正常生活軌道，有着特殊經歷的人物和所謂奇聞「怪現狀」等生活的變態；那麼，現在魯迅所關注的則是生活軌道正常運行中的常態，那些最平常、最普遍的事實。更明確地說，魯迅所強烈感受到的，並力圖開掘的，是生活本身的悲、喜劇性。

魯迅時刻提醒人們：「中國現在的事，即使如實描寫，在別國人們，後者將來的好中國的人們看來，也都會覺得grotesk（德語：古怪，荒唐）。」他所面對的是社會、生活整體性的潰爛，而不是個別人的墮落、局部生活的腐敗，由此而產生的悲劇感與喜劇感，是格外深廣，並且伴隨着幾乎莫可名狀的壓抑感。

魯迅更關注與敏感的，是更深層次的「幾乎無事」的悲喜劇，即人們生活與精神的平庸化、媚俗化。但中國國民卻偏偏容易滿足，甚至為自己的苟活而沾沾自喜。魯迅這樣的先覺者從這裏更看到了一種不可救藥的奴性，這是既令人悲涼，又使人憤慨不已的。

這樣，悲喜劇的製造者，也由少數的「壞人」「小人」，轉變為魯四老爺這樣的正統的統治者，以及由多數善良的老百姓的習慣勢力和社會輿論力量組成的「無主名無意識的殺人團」。魯迅因此一再向麻木的人們大聲怒喝：「笑（哭）你們自己！」他宣佈：「我的方法是使讀者摸不着寫自己以外的誰，一下子就推諉到，變成旁觀者，而疑心倒是寫自己，又像是寫一切人，由此開出反省的道路」。魯迅之所以注目於極普遍的日常生活中的悲喜劇，正是出於啟蒙的目的，使人們無法推諉自己的歷史責任，從而引起自我反省、自我批評的自覺。[3]

現在我們再回到《幾乎無事的悲劇》這篇文章上來。最後一段討論的是果戈理（實際也包括魯迅自己）的諷刺藝術的歷史使命的問題、魯迅引述了普希金對果戈理諷刺藝術的經典概括：「含淚的微笑。」我們何嘗不可以以此來概括魯迅的諷刺藝術。但魯迅卻認為，這特點屬於歷史過渡時期的藝術。在他看來，在果戈理的「本土」，即當時的社會主義的蘇聯，這樣的「含淚的微笑」的藝術「已經無用了，來代替它的有了健康的微笑」。

在這個問題上，今天我們可能與魯迅有不同的認識：魯迅顯然將當時的蘇聯過於理想化了；而含淚的微笑的藝術生命力可能比魯迅預料的要長遠得多。但魯迅關注的重心在當時的中國；因此他強調的是，這樣的含淚的微笑「在別的地方」也即中國，「也依然有用」，並且特地指出，「果戈理的『含淚的微笑』倘傳到和作者地位不同的讀者（即中國的讀者）的臉上，也就成為健康」，因為促使中國讀者的思考與自省。

魯迅說，「這是《死魂靈》的偉大處」，因為它產生了超越國家和時代的影響；但魯迅又說，這「也正是作者的悲哀處」，這就回到了本文開頭所說，果戈理寫作《死魂靈》的本意是「要諷刺他本身所屬的一流人物」，以喚起自己本階級的自省，而這樣的目的卻未能達到。在魯迅看來，也不可能達到，這對於作者自身來說，自然是悲哀的，也可以說是一個悲劇吧。

註釋

1 魯迅：《〈二心集〉序言》，《魯迅全集》四卷，一九五頁。
2 魯迅：《論諷刺》，《魯迅全集》六卷，二八六頁。
3 參看錢理群：《心靈的探尋》，二九六—三零零頁。北京大學出版社，一九九九年版。

十六、讀《秋夜紀遊》

我們的「細讀」就要結束了，最後回到「夜」的情景、意象上來。讀讀這篇《秋夜紀遊》。

本文發表於一九三三年八月十六日的上海《申報》「自由談」副刊，與我們讀過的《夜頌》正成呼應。在一九三三年，魯迅連續以「夜」為題寫散文詩式的雜文，不是偶然。他在《准風月談》前記裏有明確交代：一九三三年國民黨當局加強了對報刊、雜誌的控制，迫使這年五月二十三日「自由談」編者刊出了「籲請海內文豪，從茲多談風月」的啟事，隱含的意思是「莫談風雨風雲」。但魯迅卻別有見解。他說：「談風雲的人，風月也談得。談風月就談風月罷，雖然仍舊不能正如尊意。」要想借題材的限制來封文人的嘴，扼殺其批判的鋒芒，是辦不到的。魯迅舉例說，同樣寫風月之夜，固然有「月白風清，如此良夜何」的「風雅」，但也有「月黑殺人夜，風高放火天」這樣的「造反」。這是一點辦法也沒有的。

於是就有了貌談風月而實講風雲的散文詩式的雜文。而魯迅卻別有意趣：他要寫的是自己對上海秋夜的獨特感受，寫他的都市體驗。

我們還是來讀原文。

第一段無非是點題：「電燈」「馬路」都是典型的都市風景。文章起得很平。

但第二段：「危險？危險令人緊張……」一句卻異軍突起。於是提出了「在危險中漫遊」的命題，是第一段「在馬路上漫遊」的一個發展。讀者自然要問：為甚麼在馬路上漫遊會有危險？這危險來自何方？作者不做回答，其實當時的讀者不說也明白：夜上海，會有當局的秘密逮捕，馬路更是黑社會橫行的場所。魯迅在《夜頌》裏早就說過，處處「瀰漫着驚人的真的大黑暗」。但這一切，魯迅都點而不說，引而不發，強調的是自己的態度與感受：「緊張令人覺到自己的生命的力」。——這也為有點出人意料：這正是戰士所特有的反應。文章的節奏也由前文的急促（「危險？危險令人緊張……」）轉而舒緩：「在危險中漫遊，是很好的。」

這「緊張」是內心的反應，而外在的環境卻是悠閒的。於是就有了對租界住宅區的觀察與描寫。這裏自然不會有下等華人的貧民窟，但魯迅依然發現了「中等華人」與「高等華人或無等洋人」的住處的巨大差異：魯迅對社會等級與不平等，有着特殊的敏感。魯迅更以小說家的觀察力和描寫力，寥寥數語就畫出了一幅市民消夏圖：「吃食擔，胡琴，麻將，留聲機，垃圾桶，光着的身子和腿。」而那由「寬大的馬路，碧綠的樹，淡色的窗幔」，以及「涼風，月光」構成的「風月圖」則是屬於高等華人與無等洋人的。

第三段最後一句「然而也有狗子叫」，又引出了第四段對農村聽狗叫的回憶。這就把文章的空間大大擴展了：上海馬路對於魯迅畢竟是太狹窄、逼迫了。而一寫到農村，魯迅的筆墨似乎也變得滋潤、深沉起來，「深夜遠吠，聞之神怡，古人之所謂『犬聲如豹』者就是」。這是怎樣一種詩意。於是「巨獒躍出」，「一聲狂嗥」，「一種緊張」，正與第二段呼應，「如臨戰鬥，非常有趣的」。魯迅的戰士風姿也被渲染得淋漓盡致。

魯迅又把筆收回現實，放得開，收得住，收放自如，正是魯迅散文的一個特點。「但可惜在這裏聽到的是叭兒狗。它躲躲閃閃，叫得很脆：汪汪。」——這都市裏的「叭兒狗」與農村的「巨獒」，是一個鮮明的對比。魯迅早就說過，叭兒狗是被「貴人豢養」的，其主要特點就是那樣一副媚態，但它也能傷人。魯迅在《准風月談·後記》裏說：「經驗使我知道，我在受着武力征伐的時候，是同時一定要得到文力的征伐的。」而叭兒狗在文力征伐中正扮演着極不光彩的角色。有興趣者可以去讀這篇《後記》，那裏記錄了一大批叭兒狗的「汪汪」脆叫。而在本文中它是作為一個群體出現的。

於是就有了文章後半部魯迅與現代都市叭兒狗的戰鬥。嚴格地說，這實在算不得戰鬥，因為叭兒狗總是「躲躲閃閃」，而魯迅則對之充滿蔑視，既不「和它們的管門人說幾句話」，也不「拋給它一根肉骨頭」，只發出「惡笑」，拿起石子，「舉手一擲，正中了它的鼻樑」。而且，這都是在「漫步」中進行——作者連用六個「漫步」，營造一種輕鬆、從容的氣氛；同時突出叭兒狗的叫聲：一面一再重複「我不愛聽這一種叫」，一面更加細緻地描寫叭兒狗銷聲匿跡的過程：「嗚的一聲，它不見了……更加躲躲閃閃了，聲音也和先前不同，距離也隔得遠了……」

最後一句是——

我不再冷笑，不再惡笑了，我漫步着，一面舒服地聽着它那很脆的聲音。

或許我們可以從字裏行間依稀看見魯迅瘦削的臉上露出的勝利者的微笑。

天地博雅文叢

經典常談　朱自清 著
新編《千家詩》　田奕 編
邊城　沈從文 著
孔子的故事　李長之 著
啓功談金石書畫　啓功 著　趙仁珪 編
沈尹默談書法　沈尹默 著
詞學十講　龍榆生 著
詩詞格律概要　王力 著
唐宋詞欣賞　夏承燾 著
古代漢語常識　王力 著
梁思成建築隨筆　梁思成 著　林洙 編
簡易哲學綱要　蔡元培 著
唐宋詞啟蒙　李霽野 著
唐人絕句啟蒙　李霽野 著
唐詩縱橫談　周勛初 著
佛教基本知識　周叔迦 著
佛教常識答問　趙樸初 著
漢化佛教與佛寺　白化文 著
沈從文散文選　沈從文 著
宋詞賞析　沈祖棻 著
人間詞話新註　王國維 著　滕咸惠 校註
閒談寫對聯　白化文 著
魯迅作品細讀　錢理群 著

書　　名　魯迅作品細讀
作　　者　錢理群
編輯委員會　梅　子　曾協泰　孫立川
陳儉雯　林苑鶯
責任編輯　陳幹持
美術編輯　郭志民
出　　版　天地圖書有限公司
香港黃竹坑道46號
新興工業大廈11樓（總寫字樓）
電話：2528 3671　傳真：2865 2609
香港灣仔莊士敦道30號地庫（門市部）
電話：2865 0708　傳真：2861 1541
印　　刷　美雅印刷製本有限公司
香港九龍官塘榮業街 6 號海濱工業大廈4字樓A室
電話：2342 0109　傳真：2790 3614
發　　行　香港聯合書刊物流有限公司
香港新界荃灣德士古道220-248號荃灣工業中心16樓
電話：2150 2100　傳真：2407 3062
出版日期　2021年1月／初版

ISBN ： 978-988-8549-46-7